트리콘 세계문학 총서 **2**

제주,
화산도를
말하다

고명철 · 김동윤 · 김동현

보고사
BOGOSA

지구화 시대의 창조적 가치를 향해

　21세기의 인류는 지구화 시대를 실감하며 살고 있다. 전례가 없을 정도로 경이로운 첨단 과학기술을 등에 업고 동과 서 그리고 남과 북을 자유자재로 넘나들면서 비동시성의 동시성이 현현하는 일상의 혁명을 경험하고 있다. 지구 반대편의 일상을 또 다른 반대편에서 아무런 거리낌 없이 일상으로 체감하고 있는 것이다. 바야흐로 근대와 탈근대의 가치들이 국경이라는 인위적 경계 너머로 이합과 집산을 거듭하면서 새로운 세계의 출현 가능성을 전망하는 시대를 살고 있는 것이다.

　그러나 우리는 여기서 근대와 탈근대의 착종 혹은 혼효가 신묘한 자태로 구현되고 있는 지구화 시대의 만화경에 대해 근본적 의문을 던지지 않을 수 없다. 지금, 이곳에서 실현되고 있는 지구화 시대의 가치는 어떤 모습을 띠고 있는가? 근대를 넘어 실현하고자 하는 탈근대의 가치는 어떤 성격을 관찰해야 하는가? (탈)근대를 추구하는 일은 항상 옳은 것인가? 이러한 물음을 둘러싼 시시비비에 일말의 성찰과 혜안을 제공하고자 하는 욕심으로 우리는 비서구의 지혜와 통찰을 벼린 〈트리콘 세계문학 총서〉를 세상에 내놓고자 한다.

한때는 진리와 보편이라는 이름으로 전 세계를 눈부시게 장악했던 구미중심주의가 지금은 다소 옹색한 모습으로 위축되어가고 있다. 혹자는 이러한 현실인식에 동의하지 않을지도 모른다. 하지만 문제의 핵심은 바뀌지 않는다. 구미중심주의가 항상적 혹은 반영구적 진리의 전범으로 인정될 수 없는 한 작금의 아시아와 아프리카 그리고 라틴아메리카가 제출하고 있는 "저 새롭고 놀랍도록 풍성한 서사들의 축제"(소잉카)가 새로운 유형의 근대와 탈근대를 궁리하는 데 나름의 공헌을 할 것이라는 점은 의심의 여지가 없다.

〈트리콘 세계문학 총서〉는 이러한 문제의식을 가슴에 새긴다. 〈트리콘 세계문학 총서〉는 구미중심주의에 기반한 지구화 시대의 가치들이 얼마나 허망한 것인지, 그리고 구미중심주의가 인류의 유일한 보편적 가치라는 주장이 얼마나 왜곡된 편견인지를 밝힐 것이다. 뿐만 아니라 서구에 의해 그동안 주도면밀하게 왜곡되었고 은폐된 비서구의 가치들이 얼마나 소중한 인류의 유산인지도 되물을 것이다. 이를 통해 인류가 추구해야 할 보편적 가치들이 비서구의 문화와 어떻게 결합할 수 있는지를 탐색해볼 것이다. 그러면서 문학을 비롯한 다양한 분야의 담론들을 트리컨티넨탈 관점으로 심문하고 갱신할 것이다. 영미권 중심의 문학 및 문화 담론들이 전일적인 권력을 행사하고 있는 기존 기형적인 관행을 수정하는데도 나름의 공력을 집중할 것이다. 이러한 과정을 통해 아시아와 아프리카 그리고 라틴아메리카가 담론적으로 회

통하고 실천적으로 연대하는 모델을 구축할 것이다. 서구를 배척하지는 않지만, 서구에 함몰되지 않는, 말 그대로 전 지구적 담론들이 수평적으로 화합하고 말을 섞어 다양한 지역과 인종과 언어와 계급과 성차가 조화롭게 유지되고 상생하는 '공생의 불가마'를 건설할 것이다.

이것은 서구의 가치들을 창조적으로 초극하여 아시아와 아프리카 그리고 라틴아메리카와 같은 트리컨티넨탈리즘이 지닌 창조적 가치들을 적극적으로 섭취함으로써 인류에게 잠재된 새로운 유형의 (탈)근대적 지평을 탐구해보려는 의지를 반영한다. 모쪼록 〈트리콘 세계문학 총서〉가 구미중심주의 담론이 '이후' 혹은 '너머'의 모습을 목마르게 찾는 이들에게 소박한 해방구의 역할을 할 수 있기를 기대한다.

2017년 여름
트리콘 세계문학 총서 기획위원 일동

김석범 문학의 숭고한 의미

이 책의 공동저자인 우리 셋은 모두 제주 출신의 문학평론가요 연구자다. 고향 제주의 4·3항쟁을 숙명적으로 만나게 되었고 문학과 학문의 여정에서 4·3문학에 천착해 왔다는 공통점을 지녔다. 각자 나름의 방식으로 4·3문학을 탐색하면서 관련된 비평도 하고 논문도 쓰고 있다.

그러한 과정에서 우리가 김석범 문학을 접하게 되었음은 지극히 당연한 일이었다. 김석범이 2015년 4월에 제1회 제주4·3평화상을 수상했다는 사실로 입증되듯이, 김석범이야말로 현기영과 더불어 4·3운동과 4·3문학에서 단연 상징적 인물이기 때문이다. 김석범은 일본에서, 현기영은 한국에서 다른 어떤 분야보다도 앞서서 4·3항쟁의 진실을 의미 있게 포착함으로써 문학의 힘을 여지없이 보여주었다. 『까마귀의 죽음』에서 시작하여 『화산도』에 이르기까지 수십 년 동안 이어진 김석범의 4·3 장정(長征)은 가히 숭고한 족적이라고 아니 할 수 없다.

김석범은 대한민국 국적도, 조선민주주의인민공화국 국적도 지니지 않았다. 그렇다고 일본 국적을 가진 것도 아니다. 그가 취득했던 국적인 '조선'은 현실적으로 이 지구상에 존재하지 않는 나라다. 한마디로 그는 무국적자인 것이다. 무국적자인 김석범이야말로 경계인(境界人)으로서 월경(越境)하는 삶을 몸소 실천해 온 작가라고 할 수 있다. 그의 4·3문학에서는 미일 제국주의의 탐욕에 맞서는 제주섬의 항쟁과 그 의미가 구체적으로 확인된다. 그의 문학에 구현되는 제주민중의 투쟁 양상과 평화세상을 향한 염원은 구미중심주의가 지닌 왜곡된 편견을 드러내면서 동아시아적 가치를 여실히 보여준다. 따라서 지금—여기서 김석범 문학을 살피는 것이 아시아·아프리카·라틴아메리카의 창조적 가치를 통해 세계문학을 재편해 나가는 노정에서 매우 유용한 작업임을 우리는 믿는다.

특히 김석범이 4·3평화상을 수상한 2015년 10월에는 대하소설 『화산도』가 국내에서 완역 출간되는 경사가 있었다. 비로소 국내의 독자와 연구자들이 『화산도』의 진가를 제대로 확인할 수 있게 되었던 것이다. 우리는 각기 『화산도』 읽는 모임을 꾸려 12권으로 간행된 작품을 통독하고 분석하는 기회를 가졌다. 그러는 과정에서 각자 그 결과를 논문으로 발표했다. 아울러 2015년 11월에는 『까마귀의 죽음』이 재출간되면서 그것을 다시 고찰해 보기도 했다. 이제 세 사람의 이런 작업들을 한데 모아 『제주, 화산도를 말하다』를 두 번째의 트리콘 세계문학 총서로 내놓는다. 관심과 질정을 기대한다.

김석범은 1925년생이니 우리나이로 93세가 되었다. 우리는 그의 늦둥이 막내아들이나 큰손자뻘 정도의 까마득한 고향 후배다.

위대한 작가를 선배로 모시게 되었음을 매우 영광스럽게 생각하면서 부족한 내용의 책이나마 그에게 헌정코자 한다.

2017년 7월
고명철, 김동윤, 김동현 함께 씀

목차

제1부 화산도와 기억의 정치학

김석범 『화산도』에 구현된 4·3의 양상과 그 의미

/김동윤

해방공간, 미완의 혁명, 그리고 김석범의 『화산도』

/고명철

식민의 기억과 학병 체험의 재구성

『화산도』를 중심으로 /김동현

제2부 화산도와 로컬의 정치적 상상력

김석범의 '조선적인 것'의
문학적 진실과 정치적 상상력 /고명철

김석범 문학과 제주

장소의 탄생과 기억(주체)의 발견 /김동현

공간/로컬리티, 서사적 재현의 양상과 가능성

『화산도』와 『지상에 숟가락 하나』를 중심으로 /김동현

빛나는 전범典範, 관점의 무게

김석범 소설집 『까마귀의 죽음』 /김동윤

2015년 제1회 4·3평화상 수상식에서

김석범은 2015년 제1회 4·3평화수상자로 선정됐다. 평화상 수장자로 선정된 김석범은 2015년 4월 7년만에 제주를 다시 찾았다. 당시 김석범은 수상소감에서 "해방 전에는 민족을 팔아먹은 친일파. 해방 후에는 반공세력으로, 친미세력으로 변신한 그 민족 반역자들이 틀어잡은 정권이 제주도를 젖먹이 갓난아기까지 빨갱이로 몰아붙인 것"이라고 말했다. 이 수상소감 때문에 극우 매체들은 김석범을 비판하는 사설까지 실으면서 비판했다. 행정자치부는 제1회 제주 4·3평화상 수상자 선정과 관련해 감사를 의뢰했다. 제주도감사위원회는 김석범의 제주 4·3평화상 수상이 별다른 문제가 없다고 결론을 맺었다. 그야말로 분단이 만들어낸 슬픈 해프닝이었다. 당시 수상소감은 전문은 다음과 같다.

4·3의 해방

김 석 범
제주4·3평화상 수상자

한걸음 밖으로 나가면 짙은 바다 냄새 풍기는 제주 바다, 저 멀리 한라산이 우러러 보이는 이 자리에 모신 여러분 앞에서 학살터에 꽃핀 평화의 상징인 제1회 제주4·3평화상을 제가 직접 받게 되었습니다.

4·3의 해방과 자유, 이것은 인간 존재의 존엄과 자유를 위한 해방. 4·3투쟁이 바로 그랬습니다. 그 4·3항쟁의 희생자, 4·3의 해방을 위해 싸워 온 섬 내외의 여러분, 제주4·3평화상 관계자 및 역사에 기록될 이 자리를 마련하는데 많은 힘을 쓰신 여러분, 이 자리에 참가하신 여러분께 감사드립니다.

저는 한국 국적도, 북한 국적도 가지지 않은, 한마디로 무국적자입니다. 90평생 서울과 제주를 합쳐 3, 4년 밖에 조국에서 살아보지 못한 디아스포라. 이 사람이 오늘 여기 고향땅 위에 발을 디디고 서있습니다.

남과 북으로 두동강난 반쪽이 아닌 통일 조국의 국적을 원하는 나에게는 '국적'으로 뒷받침된 조국이 없는거나 마찬가지입니다. 원래 조국은 하나였으며 식민지 시절에도 남·북은 하나였습니다.

일본 강점시대를 겪은 우리나라는 해방 후 자기 의지가 아닌 다른 나라에 의해 분단되었습니다. 해방 직후 중국에서 돌아온 대한민국 중경임시정부의 김구 주석이 말했듯이 "일본의 패배는 기쁜 소식이기보다 하늘이 무너지는 것 같은 느낌이다(중략). 걱정스러운 일은 우리가 이 전쟁에서 아무런 역할도 못했기 때문에 이후 국제관계 속에서 발언권이 약하리라는 점이다."

이런 우려 속에서 45년 12월 말 모스크바 삼상회의에서 조선을 5년 동안 신탁통치한다는 결정이 내려졌습니다. 원래는 일본이 4분할 될 상황이었지만, 미국의 강력한 반대로 결국은 일본이 아니라 조선이 두동강 나게 된 것입니다. 즉, 나쁜 놈 옆에 있다가 벼락 맞은 격입니다.

이제 4·3의 땅 밑에서 얼어붙은 침묵의 시대와 더불어 반세기가 지나 분단 70년이 되었습니다. 8·15해방 70년, 분단 70년. 해방이 아니었고 광복도 아니었습니다. 남·북으로 갈라진 나라, 조국, 그 독립조국을 위해 얼마나 많은 애국 인사들이 일제의 총칼 아래 쓰러 졌습니까.

우리는 하나이며 한겨레입니다. 나는 그 한겨레의 한 사람입니다. 나는 지금 이 자리에 깊은 슬픔과 그것을 넘어설 굳은 의지와 기쁨을 마음속에 간직하고 서 있습니다. 이제 4·3 67주년, 3년 후에 70주년, 4·3의 완전 해방이 남·북이 하나 될 날을 조금이라도 앞당길 것이라는 믿음 때문입니다.

미증유의 대학살로 마무리 지어진 〈4·3사건〉은 한국 현대사의 맹점인 동시에 그 맹점 자체가 바로 현대사의 핵심적 부분이며 분단 조국의 집중적인 모순의 표현이 아닐 수 없습니다.

40년 동안 역사의 암흑 속에 파묻혀 철저히 은폐되어 온 이 대사건을 현대사에 복원하지 않고서는, 즉 〈4·3사건〉의 '해방' 없이는, 한국에서의 친일파 문제와 더불어 한국사회 전체에 참다운 해방을 가져 올 수 없는 것이 아닌가 생각합니다.

이것은 1988년에 한국에서 번역 출판된 「까마귀의 죽음」의 저자 말의 한 구절입니다. 왜 4·3이 한국 현대사의 맹점이고, 현대사의 핵심적 부분, 즉 분단조국의 집중적인 모순인가. 그것은 바로 해방 직후 남한을 점령하고, 여운형 등이 중심이 되어 건립한 조선인민공화국을 해체시킨 미군정 하에서 1948년의 단독선거, 대한민국 정부 수립, 이에 맞선 북의 인민공화국 수립으로서 남·북 분단의 시발점이 되었기 때문입니다. 왜 모두가 아는 사실을 되풀이 하느냐. 사실이 왜곡되어 왔기 때문입니다.

해방 직후인 1945년 12월, 남·북 통일 민주주의 임시정부 수립을 위해 5년 간 신탁통치를 한다는 모스크바 삼상회의의 결정 내용에 대한 이해가 충분치 못한 점도 있었으나, 해방된 민족이 바로 자주독립이 아닌 새로운 외국 통치 밑으로 들어가는 것에 대한 거족적인 반탁운동이 전국에서 일어났던 것입니다.

1945년 10월에 미국에서 귀국했으나, 조국에 정치적 기반이 없었던 이승만은 친일파 세력을 발판으로 삼아 전국적인 유세를 하면서 반탁운동을 전개, 이듬해인 46년 6월의 전라북도 정읍연설에서 단선·단정수립을 선언하고 대대적으로 이 운동의 봉화를 올리게 됩니다. 그 연장선상에서 미군정의 뒷받침을 받으면서 대다수 국민과 김구, 김규식 등 임정 요인들의 반대에도 불구하고 끝내 단독정부 수립으로 치달리게 됐습니다.

1947년 5월 제2차 미·소공동위원회가 결렬되어 신탁통치안이 폐기되자, 미국은 UN에 상정 할 수 없는 조선 문제를 '47년 9월 제3차 UN총회에 상정하여, 남한만의 선거를 실시하도록 했고, 새로 결성된 UN 한국임시위원회(9개국)'가 48년 1월 남한의 선거 감시를 위해 서울로 들어옵니다.

불과 30명의 감시위원이 미군 통치하에서 실시되는 인구 2천여만 명이 넘는 남한의 선거를 감시할 수 있었겠습니까? 말이 감시지 5·10단독 선거는 온갖 폭력이 동원되었고, 전국적으로 반대 투쟁이 벌어지는 상황 속에서 진행되었습니다. 그 과정에서 4·3사건이 일어난 것입니다.

남한만의 단독정부, 반공이 국시인 대한민국, 그 정부의 정통성을 세계에 과시하기 위해 제주도를 소련의 앞잡이 빨갱이섬으로 몰았습니다. 해방 전에는 민족을 팔아먹은 친일파, 해방 후에는 반공세력으로, 친미세력으로 변신한 그 민족 반역자들이 틀어잡은 정권이 제주도를 젖먹이 갓난아기까지 빨갱이로 몰아붙인 것입니다.

이승만 정부는 헌법 전문에서 대한민국은 3.1혁명의 위대한 독립정신을 계승한다고 표방했지만, 과연 3.1독립운동을 탄압한 일제의 앞잡이 친일파, 민족반역자 세력을 바탕으로 구성한 이승만정부가 3.1운동에 의해 건립된 임시정부의 법통을 계승할 수 있었겠습니까.

여기서부터 역사의 왜곡, 거짓이 정면에 드러났으며 이에 맞서 단선·단정수립에 대한 전국적인 치열한 반대투쟁이 일어났고 그

동일선상에서 일어난 것이 4·3항쟁이었습니다. 4·3학살은 파시 즘과의 전쟁에서 승리한 미군정시대에 미군 지휘 아래에서 일어난 제2차 세계대전 후 최초의 제노사이드입니다.

사방이 바다로 둘러싸인 절해의 고도(孤島), 세계로부터 차단된 밀도(密島), 섬 감옥에서 권력이 마음대로 할 수 있는, 세계를 충격 에 빠뜨린 이슬람국의 잔인한 살해 행위도 4·3에 비하면 털끝 정도 밖에 안 되는 것입니다.

제주도민의 저항은 내외 침공자에 대한 방어항쟁이며 조선시대 의 제주민란과 일제통치 하의 민족독립 해방 투쟁의 정신에 이어지 는 조국통일을 위한 애국 투쟁이라 생각합니다.

해방 70년, 우리는 역사를 재검토할 시기에 도달했습니다. 해방 공간의 역사바로세우기와 4·3진상규명을 병행하면서 한국 근현대 사에 그 자리 매김을 해야 할 때입니다.

"과거에 눈을 감는 자는 결국 현재에도 맹목(盲目)이 된다. 비인 간적인 행위를 마음에 새기려고 하지 않은 자는 또 다시 그러한 위험에 빠지게 마련이다…"

이것은 독일 패전 40주년이 되는 1985년 5월 8일, 전 통일 독일 대통령 바이체크(2015.1.사망)의 연설문 중, 세계적으로 널리 알려진 구절입니다.

역사에서 사라진 제주 4·3.

사람이 여기 이 제주땅에 존재하면서도 산 사람 구실을 못해 죽은 목숨으로의 존재의 계속, 사람아닌 사람의 껍데기를 한 목숨의 지 탱, 거짓이 진실이 되고 진실이 거짓이 되어 살아 온 오랜 세월, 그 반세기입니다.

"기억이 말살당한 곳에는 역사가 없다. 역사 없는 곳에 인간의 존재는 없다. 다시 말해서 기억을 잃어버린 사람은 사람이 아닌 주검과도 같은 존재다. 오랫동안 기억을 말살당한 4·3은 한국 역사에 존재하지 않았다. 입 밖에 내지 못하는 일, 알고서도 몰라야 하는 일이었다. 하나는 막강한 권력에 의한 기억의 타살, 다른 하나는 공포에 질린 섬사람들이 스스로 기억을 망각 속에 집어던져 죽이는 기억의 자살이었다. 4·3문제의 올곧은 해결은 아직 멀었지만, 공권력에 의한 재평가와 아울러 진상규명, 명예회복 등의 사업으로 더욱 큰 걸음을 내딛기 시작했다. 반세기가 지난 지금, 죽은 사람이 되살아나는 것은 아니지만 한없이 죽음에 접어드는 깊은 망각 속에 얼어붙었던 기억이 지상으로 솟아나 햇빛을 보게 된 것이다. 영원히 말살할 수 없었던 기억의 부활이자 기억의 승리다. 어처구니 없는 학살을 영원한 터부로 은폐하고 놀라운 허위로 역사를 꾸며오면서 '기억의 암살자'노릇을 해 온 지난날 위정자들의 책임은 막중하다."

이 글은 10년 전 한 한국 신문에 내가 쓴 '기억의 부활'이라는 칼럼의 한 구절입니다.

그러나 지금은 햇살 아래에서 버젓이 4·3을 노래하는 시대가 되었습니다. 거듭 말하면 우리는 아직 4·3의 완전 해방을 자기 것으로 만들지 못하고 있습니다. 그것은 떳떳한 4·3의 자리매김을 하는 일입니다.

한라산 기슭 가까운 마을 봉개동에 4·3평화공원이 있습니다. 내일 모래 4월 3일에는 국가추념일의 추도식을 올리게 되는 성스런 자리입니다. 공원 내 4·3기념관에는 백비(白碑, Unnamed Monument)가 누워 있습니다. 그 옆에 한글과 영어로 그 사연을 새긴 자그마한

돌이 놓여있는데 거기에는 비문이 없는 까닭이 적혀 있습니다. 큰 글자로 "언젠가 이 비에 제주4·3의 이름을 새기고 일으켜 세우리라"

그 밑에 작은 글씨로 "'백비(白碑)', 어떤 까닭이 있어 글을 새기지 못한 비석을 일컫는다. '봉기, 항쟁, 폭동, 사태, 사건' 등으로 다양하게 불려온 '제주 4·3'은 아직까지도 올바른 역사적 이름을 얻지 못하고 있다. 분단의 시대를 넘어 남과 북이 하나가 되는 통일의 그날, 진정한 4·3의 이름을 새길 수 있으리라."

절절하게 통일되는 날을 갈망하는 글귀입니다. 이 말없는 백비가 바라는, 우리 모두가 바라는 남·북이 하나되는 날은 언제인가? 그날을 우리 힘으로 어떻게 앞당길 것인가.

3년 후는 4·3 70주년, 우리는 내일 모래가 아닌 아직 확실히 보이지 않는 그날을 기다릴 것이 아니라, 이제 우리 힘으로 '올바른 역사적 이름', 정명(正名)해야 하겠습니다. 正名한 이름을 똑똑히 백비에 새겨서 이름 있는 기념비를 일궈 세워야 하겠습니다. 그것이 한국 현대사를 바로잡고 4·3의 자리매김을 하는 일입니다.

"1948년 범죄의 방지와 처벌에 관한 국제협약에서 제노사이트(집단학살)는 유엔의 정신과 목적에 위배되고 문명세계에 의해서 단죄되어야 하는 국제법상 범죄임을 명시했다. (중략) 결론적으로 제주도는 냉전의 최대 희생지였다고 판단된다. 바로 이 점이 4·3사건의 진상규명을 50년 동안 억제 해온 요인이 되기도 했다."

이것은 2003년에 발표한 「제주4·3사건진상조사보고서」 결론에 나오는 말입니다.

4·3학살을 국가 범죄로 규정한 보고서는 4·3 당시 양민의 학살을 이승만대통령과 미점령군에 있음을 밝히고 있습니다. 84.4%가

토벌대, 12.3%가 무장대에 의한 희생자이고, 기타 원인으로 희생된 사람이 3.3%로 되어 있습니다. 2만 5,000내지 3만 명으로 추산되는 희생자는 아직 시신 발굴이 완료되지 않았기 때문에 최종 숫자는 아닙니다.

토벌대는 빨갱이의 씨를 말려 멸족시킨다고 임신한 여자의 배를 갈라 태아를 꺼내 죽이거나, 강제로 학교 운동장에 끌려온 마을 사람들 앞에서 시아버지와 며느리를 알몸으로 살 섞임을 시켰습니다. 그리고 마을사람들 수십명을 커다란 구덩이에 처박아 넣어 흙을 덮어 생매장했다는 것도 그 자리에 강제로 끌려가 목격한 사람으로부터 나는 직접 들은 바 있습니다. 생매장 당해 비명도 지르지 못하는 사람들이 아직 다 죽지도 못 해 땅속에서 꿈틀거리는데, 덮어놓은 흙더미가 마치 파도처럼 출렁거려 움직이는 산소 같았다고 합니다. 이런 오만가지 만행이 동방예의지국이라 불리던 이 나라 강토에서 벌어진 것입니다.

4·3이 끝난 후에도 소위 폭도 가족들은 연좌제, 공포에 질린 4·3(정신)병으로 신음하는가 하면, 죄 없이 재판받고 육지의 형무소에서 징역 생활을 하다가 고향으로 돌아오지 못한 채 죽기도 했습니다. 한편, 토벌대 중 일부는 훈장을 받고 출세도 하고 연금을 받으면서 좋은 생활을 하지 않았습니까.

진상보고서에 국가 범죄로 규정된 4·3학살의 최종 책임자에 대한 조치는 어떻게 되는 것인지. 나치스 독일이 범한 홀로코스트, 인도상의 범죄에는 시효가 없으며 지금도 독일의 수사 당국은 세계 각처에 신분을 숨기고 살고 있는 나치 범죄자 추궁에 손을 뻗치고 있습니다.

4·3가해자에 대한 재판은 보복, 원한을 갚는 것이 아닙니다. 정의의 구현, 희생자의 마음의 치료 구제입니다. 생존하는 희생자들에 대한 후유증 치료 등을 포함한 모든 보상은 물론, 정신적인 치유는 가해자가 진심으로 잘못을 인정하고 사과를 하는 일이며

그 하나의 표현이 재판이기도 합니다.

범죄자가 없는 자리에서 국가적인 양심과 노력을 동원해 진상보고서를 작성했는데 〈피고자 본인이 없는 자리에서 피고자를 대상으로 한 국제 재판을 열어보면 어떨까〉 하는 터무니 없는 생각도 해봅니다. 그 때는 물론 피고석에 미국도 앉아있어야 할 것 아니겠습니까.

아무튼 이 자리에서 제가 이러한 농담 섞인 말을 더붙여서 할 수 있는 것은 이제 많이 진전되어 있는 4·3의 덕분이기도 합니다.

반세기, 인간의 기억을 말살당한 제주4·3의 세계에 유례없는 기나긴 세월의 반세기.

울퉁불퉁하더라도 올곧은 길을 가시는 여러분, 감사합니다.

나이 먹은 나도 뒤처지지 않도록 함께 따라가겠습니다.

2015년 4월1일
〈제주 4·3평화재단 제공〉

제주경찰서 인근 관덕정 광장에서의 제주 원도심

관덕정 광장은 제주인의 저항정신을 상징하는 장소이다. 현기영은 관덕정 광장에 내걸린 이덕구의 시신을 두고 "관권의 불의에 저항했던 제주 섬 공동체의 신화가 무너져내렸다."고 통탄했다. 제주목관아가 제주 섬사람들의 수탈자이자 지배자들의 공간이었다면 관덕정 광장은 제주인들의 항쟁의 정신이 살아있는 장소인 셈이다.

제주 목관아 전경

제주 목관아와 관덕정 주변 전경. 제주 목관아는 일제 강점기를 거치면서 원형이 크게 훼손되었다.
지난 1999년부터 복원작업이 시작돼 지금은 당시의 모습을 그대로 보여주고 있다. 제주 목관아 터는
제주 4·3 당시 제주도청, 미군정청, 제주경찰서 등 주요 기관들의 건물들이 들어서 있었다. 제주
4·3항쟁의 도화선이 된 1947년 3·1절 발포사건도 관덕정 광장에서 발생했다.

관음사 경내

관음사 일주문

관음사 인근 제주 4·3 유적

관음사는 김석범이 해방 전 제주를 찾았을 때 잠시 기거했던 장소이기도 하다. 관음사 인근에서는 제주 4·3 당시 무장대와 토벌대가 치열한 공방을 벌였다. 『화산도』에서도 관음사는 중요한 장소로 다뤄지고 있다.

산천단 1

산천단 2

제주시 아라1동에 위치한 산천단은 한라산 산신제를 지냈던 장소였다. 오래된 수령의 곰솔나무들이 군락을 이루고 있다. 『화산도』의 마지막 장면에서 이방근은 산천단에서 제주읍과 바다를 바라보며 스스로 목숨을 끊는다.

제1부

화산도와 기억의 정치학

김석범 『화산도』에 구현된
4·3의 양상과 그 의미

1. 왜 『화산도』인가

2015년 10월 재일(在日)작가 김석범(金石範)의 대하소설 『화산도(火山島)』가 한국에서 완역되어 출간[1]되었음은 일대(一大) 문화사적 사건이다. 한국의 비평가, 연구자를 비롯한 독자들은 이 대작을 마침내 온전하게 접할 수 있게 되었으매,[2] 앞으로 『화산도』는 상당한 파장을 불러일으킬 것으로 판단된다. 이 대하소설의 번역자는 다음과 같이 말했다.

---

1 김석범, 김환기·김학동 옮김, 『화산도』 1~12, 보고사, 2015. 일본어 원전은 1997년 문예춘추(文藝春秋)에서 완간되었다. 제1부 번역본이 1988년 이호철·김석희의 작업으로 실천문학사에서 간행된 바 있는데, 이는 원전과 달리 일지(日誌)식으로 되어 있으면서 더러 누락시킨 부분도 있다.

2 공동 번역자인 김학동은 "『火山島』는 일본문학이 아니라 언젠가는 우리말로 번역되어 소개될 때 그 존재가치가 빛을 발할 수 있는 한국문학이자 민족문학으로서의 성격을 짙게 내포하고 있"다고 했다. 김학동, 「『火山島』 완역의 의미」, 『제주작가』 2005년 겨울호, 287쪽.

범박하게 그 내용을 짚어보면, 시대적으로는 1948년 전후 해방 정국의 격동기를 배경으로 삼고, 공간적으로는 제주도–목포–광주–대전–서울–부산의 육로와 해로, 일본의 홋카이도(北海道)–도쿄(東京)–교토(京都)–오사카(大阪)–고베(神戶)를 잇는 한반도 바깥의 육로와 해로를 아우른다. 또한, 정치이념적으로는 한반도(특히 제주도)에서 반목했던 남북한 좌우익의 갈등/대립과 함께, '제주4·3사건'을 둘러싼 군경–미군–무장대–제주도민 사이의 사상/무력충돌을 전면화하면서도, 유엔의 단독선거 결정과 남북분단, 이승만 정권의 등장과 함께 일제강점기 친일파 세력이 재기하는 사회현실만이 아니라 여수순천반란사건 등의 극한적 대립양상도 형상화된다. 뿐만 아니라 작품에서는 역사문화적으로 당대 한반도에 존속해온 봉건적인 가부장제, 해외유학, 신세대의 결혼관/자유연애, 제주도의 생태학적 문화지리를 얽어내고 있다. 『화산도』는 해방정국의 정치경제의 현실을 부조(浮彫)해내는 차원을 넘어 사회역사, 민속종교, 통신교통, 의식주와 교육에 이르는, 당대의 정치역사성, 사회문화적 지점을 총체적으로 형상화한 걸작인 셈이다.[3]

이 인용에서 가늠할 수 있듯이, 김석범의 『화산도』는 매우 여러 부면에서 다각적으로 고찰할 수 있는 텍스트다.[4] '다성적인 작

3 김환기, 「김석범·『화산도』·'제주4·3': 『화산도』의 역사적/문화사적 의미」, 『일본학』 41, 동국대학교 일본학연구소, 2015, 2쪽.

4 권성우는 "『화산도』는 비평 쓰기에 대한 열망을 한껏 자극하는 최량의 문학 텍스트"라면서 디아스포라 정체성과 망명, 밀항, 인물 형상화의 의미, 혁명에 대한 사유 등을 논의했다. 그는 "기회가 된다면 『화산도』에 드러난 친일 문제, 정치와

품'[5]인 것이다. 이 글은 그 중에서 가장 기본적인 문제에 대한 접근에서부터 출발한다. 바로 4·3소설로서 이 작품을 읽는 것이다.

김석범은 4·3의 진상규명운동과 평화·인권운동을 앞장서서 펼쳐온 대표적인 인물로 평가되어 2015년 4월 제1회 '제주4·3평화상'을 수상했다. 그만큼 4·3의 상징적인 작가라는 것이다. 김석범도 4·3이 자신의 문학에서 매우 중요한 주제임을 여러 차례 역설한 바 있음은 물론이다. 따라서 그의 소설에서 4·3을 주목함은 가장 우선적이고 기본적인 작업이 된다.[6] 이에 여기서는 『화산도』에 4·3이 어떻게 그려져 있는지를 여타 4·3소설과의 차별성을 중심으로 살피는 가운데, 그것이 4·3소설로서 지니는 위상과 의미에 주목하고자 한다. 이는 4·3문학 연구의 영역을 더욱 풍성하게 해 줄 뿐만 아니라, 답보상태를 보이는 4·3소설의 창작에도 시사점을 줄 것으로 믿는다.

『화산도』에 대한 기존 연구를 보면, 4·3에 대한 충분한 이해

예술, 허무주의와 고독, 조직과 자유, 혁명과 반혁명에 대한 사유, 지극히 문학적인 묘사와 표현, 제주도의 인문지리, 해방 직후 서울 도심의 문화적 풍경, 등장인물들의 꿈, 문학적 한계 등에 대해 글을 쓰고 싶다"고 밝히기도 했다. 권성우, 「망명, 혹은 밀항(密航)의 상상력」, 『자음과 모음』 2016년 봄호, 262-283쪽.

5 유임하, 「초대서평-김석범 소설 『화산도』」, 『아시아경제』 2016.5.2. 유임하는 한국어 완역본의 책임교열자이다.

6 나카무라 후쿠지는 "『화산도』는 1948년부터 1949년에 걸친 남한을 무대로 하면서 제주4·3항쟁과 친일파 처단이라는 두 가지 문제를 소설의 지주로 삼고 있다"고 했는데, 친일파 문제는 4·3의 한 원인이라고 하겠기에 사실상 4·3이 이 소설의 핵심이라 하겠다. 나카무라 후쿠지, 『김석범 『화산도』 읽기: 제주4·3항쟁과 재일한국인 문학』, 삼인, 2001, 7쪽.

없이 작품을 평가하는 경우가 더러 있는 것으로 판단된다. 한 연구자는 "빨치산 측에 따르는 제주 민중이 자세하게 그려져 있는 반면, 경찰이나 서북 쪽에 따르는 민중에 대한 묘사는 별로 그려져 있지 않다."[7]고 분석했다. 그는 "『화산도』는 1만 1천 장의 분량에도 불구하고, 무장대 측의 관점으로 기울어 있어 군경이나 서북 쪽이 오로지 제주도민을 빨갱이로 몰아가는 모습이 강조되고 있는 것이다. 왜 사건이 일어났는지를 묻는다기보다, 누가, 어떻게 해서 봉기를 일으켰는가가 중심이 되어 있다. 즉 『화산도』에서 4·3사건은 도민에 의한 봉기라기보다는, 공산당조직에 의한 폭동이라는 것이 부각되어, 고통스러웠던 도민의 관점이 결여된 것이라고 생각된다."[8]고 말했다. 결론적으로 그는 "무장대 측에서 사건을 보는 관점으로 기울어져 있기 때문에, 독자에 대한 4·3사건의 설명으로는 객관성이 결여되어 있다"[9]고 평가했다.

이런 관점에 나는 동의할 수 없다. 왜 그런가. 경찰이나 서북 쪽에 따르는 민중에 대한 묘사가 별로 그려져 있지 않은 것은 당시에 그런 민중이 적었기 때문이다. 군경이나 서북 쪽이 제주도민을 빨갱이로 몰아가는 모습이 강조될 수밖에 없음이 바로 4·3의 진실이다. '왜 사건이 일어났는지'와 '누가, 어떻게 해서 봉기를 일으켰는지'는 거의 같은 질문이다. 공산당조직에 의한 폭

---

7 오은영, 『재일조선인문학에 있어서 조선적인 것: 김석범 작품을 중심으로』, 선인, 2015, 201쪽.
8 위의 책, 203쪽.
9 위의 책, 250쪽.

동이라는 것이 부각됨에 따라 고통스러웠던 도민의 관점이 결여되었다는 판단은 심각한 오류로 보인다. 봉기 지도부를 비롯한 지식인들의 고뇌와 투쟁과 갈등과 좌절을 밀도 있게 드러냄으로써 4·3의 의미와 정당성을 부각시킨 것이 어째서 문제가 되는가. 왜 폐기되어야 마땅한 '공산폭동론'에 근거해 4·3을 재단하려는가. 무장대의 관점으로 기울어져 있기 때문에 객관성이 결여된 것이 아니라, 바로 봉기 중심 세력의 신념과 갈등을 정면에서 다루었다는 그 점 때문에 이 작품이 의미가 한껏 부각되는 것이 아니겠는가.

역으로 생각하면, 위의 연구는 『화산도』가 지닌 특징 자체는 잘 끄집어내었다고 본다. 한국의 독자들은 4·3에 대한 김석범의 관점이 상당히 낯설다. 현기영의 「순이 삼촌」(1978)으로 대표되는 민중수난사로서 4·3을 보는 관점에 익숙해져 있기 때문이다. 「순이 삼촌」이 유신독재 시대에 거대하고 견고한 금기의 벽에 대응하는 진실 복원의 한 방식이었을진대, 40년이 지난 지금까지도 그 틀을 벗어난 방식의 접근에는 고개를 갸우뚱하고 있는 형국이다. 4·3에서 억울한 죽음과 그에 수반한 고통만 있다면야 원혼을 잘 달래주고, 합당한 기념사업과 보상을 해나가면 정리될 수 있다. 국가추념일이 되었으니 이제 유족 복지를 더 강화하고 적절한 보상을 해 주면 이른바 '완전해결'이라고 말할 수 있을지 모른다.

하지만 그것은 4·3의 일부일 뿐이기에, 거기에서 그쳐선 안 된다. 국민국가를 구성하는 과정에서 일어난 불행, 혹은 좌우 대립에서 비롯된 국가폭력의 문제로만 4·3을 볼 것이 아니라, 좀 더

폭넓은 관점이 필요하다. 제주와 한반도에 머무를 게 아니라 지구적 시각에서 4·3을 만나야 한다. 김석범의『화산도』는 그런 시각을 제대로 보여준다는 면에서 의미 있는 작품인 것이다. 이 점을 전제로『화산도』에서 포착되는 4·3의 의미를 두루 점검해야 마땅하다.

2. 반제국주의 통일 투쟁

『화산도』는 반제국주의 통일 투쟁으로서의 4·3의 성격을 분명히 하고 있다. 일본과 미국이라는 제국주의 세력에 의해 연이어 침탈 또는 점령당하는 상황이 가장 문제였음을 짚어낸다. 일본과 미국은 외양에선 다르지만 본질적으로 동일한 존재라는 것이다. 그러기에 "일제의 지배, 그리고 계속되는 미국의 지배"(Ⅶ-153)[10] 상황은 작품에서 수시로 강조된다. 결국 완전독립과 진정한 해방에 대한 갈망이 제주에서 분출된 것이 4·3이라는 관점을 견지한 셈이다. 이와 관련하여 1947년 3·1절 28주년 기념식[11]에서 자주독립의 의미를 강조했음을 회고하는 장면이 제2부(13장 5절)에서

---

10 ( ) 안의 로마자는 이 글의 텍스트인 보고사 번역판의 권수, 아라비아숫자는 쪽수를 말한다. 앞으로 이 글에서 작품 인용 시에는 이렇게 명기키로 한다.

11 이 기념식 직후 이어진 가두시위 도중 경찰의 발포로 6명이 사망하고, 6명이 부상당하는 등의 사태가 벌어졌다. 이를 '3·1사건'이라고 하는데, 이것이 4·3의 도화선이 되었다.

비중 있게 취급된 점도 주목할 필요가 있다.

작가는 작품의 서장에서부터 연속되는 식민 상황을 당시 제주 민중들이 간파하고 있었음을 보여준다. 다음은 1948년 2월 제주 성내로 진입하는 버스에서 어떤 농부가 하는 말이다.

> 누가 착취를 했냐고? 그야 물론 일본군이지 누구겠소. 지금은 미국 군대가 와 있지만. (…) 요즘 세상은, 이번엔 미국이 들어와서 더 살기가 어려워졌지만, (…)(I –17~19)

이 농부는 국민학생 손자를 둔 50살 남짓의 남자다. 일제의 착취에 시달리면서 일생을 보낸 그는 해방을 맞았는데도 미국이 들어와 더 힘들어졌다는 탄식을 내뱉고 있다. 연이은 제국주의적 착취에 시달리게 된 버거운 현실이 민중들의 일상적 대화에서 확인되는 것이다.

지식인들의 생각도 마찬가지였다. 핵심인물인 남승지는 대학을 다니다가 중학교 교사가 된 인텔리다. 그는 일장기 대신 내걸린 성조기를 통해 본질적으로 지속되는 제국주의의 지배를 확인한다. 해방된 조국의 도청 건물에도 태극기는 여전히 펄럭일 수 없었음이 엄연한 현실이었다.

> 도청 건물 위에서 성조기가 기세 좋게 펄럭이고 있었다. 남승지는 성조기를 얼핏 보았을 뿐인데도 또렷하게 각인되었다. (…) 그것이 정말로 우리 국기가 아닌 미국 국기에 틀림없단 말인가? (…) 식민지 지배에서 해방된 조국의 남단 제주도에까지 이국의 깃대

가 우뚝 서 있는 광경은 한순간 그의 머릿속을 어지럽게 만들었다.(…) 과거에는 일장기가 36년간이나 '국기 게양대'에 걸려 있었다. 그 현실이 아직도 계속되고 있는 것에 불과하다. 본질적으로 뭐가 달라졌단 말인가.(I –36~38)[12]

일제가 패전한 만큼 민중들도 지식인들도 모두 새나라 건설이라는 희망에 들떴다. 제주사람들은 섬에 들어오는 미군을 해방군으로 인식하여 열렬한 환영을 준비하기도 했다. 새로운 세상을 준비할 수 있으리라는 기대 속에 미군을 맞이한 것이었다.

9월 28일, 드디어 미군이 몰려왔다. 제1진이 수송기로 성내 서쪽 근교에 있는 옛 일본군 비행장(지금은 미군용 비행장이자 캠프였다)에 상륙했다. (…) 그들은 관덕정 광장에 정렬한 수십 명의 유지들을 거들떠보지도 않고 그냥 지나쳐 버렸다. 아니, 적의에 가득 찬 눈초리로 행진하는 그들의 태도는 마치 전쟁 중의 적국에 상륙한 군대나 다름없었다. (…) 유지들과 주민들은 어이가 없다는 듯 멍하게 있을 뿐이었다. 모두들 말이 없었다. 환영 아치도 그렇고 현수막도 그렇고, 만세! 하고 들었던 손 역시 어찌할 바를 몰랐다.(I –164)

---

12 소설의 중반에 이르면, 남한의 단독정부가 수립되면서 태극기가 펄럭인다. "성조기가 해방 후 최근까지 3년 간, 밤낮 없이 게양대에 걸려 있"다가 "8월 15일에 신정부가 수립되었다고 해서 성조기가 내려진 것은 표면적으로 이치에 합당한 것"이었다. "그렇다면 왜 미군이 철수하지 않고 이 나라에 계속 눌러앉아 있는 것일까"(Ⅵ–287)라는 의문은 계속해서 제기된다.

미군은 이미 스스로 점령군임을 표방했던 터였다. 9월 7일 요코하마 태평양 미합중국 육군 최고사령관인 더글러스 맥아더 대장 명의로 "점령군의 안전을 도모하고, 점령지역의 공공치안과 질서 안전을 위하여" 문제가 되는 자는 "점령군 군법회의에서 유죄로 결정한 후 동 회의에서 정하는 바에 의거하여 이들을 사형 또는 기타 형벌에 처한다"(Ⅱ-62)고 공포한 상황이었던 것이다. 환영에 나선 제주사람들이 머쓱해진 것은 당연한 결과였다고 하겠다.

그런데 이 작품에서 미국 혹은 미군의 존재는 의미 있는 인물로서 등장하지 않는다. 인물로만 본다면 조역도 아닌 엑스트라일 뿐이다.

> 뒤쪽에서 달려온 미군 지프가 앞쪽의 소가 끄는 수레를 비켜 세우고, 흙먼지를 일으키며 달려갔다.(Ⅳ-438)

> 비행장에서 돼지고기를 굽는다……? 아하, 아마도 미군들이 야외에서 제주도의 흑돼지를 통구이 하는 모양이다. 바비큐인지 뭔지를. 가까이에서 못된 짓을 하고 있었다. 수용소 텐트 안의 배를 굶주린 수용자들이 바로 가까이에서 기름기 섞인 냄새와 함께 제주도 돼지를 통구이 하는 강렬한 냄새에 발광하거나, 장이 꼬여 큰 소동을 일으킬지도 모른다.(Ⅵ-315)

개별 인물로서의 미군이 아니라 불특정 다수의 미군들이 나오고 있을 따름이다. 작품 전개에 별다른 영향을 미치지 않는 삽화적 장면일 뿐이다. 따라서 그들이 주요 작중인물들과 개별적으로 특별하게 엮이는 경우도 없다.

이처럼 미국인이나 미군이 본격적인 등장인물로 나오지는 않지만, 미군과 미국의 존재는 이 작품에서 아주 중요하다. 『화산도』에서는 4·3의 전개 과정에서 미국이 직접 관련되었음이 분명히 제시되기 때문이다. 작품 말미에 나오는 1949년 1월 초 미군의 함포사격 장면은 그 대표적인 부분이다.

> 함포사격은 위협하기 위한 공포(空砲)라고 발표되었지만, 실은 실탄을 쏘아댄 것이었다. 중산간지대나 산록지대에 적중해 무수한 불을 내뿜은 것을 보고도 공포라는 것은 누가 보더라도 명백한 변명밖에 되지 않았다. 애초에 표적이 되는 게릴라의 근거지 소재가 파악되지 않았기 때문에, 사격은 마구잡이로 실시된 것이라고 할 수밖에 없었다. 아지트를 목표로 하지 않은 채 하늘에서 투하한 폭탄도 마찬가지였다.(XII-195)

미군이 제주도에 함포사격을 가했다는 것은 공식적으로는 확인되지 않은 사항이다.[13] 하지만 이는 "무엇 때문에 미군정과 미

---

13 5·10선거가 제주에서 보이콧 된 후 제주 해안에 출현한 미군의 구축함 '그레이그' 호의 모습이 포착되는 등 미군의 4·3 진압 활동은 확인된 바 있다. 따라서 『제주4·3사건진상조사보고서』의 결론에는 "4·3사건의 발발과 진압과정에서 미군정과 주한미군사고문단도 자유로울 수 없다. 이 사건이 미군정하에서 시작됐으며, 미군 대령이 제주지구 사령관으로 직접 진압작전을 지휘했다. 미군은 대한민국 수립 이후에도 한미 간의 군사협정에 의해 한국군 작전통제권을 계속 보유하였고, 제주 진압작전에 무기와 정찰기 등을 지원하였다. 특히 중산간마을을 초토화작전을

국이 집요하게 해방공간의 한반도의 정치사회 문제에 관심을 보이고 적극 간섭했는지에 대한 다층적이고 심층적 이해가 절실하다는 문제의식을 문학의 힘으로 보여주고 있"[14]는 것이라고 할 수 있다.

이 작품에서 작가는 미국의 전략 혹은 미군정의 정책에 대한 비판을 뚜렷이 표출한다. 그것을 통해 미 제국주의가 4·3의 주요 원인임을 분명하고 집요하게 드러냈다는 것이다.

김석범은 무엇보다도 미국이 조선을 분할 점령한 데 대한 비판을 적극적으로 제기한다. 패전국이 아닌 조선이 왜 분단국이 되어야 했는지, 연합국에 협력한 조선이 왜 악화일로를 걸어야 했는지에 대한 문제 제기이다.

　　일찍이 조선을 식민지로 삼았던 패전국이 이처럼 앞으로 전전하고, 독립하여 해방되었을 조선이 오히려 역방향으로 돌진하고 있는 것이다. 그리고 한반도 남쪽 끝자락에 있는 섬 제주도에서 무장봉기를 일으키는 상황이 되어 버린 것이다./ '뒤바뀐 미군정'/ 연합국에 협력한 조선이 자유를 상실하고 잔혹한 개인적 제한을 받고 있는 데 비해, 최근까지 미국의 적이었던 일본은 전쟁을 일

'성공한 작전'으로 높이 평가하는 한편 군사고문단장 로버츠 준장이 송요찬 연대장의 활동상을 대통령의 성명 등을 통해 널리 알리도록 한국정부에 요청한 기록도 있다."고 언급되었다. 제주4·3사건진상규명및희생자명예회복위원회, 『제주4·3사건진상조사보고서』, 2003, 539쪽.

14　고명철, 「해방공간의 혼돈과 섬의 혁명에 대한 문학적 고투: 김석범의 『화산도』 연구(1)」, 『영주어문』 제34집, 영주어문학회, 2016, 212쪽.

으킨 중대한 책임이 있는데도, 그들이 지금껏 향유하지 못했던 자유와 민주화를 구가하고 있다(II-383)

이처럼 작가는 "연합국에 협력한 조선은 자유를 상실"하고 "패전국 일본은 민주화를 구가"(VI-145)하는 상황, 일본은 전진하고 조선은 역진하는 상황을 용납할 수 없다는 입장이다. 물론 이는 미국의 동아시아 전략과 일본의 전쟁책임 회피 전략이 야합했던 결과라는 것이 김석범의 생각인 듯하다. 태평양전쟁 직후의 국면에서 똑같이 미군 점령하에 있으면서도 조선만 피폐해진 현실에 대해 비분하면서, 결국 제주도가 그와 관련하여 무장봉기로 큰 희생을 치르게 되는 상황을 맞았음에 원통해 하고 있는 것이다.

특히 미군정의 친일파 등용은 큰 문제였다. 김석범은 친일파 문제를 시종여일 집요하게 쟁점화했다. "미국이 비호, 육성해 온 친일파"(XII-236)의 득세는 새 세상에 대한 열망을 지닌 민중들을 분노케 했다. "이놈 저놈 모두 일제협력자가 아닙니까! 도대체가 말이죠. 이 나라는 일제협력자의 천국입니다."(V-175)라는 한대용 발언은 그러한 분노를 여실히 보여준다. 그러기에 급기야 8·15에 대한 인식을 달리하기에 이른다. "내일은 광복절. 빌어먹을 8·15"(V-501)라거나 "똥 단지(糞壺) 같은 8·15야"(V-558)라는 탄식이 만연하게 되었다.

주인공 이방근은 "난 제주도사건도 친일파가 지배했기 때문에 일어났다고 생각하고 있어. 근본을 따지자면……."(VII-318)이라고 말한다. 그러기에 4·3의 전개에서 "무엇보다 과거의 반일파는 지금의 게릴라, 과거의 친일파는 지금의 반게릴라라는 구도가 성립"(V-511)하는 형국이 되었다고 진단한다.

이방근은 오랜 기간 소파에 파묻혀 있던 터였지만, 친일파가 득세하는 현실을 두고만 볼 수 없었다.[15] 그는 4·3 봉기에도 기본적으로는 동조자였고, 나중에는 국회의 반민특위 결성과 활동에도 일말의 기대를 걸었다. 하지만 봉기는 점점 실패로 기울어져 갔고, 반민특위는 와해되는 국면에 이르고 말았다. 돌이킬 수 없는 상황이 되었다. "만조가 된 뒤 조개를 캐는 식으로, 이미 너무 늦어 버렸다. 해방 직후 지체 없이 착수해야 할 일을, 일본 패배로부터 3년. 미군정하에서 온존해 온 친일 세력은 정부를 비롯해 이 사회의 거의 모든 기구에 벌써 침투해 버린 것이다."(IX-157) 더 이상 기댈 곳은 없었다.

소파에서 벗어난 이방근은 자기의 방식으로 행동에 옮긴다. 그의 친일파에 대한 단죄는 유달현에 대한 사적 처단으로 결행되었다. 유달현은 일제강점기에 협화회(協和會) 회원으로서 내선일체, 일억총력전 운동의 열성분자로 경시청에서 표창까지 받았던 인물로, 해방 후에는 재빨리 변신하여 남로당 비밀당원으로 활동한다.[16] 그런 그가 4·3의 와중에 성내 조직이 일망타진되는 데 결정

---

15 이방근이 친일 경력자를 무조건 싸잡아 문제 삼는 것은 아니었다. "과거에 일제협력자였다 하더라도 그것은 상관없는 일. 그 일에 대해 철저한 자기부정을 한 후에 사회참여를 했다면, 아무것도 하지 않고 있는 나 같은 것보다는 훨씬 나은 것이고, 크게 기뻐할 일이었다."(VI-29)에서 보듯, 진정한 참회가 전제된다면 그들의 사회참여가 바람직하다는 입장이다.

16 김석범은 해방 직후의 상황과 관련하여 "협화회의 간부였던 남자가 지금이야말로

적인 역할을 했음이 확인되자, 이방근은 더 이상 참을 수 없었다. 작가는 장면제시 기법으로 이방근과 한대용을 비롯한 청년들의 유달현 처단을 비중 있게 제시했다. 그가 유달현에게 마지막으로 한 말은 "옛 사람들은 지당한 말씀을 하셨다. '개꼬리 3년을 땅에 묻어도 족제비 꼬리털이 되진 못한다'고 말이지. 네 놈은 말이다, 그 근성이 일제 때에도, 그로부터 3년이 지난 지금도 전혀 변하지 않는 놈이야. 네놈은 자신의 굴욕도, 창피도 모르는 놈⋯⋯. 썩어 빠진 친일파와 똑같아. 유다 새끼야!"(XI-346)였다.

반제국주의 투쟁과 통일 투쟁은 사실상 동일한 맥락이다. "이 국토에 미군이 계속 주둔을 하고, 권력을 손에 넣은 친일파가 설친다. 과거의 매국노였던 그들이 '반공 애국'을 외치며 국시라고 했다."(XI-210)는 인식은 반공을 명분으로 분단을 획책하던 세력의 부당성을 분명히 드러낸다. 이 작품에서 중요하게 취급되는 서북청년회의 횡포는 반공을 등에 업은 이들의 거침없는 행보였기에, 모두 하나의 고리에 엮이면서 4·3의 원인이 된다. "한반도의 분할을 실시하려는 유엔 조선위원회에 반대하는 데모, 남한만의 단독정부 수립을 반대하는 데모, 미소 양군의 동시철수와 조선통일민주정부 수립을 조선 인민에게 맡기라는 데모, 노동자와

나 같은 인간이 나서야 할 때라고 하는 거요. (⋯) 인간이 하룻밤에 바뀌는 거야. 생각하면 일본으로 돌아온 나도 한심한 인간이었지만, 하룻밤에 변하는 인간을 보는 것도 한심했지. 정말로 눈물이 나⋯⋯."라고 말한 바 있다. 김석범이 실제로 겪었던 이 남자가 『화산도』에서 유달현으로 등장했음을 알 수 있다. 김석범·김시종(문경수 편)(이경원·오정은 옮김), 『왜 계속 써 왔는가, 왜 침묵해 왔는가』, 제주대학교출판부, 2007, 26쪽.

농민 주민의 생활권을 요구하는 데모"(Ⅱ-325)가 바로 4·3 봉기로 이어진 것이었다. 결국 4·3 봉기는 반제국주의 투쟁이면서 "자르면 하나가 되고, 자르지 않으면 두 개가 되는"(XⅡ-58) 38선을 무너트리는 통일 투쟁이기도 함을 강조하고 있음이다. 이는 「까마귀의 죽음」(1957)에서부터 견지해온 그의 일관된 소신이었던바,[17] 그것이 『화산도』에서는 체계적으로 심도 있게 형상화되었다고 할 수 있다.

이처럼 『화산도』는 반제국주의 통일 투쟁으로서 4·3이 지닌 의미를 분명히 견지한 작품이다. 계속되는 식민 상황의 돌파와 미·소의 한반도 분할 점령에 따른 온전한 통일정부 수립의 염원이 제주도에서 분출된 게 4·3이라는 인식인 것이다. 여타 4·3소설에서 이러한 문제들이 더러 부분적으로 제기되지 않은 것은 아니지만, 『화산도』는 그것을 확고한 주제의식 아래 전면적으로 제기했다는 데 수월성이 있다고 할 수 있다.

3. 인간애와 평화 지향의 정신

『화산도』를 통독하는 가운데 시종일관 감지되는 것은 4·3이 끝내 대참사의 비극으로 치닫게 된 데 따른 작가의 안타깝고 비통

---

17 김동윤, 「빛나는 전범(典範), 관점의 무게」, 김석범(김석희 옮김), 『까마귀의 죽음』, 각, 2015, 355~376쪽 참조.

한 심정이다. 이는 당시에 그 현장에 함께 하지 못한 데 대한 작가의 죄의식과 상통하는 것임은 물론이다.

『화산도』에서 김석범은 4·3 봉기의 정당성 자체에는 근본적으로 동의하고 있다. 하지만 그 과정에 초래된 희생은 과연 불가피한 것이었나, 하는 물음을 매우 심각하고 진지하게 던지고 있는 것으로 보인다. 어떻게 해서든 희생을 최소화했어야 마땅했다는 신념을 뚜렷하게 표출하였다는 것이다. 『화산도』에서 작가의 그런 신념은 주로 이방근을 통해 나타난다고 할 수 있다.

> "아, 보인다, 보여……."/ (…) 지금 이 밤의 광대한 한라산 기슭 일대에, 마치 봉화의 퍼레이드라도 벌이는 것처럼 빨갛게 타오르는 광경은 장관이었다. 여기저기 솟아 있는 오름마다 봉화가 오르고 있었다. (…) / 어둠 속에 타오르는 환상적인 불의 무리, 이방근은 순간 황홀감에 사로잡혀, 그것들이 게릴라 봉기의 신호이자 시위라는 것도 잠시 잊고 있었다. (…) 한밤중에 밖에 나와, 이렇게 봉화를 본 것은 기쁨이었다. 이방근은 집을 향해 걸어가면서, 상상도 하지 못했던 어떤 감동에 몸을 떨었다. 그는 전에 없이 흥분하고 있었다.(IV-317~318)

이방근이 4·3 봉기를 알리는 오름의 봉화를 장관으로 여기면서 황홀감에 젖어 흥분하고 있음은 단순히 즉흥적이거나 일시적인 태도가 아니었다. 심정적으로 봉기의 대의에 동조한다는 의미로 해석된다. 하지만 현실의 상황은 봉기 세력을 마냥 지지하고 성원할 수 없도록 흘러갔다. 성내 공격의 실패 등으로 투쟁이 장기화의 길로 접어들고 있었으며 그에 따라 희생은 점점 커져 가는 상황에 빠져들었기 때문이다.

이방근은 시간이 흐를수록 평화적 해결의 길이 절실함을 느꼈다. 그런 와중에 "이미 게릴라 측이 교섭의 장을 상정하고 있는 듯한" 말을 들으면서 "이렇게 다소 뜻밖인 강몽구의 탄력적인 태도의 배경에는, 가능하면 4·3봉기의 투쟁이 일정한 단계에 이르면 수습되어도 좋다는 생각이 있는 것 같"(V-93)음을 감지한다. 이후에 국방경비대 9연대장 김익구(김익렬이 모델)와 게릴라 사령관 김성달(김달삼이 모델) 간에 4·28평화협상[18]이 성과를 거두어 그 합의 사항에 따라 전투 중지와 하산 등의 조치가 이루어지기 시작하였다. 이방근은 평화적 해결 양상에 기대를 걸었다. 하지만 메이데이의 오라리방화사건과 곧바로 이어진 5월 3일 경찰의 귀순 파괴 공작으로 화평은 깨지고 말았다.

(…) 경찰에 의한 하산자의 학살이 자행되었던 것이다. 양준오가 뭔가를 예감하고 있었던, 일어날지도 모른다던 경찰의 모략이 무서운 방식으로 현실화되었던 것이다. 양준오는 두 사건 모두

---

18 1948년 4월 28일 대정면 구억리에서 김익렬과 김달삼의 협상은 "①72시간 내에 전투를 완전히 중지하되 산발적으로 충돌이 있으면 연락 미달로 간주하고, 5일 이후의 전투는 배신행위로 본다. ②무장해제는 점차적으로 하되 약속을 위반하면 즉각 전투를 재개한다. ③무장해제와 하산이 원만히 이뤄지면 주모자들의 신병을 보장한다"는 등의 합의를 보았다. 제주4·3사건진상규명및희생자명예회복위원회, 앞의 책, 198쪽. 『화산도』에서도 이런 역사적 사실을 거의 그대로 서술하고 있다.

면밀하게 짜인 경찰 측의 협상 파괴의 음모라고 보고 있었다. 그는 정세용의 이름은 거론하지 않았지만, 그 앞에서 이방근은 얼음처럼 차가운 분노의 불빛이 척추를 내달려 솟아오르는 것을 느꼈다.(Ⅴ-350)

　　제대로 된 세상이라면, 일제강점기에 조선인 학우를 팔아 목포 경찰서의 순사부장으로 임명되었다고 소문난 정세용이, 지금쯤 무엇을 하고 있을지 알 수 없는 일이었다. (…) 이번 인사도 뒤늦게나마 군과 게릴라 간의 4·28평화협정 파괴 공작에 대한 논공행상적인 냄새가 풍겼다. 사건 직후의 표창은 눈에 띄니까 눈속임을 위해 일정한 시기까지 미뤄 왔을 것이다.(Ⅷ-159)

　평화협상 파괴를 위한 경찰의 공작에 이방근의 외가 쪽 친척인 정세용이 앞장섰다. 그는 5월 3일 게릴라 하산자를 습격하다가 부상당해 미군에게 체포되었다는 고 경위가 자신은 경찰 상부의 지시에 따라 폭도로 위장한 경찰특공대장이라고 자백하자, 그날 밤 경찰 취조실에서 그를 사살하는 일을 맡았다. 그 논공행상으로 승진까지 했으니, 이방근은 도저히 묵과할 수 없었다. 4·3이 조기에 수습될 수 있었던 절호의 기회가 사라져버렸기 때문이다. 평화적인 해결책은 없어지고, 사태는 더욱 악화되어 갔다. 정세용은 결국 "4·28화평협상 파괴음모, 고 경위 모살주범, 10·25 '선전포고문' 인쇄 직후의 성내 조직 일제검거 선풍의 배후조종자"(Ⅻ-289)로 찍혀 게릴라에게 납치되었다. 그 소식을 접한 이방근은 산에 올라가서 정세용을 직접 처단한다.

오른팔이 표적을 향해 움직였다. 전신이 폭발하는 무시무시한 마찰이 얼음의 열을 발하며 등을 뛰어오른다. 풀지 마! 눈가리개가 풀리자 2미터 거리에서 시선이 충돌했고, 정세용이 끼―악 하고 무서운 비명을 지르는 순간, 거의 지옥의 불꽃이 들여다보이는 그 눈을 향해 발사되려던 권총의 총구멍이 왼쪽 가슴을 향해 불을 뿜었다. 찌른 칼날을 뽑는 듯한 감각이 이방근의 전신을 서서히 달렸다.(XII-316)

이방근은 앞서 친일파 처단에서 친구인 유달현을 택했고, 이번의 화평파괴공작에 대한 처단에서는 친척인 정세용을 택했다. 4·3을 성공으로 이끌지 못한, 혹은 평화적으로 해결하지 못한 데 대한 제주도민 스스로의 책임을 강조하는 한편, 스스로에 대한 통절한 반성의 의미가 바로 이처럼 가까운 인물에 대한 사적(私的) 처단의 방식으로 표출된 것이다. 마지막에 이방근이 자살하는 것도 동일한 맥락으로 판단된다.

이방근은 게릴라 측에 대해 무조건적인 지지를 보내지는 않았다.[19] 그랬기에 게릴라 지도부의 무책임함에 대해서도 여지없이 비판하는 태도를 취했다. 특히 해주에서 열리는 남조선인민대표자회의 참석차 월북한 김성달에 대해서는 "무리하게 해주 회의에

---

19 김재용은 "이 작품은 무장대를 주된 등장인물로 하고 또한 그들 자신의 이야기를 하도록 배치하고 있음에도 불구하고 우리가 상상하는 것처럼 이들을 일방적으로 미화하지는 않고 있다."고 『화산도』를 분석했다. 김재용, 「폭력과 권력, 그리고 민중: 4·3문학, 그 안팎의 저항적 목소리」, 역사문제연구소, 『제주4·3연구』, 역사비평사, 1999, 288쪽.

참가한 만큼, 그에 상응하는 결과를 가지고 제주도로 돌아와야 했고, 새로운 국면에 접어든 투쟁에 합류해야 할 것"(Ⅷ-11)이라는 입장을 견지한다. "돌아오지 않는다면 무책임하기 짝이 없는 배신자지."(Ⅸ-413)라고 말하기도 한다.[20] 그러나 끝내 그들은 돌아오지 않았고, 게릴라들은 더욱 고립되어 가는 상황이 되었다.

> "(…) 4·3사건은 일어날 만한 필연성이 있었네. 그렇잖나. 그렇지 않다면 모든 도민이 봉기, 지지하질 않았을 거야. 하지만 말야, 승패에 관한 한, 모순되지만 난 부정적이네. 즉 승산이 없는 싸움을 시작했다는 것이네. 결국은 실패라는 말이야. (…) 이제 남은 건 강대한 정부군에 포위당해, 막다른 골목에서 싸울 수밖에 없어. 게다가 미군이 뒤에서 대기하고 있잖나. ……어떻게 하면 좋은가. 으-흠, 무슨 사정인지는 모르겠지만, 난 용서할 수가 없네. 도민으로서 용서할 수 없는 일이야, 김성달 무리를……."(Ⅹ-248~249)

제주섬은 대살육의 참화에 빠져들고 말았고, 게릴라의 패배는 명약관화했다. 이런 상황에서 이방근은 "산중의 게릴라 전원을 조직적으로 섬에서 탈출시키는 길"(Ⅹ-258)을 꿈꾼다. 하지만 그것은 성사시키기 어려운 꿈일 따름이었고, 개인적인 차원에서 제한적이나마 탈출 작업에 나선다. 한대용에게 사들인 어선 등을

---

20 이에 비해 끝까지 섬에 남아 투쟁을 이끌었던 이성운(이덕구가 모델)에 대해서는 "성실하고 수수한 청년"(Ⅹ-318)이라는 등 긍정적으로 평가한다.

동원하여 게릴라들을 일본으로 밀항시키는 일에 혼신의 힘을 다한다.

> "(…) 난 패배를 예상하는 싸움에서의 죽음을, 혁명적인 죽음이라곤 생각하지 않아. 적어도 개죽음이라는 것은. 뭔가 다른 방법을 찾아내야만 한다구. 방침의 전환, 희생을 최소화하면서 전원구출, 탈출, 퇴각이라는 건 말의 미화가 되겠지, 탈출의 길을 꾀해야 해. (…) 전원 탈출이 불가능하다면, 한 명이라도 두 명이라도……."(Ⅹ-274)

"모든 죽음은 살아 있는 자, 생을 위해서만 있는 것이고, 죽은 자는, 살아 있는 자 속에서만 사는 거지."(ⅩⅠ-324)라는 신념 속에서 그는 사랑하는 여동생 유원과 성내지구 여성동맹 부위원장인 신영옥을 일본으로 탈출시킨 데 이어, 성내의 양조장에 수용되어 있던 남승지를 빼돌려 기어이 밀항선을 타게 만든다.

김석범은 수많은 인명의 희생에 대해 미국, 이승만, 서북, 군경에만 책임을 추궁한 것이 아니다. 용의주도한 대책도 없이 봉기를 일으키고서 섬을 빠져나간 일부 무장대 지도부에도 비극적 사태에 대한 책임이 있음을 이방근 등을 통해 분명히 말하고 있다. 그러기에 한 명이라도 더 살려내기 위해 밀항선을 띄우는 일에 전력투구하는 이방근의 모습은 무척이나 눈물겹고 숭고하게 비추어진다. 그것은 평화를 염원하는 절실하고 고독한 투쟁이었다고 할 수 있다.

이상에서 볼 때『화산도』는 작가 김석범의 인간애가 평화 지향의 정신으로 오롯이 승화된 작품이라고 규정할 수 있다. 작가가 시종일관 역점을 두고 있는 평화에 대한 신념은 곧 4·3의 정신이기도 할 것이다. 이는『화산도』가 거대서사의 정치성을 뛰어넘어 주목되어야 할 부분인 동시에, '지금-여기'에서도 웅숭깊은 위상으로 자리매김 되어야 마땅한 요인이 된다고 할 수 있다.

4. 바다와 성내의 장소성

『화산도』가 지닌 4·3소설로서의 위상은 장소성에서 빛난다. 주목할 장소로는 바다와 성내가 꼽힌다. 바다는 4·3소설의 폭을 확산하였으며, 성내는 그 깊이를 도모하는 역할도 수행했다고 할 수 있다.

특히, 4·3소설의 영역을 바다로 확장했다는 점은 매우 차별적인 성과로 판단된다. 그동안의 4·3소설에서 사태의 양상과 면모는 주로 한라산과 오름, 초원 그리고 마을과 해안을 무대로 형상화되었다. 4·3소설에 그려진 바다는 수장(水葬)된 공간, 떠나고 들어온 공간, 차단된 공간 이상의 의미를 갖지 못했다. 그런데『화산도』는 바다가 4·3에서 얼마나 중요한 공간이었는지를 분명히 인식시켜 줌으로써 수월성을 확보하였다.

4·3 봉기를 앞두고 강몽구와 남승지는 바다를 건너 일본으로 간다. 재일제주인 등으로부터 투쟁 자금을 모으기 위해서다. 즉

캄파(カンパ; kampaniya) 투쟁을 위한 도일이다.

> 밀항선은 꼬박 하루 반나절을 항해한 뒤 저 멀리에 겨우 섬 그림
> 자 하나를 찾아볼 수 있게 되었다. 아침에 갑판으로 나온 남승지
> 는 귀밑머리를 살랑거리는 상쾌한 바람 소리를 들으며 그 섬을 바
> 라보았다. 이키(壹岐) 섬이라 한다. (…) 남승지는 드디어 일본이
> 라는 감상보다는 압박해 오는 뭔지 알 수 없는 힘에 사로잡혀 끌려
> 갈 것만 같은 일말의 두려움을 느꼈다. 높은 곳에서 아래를 내려
> 다볼 때 느끼는 순간적인 현기증과 비슷한 반응이었다. 남승지는
> 그때 문득 일본에 사랑해 마지않는 육친이 있음에도 불구하고 등
> 뒤로 펼쳐진 광대한 바다 건너 아름다운 한라산 자락 아래 펼쳐진
> 제주도의 모습을 떠올렸다. 그리고는 뒤를 돌아보며 망망한 수평
> 선 너머로 한라산을 찾아보았던 것이다.(II-360)

일본 진입을 앞두고 해상에서 남승지가 느끼는 알 수 없는 압
박감과 두려움은 봉기 주역들이 짊어진 무거운 짐에 대한 부담감
이다. 그것은 그들의 사명의식이나 진실성과 상통한다고 할 수
있다. 그러기에 수평선 너머의 한라산을 찾아보면서 마음을 가다
듬고 다시금 투쟁의 승리를 다짐하고 있는 것이다.

그들은 185만 엔의 자금을 모으고 제주행 밀항선을 탄다. 다음
인용은 강몽구와 남승지가 일본에서 캄파투쟁을 마치고 돌아올
때 바다에서 풍랑을 만난 상황이다. 격랑 속 사람들의 모습이 매
우 급박하고 역동적으로 그려져 있다.

"움직이지 마!" 어느 틈에 가방에서 꺼냈는지, 강몽구는 오른손에 권총을 쥐고 있었다. (…) "(…) 각자 사정은 있겠지만, 당신들은 장사꾼이다. 돈은 또 벌 수가 있다. 그러나 내가 가져가는 짐은 개인의 물건이 아니다. 돈을 벌기 위한 물건이 아니란 말이다. (…)"/ 아까부터 일본으로 돌아가자고 하던, 퉁방울눈에 머리가 벗겨진 사내가 반미치광이처럼, 도둑이다, 해적이다, 라고 아우성치며 울기 시작했다. 강몽구는 문 옆에 서 있는 선장과 선원들을 비키라고 하더니, 삐걱거리는 문을 열고 팔을 뻗더니 바람이 휘몰아치는 하늘을 향해 총을 한 방 쏘았다. (…) / 남승지는 선실 벽에 붙어 있는 로프를 필사적으로 잡고, 갑판에 들러붙듯이 기어서 뱃머리 쪽으로 갔다. 파도가 커다란 바위라도 두들기듯 꿍음과 함께 뱃전을 때렸다. 그래도 배는 용케 파도를 헤치고 뱃전이 해면에 닿을 듯 말 듯 기울어진 선체를 바로 세우며 앞으로 나아갔다. 전신에 쏟아져 내리는 차가운 물보라를 뒤집어쓰면서, 남승지는 공포심도 잊고 거친 바다와 맞서는 작은 배에 감탄했다. (…)/ 파도를 뒤집어쓰며 흔들리는 배 위에서 선원들은 짐을 계속해서 바다에 버렸다. 한 시간도 채 못 되는 사이에 20여 개의 커다란 짐짝을 바다에 버렸는데, 그것만으로도 배는 해면 위로 쑤욱 올라왔고, 선채가 가벼워져 한결 가뿐하게 파도를 타는 듯한 느낌이 갑판에 버티고 선 발밑에서부터 온몸으로 전해졌다.(Ⅲ-232~234)

좌초의 위기를 넘긴 배는 결국 파도를 넘으며 제주섬으로 달려나갔다. 인명 피해는 없었으나, 화주들의 짐은 대부분 바다에 버려졌다. 캄파투쟁으로 마련한 강몽구와 남승지의 짐 중에서도 장화나 운동화가 든 상자들은 일부 버려야 했다. 이처럼 캄파투쟁을 마치고 귀환하던 바다에서 거센 풍랑을 만나는 상황은 4·3의 험난한 여정을 암시한다. 투쟁의 앞날에 닥칠 시련이 결코 만만 치 않을 것임을 예견할 수 있게 한다. 위기 상황에서 강몽구처럼 용의주도한 지도력과 결단력이 발휘되지 못한다면 봉기는 좌초 될 수 있음을 경고하는 메시지로도 해석된다.

작품 후반부에서 이방근은 김달준으로 위장하여 도망가는 유달 현을 자신의 밀항선에 태운다. 친일파이자 조직의 배신자에 대해 "산속에서가 아니라 바다 위의 인민재판"(XI-310)을 계획한 것이 다. 그런데 그런 과정에서 의도하지 않게 한대용과 청년들에 의해 유달현이 돛대에 매달리는 일이 벌어진다. 거친 바다 위에 뜬 밀 항선의 돛대에 사람이 매달린 상황은 매우 인상적인 장면이다.

"넌 나, 나를 죽이려 하고 있다. 악마 새끼, 네 손으로, 네 자신 의 손으로. 유, 유다가 아니야, 유달현을 죽여라, 죽여 봐, 넌 전부 터 나를 죽이려고 했던 거야. 아, 아이구……, 아이구…….'/ 끼익, 끼익 마스트가 이를 갈며 배가 흔들렸다. 뱃전을 때린 커다란 검 은 파도 덩어리가 갑판으로 튀어 올랐다. 배는 반대편의 파도 골 짜기로 빨려 들어갈 듯이 기울다가 솟아오르는 파도에 밀려 다시 요동쳤다. 갑판에 소리를 내며 넘치는 바닷물이 순식간에 흘러 떨 어졌다. 이방근은 하반신이 흠뻑 젖으면서도 다리로 힘껏 버티고 섰다./ 순풍이지만 바람도 물보라도 얼음처럼 차가웠다. 이것이 맞바람이었다면, 춥다, 추워…… 하며 소리를 내고 있지만, 마스트 의 유달현은 얼어 버릴 것이었다. 선체가 기울 때마다 꼭대기 쪽 으로 중심이 쏠리는 낡은 마스트는 좌우로 상당히 크게 흔들리며 계속해서 삐걱거렸다. 바다는 비바람이 치지 않는데도 거칠어지는 듯 했다. / 간헐적으로 덮쳐 오는 선체보다 커다란 파도 속에 머리를 처박았다가, 배는 뱃머리를 다시 들고 필사적으로 나아갔다. 마치 흐느껴 울기라도 하듯이.(XI-346)

매달렸던 유달현은 환각에 사로잡혀 까마귀가 날아온다고 소리치더니 급기야 분뇨를 흘리고 죽는다. 그의 시신은 파도에 씻긴 후 어두운 바다로 던져졌다. 일렁이는 바다 위에서 펼쳐지는 장면이기에 독자에게 엄청난 긴장감을 주는 가운데 매우 극적으로 수용되었을 것으로 짐작된다.

이방근은 바다에 밀항선을 띄움으로써 자신의 방식으로 투쟁을 전개했고, 그곳을 통하여 재생과 부활의 씨앗을 남겼다. 바다가 없었다면 그는 사랑하는 사람들을 살려낼 수 없었을 것이다. 그는 한라산 자락의 산천단에서 맞는 최후의 순간에도 바다를 본다. "아득한 고원의, 보다 저 멀리, 초여름의 햇볕에 반짝이는 부동의 바다"(XII-370)가 방아쇠를 당기는 순간의 그에게 포착되었다. 바다는 그에게 마지막 희망이 되어 주었다.

이처럼 『화산도』는 4·3에서 바다가 지닌 또 다른 면모를 유감없이 보여주었다. 디테일하고 밀도 있는 묘사를 바탕으로 누구도 그려 보이지 못한 새로움을 제시한 것이다.[21] 성공적인 '낯설게

---

21 권성우는 『화산도』가 "그동안 한국 소설이 충분히 형상화하지 못한 사건과 장면을 참으로 인상적으로 형상화하고 있는데, 그 중의 하나로 '밀항(密航)'을 들 수 있다"고 전제하고, "밀항 과정에 대한 묘사가 매우 놀랍고 신선"하다며, 그것을

하기'라고 하기에 모자람이 없다. 이는 여러 차례 제주, 목포, 일본 등지를 배로 드나들다가 1946년 7월에 일본으로 밀항하였던 김석범의 경험과 관련이 깊음은 물론이다. 국내의 4·3소설에서 간과되어 왔던 해양문학적 요소의 뜻깊은 발견이라고 할 만하다.

한편, 성내(城內)[22]가 주요 공간적 배경으로 전경화(前景化) 되었음도 아주 중요한 맥락이다. 국내 작가의 4·3소설에서는 제주도 지역의 경우 성내보다는 외곽의 농어촌을 무대로 스토리가 전개되는 작품이 대부분이었다.[23] 3·1사건의 상황을 보여준다거나 관덕정 앞에 전시된 이덕구 사령관 시신 장면의 묘사 등을 제외하고는 성내가 거의 주목되지 않았다는 것이다. 이는 민간인 학살문제나 토벌대와 무장대의 틈바구니에서 희생되는 양민들의 모습을 주로 다루어왔기 때문으로 분석할 수 있다. 따라서 성내라는 장소성이 강조된다는 것은 『화산도』가 지닌 특징적인 면모라고 하기에 충분하다.

이 작품은 남승지가 성내로 들어오는 장면부터 시작된다. 그곳에서 이방근, 양준오, 김동진, 강몽구, 유달현 등과의 접촉이 이

'밀항의 상상력'으로 칭하였다. 권성우, 앞의 글, 273쪽.

22 성내는 '성안'이라고도 하는데, 제주읍성(濟州邑城)의 안쪽 지역을 말한다. 탐라국 시대부터 오랫동안 제주의 중심지였다.

23 제주도 바깥 지역의 경우는 한반도 남부, 일본 등으로 무대가 확대된 경우들도 더러 있다. 양의선의 『한나의 메아리』(2000) 같은 북한 작가의 작품에서는 이북의 해주와 평양 등지가 배경으로 등장한다. 『한나의 메아리』에 대해서는 김동윤, 「북한소설의 4·3 인식 양상: 양의선의 『한나의 메아리』론」, 『4·3의 진실과 문학』, 각, 2003, 177-210쪽을 참조할 것.

루어지면서 사건이 전개되고, 게릴라의 삐라가 인쇄되어 뿌려지고, 이방근의 고뇌와 갈등이 요동친다. 서북의 횡포가 벌어지고, 단선 추진 세력의 행보가 구체화되며, 토벌 작전이 수립되고, 미군과 미군정의 움직임이 포착된다. 굿판이 벌어지고 제사가 거행되는가 하면 온갖 풍속들이 펼쳐진다.

김석범이 "다소의 피난민은 있어도, 직접적인 피해가 없는 성내 지구"(Ⅶ-55)를 택한 전략은 유효했다. 제주도 정치·경제·사회·문화의 중심지이면서 무장대의 공격이 거의 미치지 못하는 곳, 토벌 군경과 서청의 활동 근거지인 곳, 그러면서도 제주도 지식인들의 활동 중심지인 성내가 주요 무대가 됨으로써 4·3의 심장부에 더 가까이 다가설 수 있는 여건을 마련할 수 있었기 때문이다.

성내는 거리두기에도 적절한 공간이 되었다. 그곳이 살육의 한복판이 아니었기에 사태를 좀 더 객관적으로 조망할 수 있었다는 것이다. 4월 3일 성내 공격의 불발로 "성내 거리의 진공 같은 정적"(Ⅳ-319)을 그린 부분에서는 봉기의 궁극적 실패를 예감케 한다. 성내의 상황이 사태 전반을 가늠하는 핵심인자였음을 의미한다.

아울러 주인공 이방근이 성내의 부르주아라는 점도 중요하다. 성내에 자리 잡은 그의 집은 봉기를 주도한 인물들이 수시로 드나드는 공간이었다. 서북이나 경찰, 지역 유지들도 종종 찾아왔다. 부스럼영감과 목탁영감도 드나들었고 '부엌이'[24]는 이방근 집을

---

24 보고사판에서 '부엌이'라는 이름은 문제가 있다고 본다. 실천문학사판에서는 '부

거점으로 조직 연락원으로 활동하였다. 그가 돈이 많기 때문에 사태의 와중에 예외적으로 목포를 통해 서울에 드나들었고 밀항선까지 운영할 수도 있었다. 그것은 4·3을 더 입체적으로 조명할 수 있는 조건이 되었다.

요컨대 『화산도』가 바다와 성내의 장소성을 부각시켰음은 4·3소설에서 각별히 주목되는 사항이다. 새로운 접근으로 4·3의 영역에서 바다를 의미 깊게 포착했다는 점, 성내가 낯선 방식으로 주요 공간적 배경이 되었다는 점은 다른 작가의 4·3소설에서 접하지 못했던 중요한 부분이다. 이처럼 공간적 영역의 확장과 새로운 발견은 이 소설이 지닌 독자적인 성과로 꼽아야 마땅하다.

5. 4·3소설의 갱신 방향과 『화산도』

김석범의 『화산도』는 2015년 10월 국내 완역 출간을 계기로 그 연구에 새로운 전기를 맞았다. 이 작품은 여러 부면에서 다각적

억이'라고 되어 있었는데, 보고사판에서는 '부엌이'가 되었다. 원전에 'ブオギ', 'ブオガ'라고 되어 있어서 그 받침에 'ㅋ'을 쓸 수는 없는 일이다. '부어키', '부어카'로 부른다는 것은 너무나 어색하다. '부억이'나 '부옥이'로 번역해야 하는 게 아닐까. 한국인의 이름으로서는 '부옥이'가 더 적당하다고 생각한다. 제주어(濟州語)에서는 일정한 시설을 갖춰놓고 요리나 설거지 따위의 일을 하는 곳을 뜻하는 명사로 '부엌'이 아닌 '정지(정제)'를 사용한다는 점, 원전에서 '부엌'은 廚房'(1997년 일본 '文藝春秋'판 Ⅰ권 256쪽 등)으로 표기하고 있다는 점을 고려하면 더욱 그러하다.

으로 접근할 수 있겠는데, 이 글에서는 4·3소설이라는 관점에서 고찰하였다. 지금까지 논의한 바를 정리하면 다음과 같다.

첫째, 『화산도』는 반제국주의 통일 투쟁으로서의 4·3의 의미를 분명히 하고 있는 작품이다. 일본과 미국에 의한 연이은 식민 상황과 한반도 분할 점령에 따른 분단 극복의 염원이 제주도에서 분출된 것이 4·3이라는 인식이다. 특히 이 작품에서는 계속되는 식민 상황에 대한 제주도 민중과 지식인들의 인식, 점령군을 자처한 미군의 존재, 4·3의 발발과 진압 과정에서 미국의 역할, 미군정 정책에 따른 친일파의 득세 등을 문제 삼았다. 이와 함께 연합국에 협력한 조선이 분할되어 피폐해진 역설적 상황에 대한 비판과 더불어 분단 극복을 위한 통일 투쟁으로서의 4·3의 의미도 강조되었다.

둘째, 『화산도』에서는 4·3이 끝내 대참사의 비극으로 치닫게 되는 데 따른 안타까움이 시종일관 감지된다. 작가의 신념은 작중인물 이방근을 통해 주로 나타나는데, 이방근은 사태의 평화적 해결이 절실하다고 여긴다. 그런데 성과를 보였던 4·28평화협상이 경찰에 의해 깨지는 상황이 되고, 이후 사태가 악화일로를 걷게 되자, 협상 파괴 공작에 나섰던 정세용을 작품 말미에서 직접 처단한다. 아울러 이방근은 게릴라 지도부의 무책임함에 대해서도 여지없이 비판한다. 대살육의 참화에 빠져드는 후반부에 이르러 이방근은 게릴라들을 일본으로 밀항시키는 데 혼신을 다한다. 그것은 인간을 사랑하고 평화를 염원하는 고독한 투쟁이었다.

셋째, 『화산도』의 위상은 바다와 성내의 의미를 부각시킨 장소성에서도 빛난다. 캄파 투쟁을 위해 넘나든 바다, 유달현을 처단한 바다, 밀항선을 띄우는 공간으로서의 바다 등이 밀도 있게 그려졌는데, 이는 4·3소설의 영역을 바다로 확장했다는 점에서 차별적인 성과로 평가된다. 성내가 주요 공간적 배경이 되었음도 다른 작가의 4·3소설에서 접하지 못했던 중요한 부분이다. 제주도 정치사회적 중심지이면서 지식인들의 주요 활동 무대였던 곳, 게릴라의 공격이 거의 미치지 못한 곳, 미군과 군경·서청의 거점인 곳인 성내가 전경화 됨으로써 4·3의 심장부에 더 가까이 다가설 수 있는 여건이 되었기 때문이다.

4·3소설은 퍽 오랫동안 답보 상태를 벗어나지 못하고 있다는 지적이 많다. 이런 상황에서 김석범의 『화산도』는 그 완역을 통해 4·3소설 갱신의 방향에 상당한 시사점을 주고 있다. 이 글에서 살핀 것처럼, 반제국주의 통일 투쟁을 강조함으로써 이데올로기 콤플렉스를 과감히 돌파해야 함을 보여주었고, 인간애와 평화 지향의 정신을 시종일관 견지함으로써 숭고하게 계승해야 할 4·3 정신의 방향타를 제시하였으며, 바다와 성내의 장소성 부각을 통해서는 4·3을 더욱 입체적으로 조명하기 위한 전략적 상상력의 필요성을 입증하였다고 할 수 있다.

해방공간, 미완의 혁명,
그리고 김석범의 『화산도』

1. 김석범의 『화산도』를 어떻게 읽을 것인가?

재일조선인 작가 김석범(金石範, 1925~)의 대하소설 『화산도』[1]를 어디에서부터 어떻게 읽어야 할까.

  허구에 있어서 언어는 자기초월적인 상상력에 의해 뒷받침되고 그것의 버팀목이 되어 계속 그것에 봉사한다. 그것은 또한 이미지 자체가 언어에 의거하고 그것에 구속되면서 동시에 그 언어를 차

---

1 "『火山島』의 역사를 짚어보면, 1965년 조총련 기관지 문예동의 『문학예술』에 한국어로 『화산도』 게재(1965년부터 1967년까지) → 일본어판 『海嘯』를 문예지 『文學界』에 개제(1976년부터 1981년까지) → 1983년 일본어판 『火山島』(전3권)을 『문예춘추』에서 간행 → 1987년 『문예춘추』에서 간행된 『火山島』(전3권)를 한국어로 번역하여 『火山島』(전5권)로 간행 → 제2부 『火山島』를 문예지 『文學界』에 연재(1986년부터 1996년까지) → 1997년 『火山島』(전7권, 文藝春秋) 출간 → 2015년 『文藝春秋』에서 출간된 『火山島』(전7권)이 한국어로 완역되어 『화산도』(전12권, 보고사)를 발간하게 된다."(김환기, 「김석범・『화산도』・〈제주4・3〉」, 『일본학』 41집, 2015, 5쪽)

고 날아오르는 것, 언어를 부정함으로써 존재하게 되는 것은 아닐까. 문학은 언어 이외의 것은 아니지만, 동시에 언어 이상이 것이라는 말은 이것을 이르는 것이다. 허구의 세계에서 언어의 변질이 일어나고, 언어는 그 자신이면서 그렇지 않은 관계가 생겨나는데, 이 때 언어의 개별적인(민족적 형식에 의한) 구속이 거기에 내재하는 보편적 인자에 의해 해체되는 순간의 지속이 출현한다.[2]

그동안 해방공간의 4·3을 다룬 한국문학, 특히 제주의 4·3문학은 괄목할 만한 성과를 축적시키고 있을 뿐만 아니라 국민문학(및 지역문학)의 영토에 구속되는 것을 벗어나 새로운 세계문학을 구성해내는 과제를 맡고 있다.[3] 이와 관련하여, 김석범의 언급은 『화산도』는 물론, 4·3문학의 심화와 확장을 위해 매우 긴요한 점을 숙고하도록 한다. 4·3을 직접 체험하지 않은 김석범이 『화산도』에서 형상화하고 있는 것은, 재일조선인 김시종 시인이 매우 적확히 묘파하고 있듯 4·3이 일어난 필연을 적출했고 대한민국 수립 과정에서 일제 식민의 굴레와 분단을 고정시킨 미국의 범죄적 책략을 비롯한 4·3의 그늘에 있는 것 모두를 비춰내고 있다.[4]

---

2 김석범, 「재일조선인 문학」, 『이와나미 강좌 '문학'−표현의 방법 5』, 岩波書店, 1976, 291쪽; 송혜원, 「재일조선인 문학을 위해: 1945년 이후의 재일조선인문학의 생성의 장」, 『작가』, 2003년 봄호, 288쪽 재인용.

3 이에 대해서는 고명철, 「새로운 세계문학 구성을 위한 4·3문학의 과제」, 『반교어문연구』 40집, 2015.

4 김석범·김시종(문경수 편, 이경원·오정은 역), 『왜 계속 써왔는가, 왜 침묵해 왔는가』, 제주대출판부, 2007, 158−159쪽.

그리하여 『화산도』야말로 "20세기 최후를 장식하는 금자탑"[5]이라는 평가가 결코 수사적 과장이 아니다.

여기서, 우리가 생각해야 할 게 있다. 김석범이 재일조선인이기 때문에 분단체제의 직접적 억압과 강제로부터 물리적 거리를 두고 있는 점이, 4·3을 직접 체험하지 않은 그가 오히려 4·3에 대한 각종 자료를 한국의 작가들보다 상대적으로 손쉽게 접할 수 있으므로 『화산도』와 같은 대작을 집필할 수 있었다는 것은 너무나 안이한 판단이다.[6] 그보다 재일조선인으로서 태생적으로 지닌 실존적 중압감이 김석범으로 하여금 "4·3이 결국, 나에게 있어서는 니힐리즘을 극복하는 하나의 계기"[7]이자 "내가 살아가는 데에 있어서 중추"[8]이므로, 그는 『화산도』라는 허구의 세계를 구축하는 데 혼신의 힘을 쏟은 것이다. 말하자면, 김석범은 자신이 직접 경험하지 못한 4·3을 허구의 세계로 재구성하되 '재일조선인'으

5 오노 데이지로, 「제주 4·3항쟁과 역사인식의 전개상」, (김환기 편)『재일 디아스포라 문학』, 새미, 2006, 246쪽.

6 한국사회에서 4·3특별법 제정(2000) → 4·3진상보고서 여야합의로 채택(2003) → 노무현 대통령 국가차원에서 사과(2003) → 국가추념일 지정(2014)을 밟으면서, 4·3문학이 국가차원에서 복권된 것은 사실이다. 그런데, 필자는 기회가 있을 때마다 강조하고 새롭게 문제를 제기하듯, 4·3문학은 한국문학사에서 현기영의 단편 「순이삼촌」(1978) 이후 양적으로 상당히 축적된 게 사실이나, 현기영의 일련의 작업을 넘어서는 문학적 성취가 좀처럼 보이지 않는다. 4·3문학은 답보상태에 머물러 있다. 4·3 안팎에 대한 자료가 없어서인가? 아직도 4·3이 반공주의로부터 자유롭지 않아서인가? 작가적 역량이 뒷받쳐주지 않아서인가? 이러한 점을 고려해보면, 김석범의 『화산도』가 득의한 문학적 성취를 래디컬하게 성찰해야 한다.

7 김석범·김시종, 앞의 책, 170쪽.

8 김석범·김시종, 위의 책, 174쪽.

로서 일본어의 주박(呪縛)과 고투하는, 그리하여 제국의 언어(일본
어)로 수렴되거나 포섭될 수 없을 뿐만 아니라 그의 조국의 모어
(조선어)로 온전히 궁리할 수 없는 4·3 안팎의 세계를 밀도 있게
탐구한다. 때문에 『화산도』에서 탐구되는 문학적 진실은 4·3의
실체를 구명(究明)하는 데 자족하는 게 아니라 4·3의 주박(呪縛)
으로부터 해방됨으로써 4·3에 대한 정명(正名)의 길을 내고 무엇
보다 4·3로 훼손된 억울한 영육(靈肉)의 상처를 치유하여 신생을
누리도록 하는 것이다.

　그동안 『화산도』에 대한 연구가 꾸준히 진행되면서 연구 성과
가 축적되고 있다. 하지만 『화산도』 전권이 일본문학 연구자인
김환기·김학동에 의해 한국어로 번역돼 한국의 출판사 보고사에
서 출간(2015)되기 전까지 주된 연구 성과는 일본 연구자들에 의
해 제출되었다고 해도 과언이 아니다.[9] 이따금 재일조선인문학을
연구하는 한국 연구자들[10]이 일본 연구자들의 연구 성과를 토대

9　오은영, 『재일조선인문학에 있어서 조선적인 것』, 선인, 2015, 17-23쪽에서 일
　본 연구자의 주요 시각을 정리하고 있다. 그 핵심을 간추리면, '저항의 문학'에서
　'혁명의 문학'으로의 가능성(小野悌次郎), 허무감을 극복하여 제주를 재생시키는
　문제(川村湊), 일본어의 주박에 대한 저항의 문제(川村湊), 조총련 조직에서 이
　탈 후 자기갱생의 길 모색(中村福治) 등은 주목할 만한 시각이다. 이것과 별개로
　『화산도』를 문학적 측면이 아닌 정치사회적 관점에서 치밀하게 논의한 나카무라
　후쿠지, 『김석범 「화산도」 읽기』(표세만 외 3인 공역), 삼인, 2001 등이 있다.
10　김환기, 「김석범·『화산도』·〈제주4·3〉」, 『일본학』 41집, 2015; 김학동, 『재일조
　선인 문학과 민족』, 국학자료원, 2009; 정대성, 「김석범문학을 읽는 여러 가지
　시각: 그 역사적 단계와 사회적 배경」, 『일본학보』 66집, 2006; 정대성, 「작가
　김석범의 인생역정, 작품세계, 사상과 행동」, 『한일민족문제연구』 9호, 2005;
　송혜원, 「재일조선인문학을 위해: 1945년 이후의 재일조선인문학 생성의 장」,

로 『화산도』를 다각적으로 주목하고 있다. 물론, 한국문학에서도 『화산도』에 대한 논의가 없는 것은 아니다. 하지만 김석범이 안 타까움을 토로한바, 1988년에 실천문학사에서 출간된 『화산도』 는 "번역본이 원작과는 달리 일기체 형식으로 꾸며졌고, 작중의 중요한 대목들이 군데군데 생략되면서, 그 후에 완결된 『화산도』 제2부의 이야기가 이어지는 데 지장을 주게 된"[11] 것을 고려해볼 때, 실천문학사본을 대상으로 한 논의들이[12] 갖는 성과 못지않게 어쩔 수 없이 감내할 수밖에 없는 논의 자체의 한계를 적시할 필 요가 있다. 이에 대한 상세한 논의는 『화산도』에 대한 본격적 논 의 과정에서 개진될 것인데, 이 개별 논의들의 밑자리에 똬리를 틀고 있는 몇 가지 문제를 제기하지 않을 수 없다. 우선, 미완성 된 작품 중 부분적으로 발췌한 것을 대상으로 하다 보니 『화산도』 의 미학을 세밀히 음미하지 못한 채 대단히 거칠게 읽을 수밖에 없다. 그것은 4·3에 대한 사회과학적 인식에 기반을 둔 독해로

『작가』, 2003년 봄호.

11 김석범, 「한국어판 『화산도』 출간에 즈음하여」, 『화산도』 1권, 김환기·김학동 역, 보고사, 2015, 5-6쪽.

12 김종욱, 「국가의 형성과 재일조선인 디아스포라」, 『한국 현대문학과 경계의 상상 력』, 역락, 2012; 이재봉, 「재일 한인 문학의 존재 방식」, 『한국문학논총』 32집, 2002; 박미선, 「『화산도』와 4·3 그 안팎의 목소리: 김석범론」, 경희대 비교문화 연구소 『외대어문논총』 10호, 2001; 장백일, 『한국 현대문학 특수 소재 연구-빨 치산 문학 특강』, 탐구당, 2001; 김영화, 「상상의 자유로움」, 『변방인의 세계』, 제주대출판부, 2000 개정증보판; 김재용, 「폭력과 권력, 그리고 민중」, 『제주 4·3연구』, 역사문제연구소 외 편, 역사비평사, 1999; 서경석, 「개인적 윤리와 자의식의 극복 문제」, 『실천문학』, 1988년 겨울호.

흐르기 십상이다. 아무리 이 작품이 4·3을 정면으로 다뤘다고 해도『화산도』를 역사와 정치의 등가물로 파악하여 읽는 것은『화산도』에 대한 자칫 정치속류적 이해에 갇힐 수 있다. 이것은 실천문학사본이 한국에 소개될 정황과 맞물린다. 1980년대를 관통하던 진보적 민족문학은 1987년 민주시민항쟁을 통해 쟁취한 민주주의에 대한 정념과 열망 속에서 금단의 영역으로 유폐됐던 4·3을 역사적으로 복권하는 일환으로『화산도』를 급히 한국어로 번역 소개한바, 냉정하게 얘기한다면, 실천문학사본『화산도』는 한국의 민주화운동과 연대한 진보적 문학운동의 차원으로 소개된 것이기 때문에 원작의 미학과 재일조선인 김석범의 실존을 섬세히 고려하지 않은 것이다. 말하자면, 한국이라는 국민국가의 민주화운동과 그 부문 운동인 진보적 문학운동의 맥락에서 취사선택된, 그리하여 한국의 진보적 문학사에서 결락된 부분을 보충해주는 것으로 자족하였다.[13] 이것은 재일조선인 문학을 이해할

---

13 대표적으로 서경석의 논의를 들 수 있다. 서경석은 진보적 민족문학의 시각에서『화산도』를 논의해서인지『화산도』의 한계로 "올바른 민중상을 세우는 일"(서경석, 앞의 글, 465쪽)이 작가의 과제임을 강조하고 있다. 사실, 이러한 한계를 지적한 것은『화산도』전권이 완역된 현시점에서 수정 및 철회되어야 하지 않을까. 이것은 무장봉기를 일으켜 참여한 제주 민중의 다층적 면을 이른바 민중주의로 단선적으로 파악할 수 있다. 본론에서 상세히 논의하겠으나 실패한 무장봉기, 달리 말해 실패를 각오한 혁명에 참가한 제주 민중의 삶의 결로부터 발산되는 민중의 위엄을 김석범은『화산도』라는 허구의 세계에서 발견하고 있다. 그런데 흥미로운 것은 서경석과 달리 장백일은 진보적 문학사의 측면보다 한국문학사에서 이른바 빨치산을 다룬 작품을 특수한 소재의 영역에서 다루고 있는데, 이것 역시『화산도』를 개별 한국문학이란 국민문학의 영토에 가둬놓고 있는 시각의 전형이다.

때 가장 경계해야 하는 것으로, 특정한 국민문학(일본문학, 한국문학, 북한문학)에 구속되지 않은 이른바 '경계의 문학'의 속성을 띠면서 해당 국민문학으로 온전히 추구하기 힘든 문학적 진실을 탐구하는 재일조선인 문학의 노력을 애써 외면하는 것이다.

따라서 이 같은 점을 총체적으로 고려한 『화산도』에 대한 한국문학에서의 논의는 지금부터 본격적으로 시작되어야 한다.[14] 필자는 그 첫 발걸음으로 『화산도』의 논쟁점이 될 수 있는 4·3무장봉기와 연관된 문학적 진실에 초점을 맞춘다. 여기에는 작품 속에서 혁명의 성격을 띤 4·3무장봉기에 대한 작중인물 이방근의 입장, 특히 대단원의 결미에서 충격적으로 다가온 이방근의 자살과, 혁명에 뛰어든 섬 사람들이 현실적 패배에 직면한 점, 그리고 반혁명(反革命) 권력의 양상에 대해 집중적 논의를 펼치고자 한다. 이를 통해 혁명과 문학, 그리고 '섬의 혁명' 혹은 '혁명의 섬'에 대한 문학적 상상력이 모색하는 세계를 꿈꿔본다.

2. 해방공간의 혼돈과 허무를 극복하는 섬의 혁명

『화산도』에서 마주하는 인물 중 가장 개성적이면서 주목해야

---

14 김동현, 「공간인식의 로컬리티와 서사적 재현양상」, 『한민족문화연구』 53집, 2016 및 권성우, 「망명, 혹은 밀항의 상상력」(『자음과 모음』, 2016년 봄호), 『비평의 고독』, 소명출판, 2016.

할 인물은 이방근이다. 이방근은 제주도에 입도한 양반가의 후손이자 친일협력 유지의 아들로서 태생적으로 부르주아 민족주의 계급의 속성을 갖고 있다. 하지만 유년시절에는 일본 제국의 천황을 모독하는 행위를 한 민족주의적 면모도 지니는가 하면, 일본에서 마르크스주의 사상범으로 체포돼 전향한 이력을 지닌 채 해방공간에서는 중도자적 입장을 보이는 무기력한 지식인이다. 그렇다고 그를 무기력한 한갓 도로(徒勞)에 침잠한 지식인으로서 판단해서는 곤란하다. 비록 그는 섬의 혁명, 즉 4·3무장봉기 대열에 처음부터 적극 동참하지는 않지만 혁명을 심정적으로 지지하고 동조하며, 급기야는 혁명자금을 지원하며, 반혁명자를 철저하게 심문하며 응징하는 몫을 맡고, 그의 방식으로 혁명에 참여하면서 마침내 자신의 목숨을 저버리는 극단을 통해 섬의 혁명을 육화한다. 이방근의 이러한 가파른 삶의 도정을 작가의 말을 빌리면, "허무에서 혁명으로"[15]일 터이다. 그렇다면, 이방근을 제대로 이해하는 것이야말로 해방공간의 제주도에서 일어난 혁명을 비교적 객관화된 시선으로 인식할 수 있다. 뿐만 아니라 "소파에 생리적으로도 사상적으로 계속 앉아 있을 수가 없"[16]어 혁명의 자금을 지원함으로써 "재정적인 참가, 싸움에 가담하"(7:425쪽)게 된 이방근의 필연성을 자세히 읽을 수 있다.

---

15 김석범·김시종, 앞의 책, 173쪽.
16 김석범, 『화산도』 7권, 김환기·김학동 역, 보고사, 2015, 443쪽. 이후 작품의 부분을 인용할 때 별도의 각주 없이 본문에서 (권수:쪽수)를 표기한다.

이방근의 이러한 도정은 세 가지 국면으로 파악할 수 있다. 이 것을 간략히 나타내면 다음과 같다.

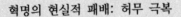

이방근의 혁명 도정

첫 번째 국면은 이방근이 자신의 서재에 있는 소파 깊숙이 몸을 파묻혀 세상을 관망하는 것으로, 해방공간의 혼란스러운 정세를 냉철하게 인식하는 국면이다. 이 국면에서 무엇보다 예의주시해야 할 대목은 38도선 이남의 해방공간의 정치적 지배력을 장악하기 위해 이승만으로 대표되는 우파(친일파와 서북청년단 및 그 배후 미군정의 지원)와 사회주의에 기반을 둔 좌파(남로당 중심의 혁명세력) 사이의 대립과 갈등이 격화되는 양상을 에워싼 것에 대한 이방근의 날카로운 비판적 문제의식이다.

혁명, 음, 혁명하는 자는 절대적인 정의의 구현자라는 것인데. 그 절대성을 의심하는 건 아니야. 그 교조는 커다란 밧줄이나 마찬가지인데, 그걸로 대중을 한데 묶으면 어떨 땐 엄청난 힘을 발휘하지. 애당초 정치라든가 혁명이 대중을 선동하여 조직되지 않으면 승리할 수 없다는 게, 우익이고 좌익이고 할 것 없이 조직론의 ABC일 거야. 이승만이 우리 민족의 감정을 교묘히 사로잡아, '신탁통치' 반대라는 트릭으로 대중운동을 일으켜 성공하고 있는 것도 바로 그거라네. 사고의 정지……,(3:382-383쪽)

우리는 이방근의 입장을 양비론(兩非論)의 시각으로 이해해서는 곤란하다. 이방근은 기회가 있을 때마다 친일파를 청산하는 뜻을 피력하고 친일파를 등용한 이승만의 우파 정치를 비판하며, 서북청년단(이하 '서청'으로 약칭)의 맹목적 반공주의에 의한 폭압을 부정하고 이들 배후에 있는 미군정의 지배에 대해 매서운 비판을 가한다는 점에서 혁명세력인 남로당원과 크게 다르지 않다. 하지만 이방근은 제주도 남로당원인 강몽구, 남승지, 유달현 등을 대상으로 한 논쟁에서 당 조직의 절대성과 교조성을 주저 없이 비판한다. 기실 이방근의 이러한 비판에서 쉽게 간과해서 안 되는 것은 모두 대중을 자신들의 정치적 이해관계에 따라 선동하고 조직한다는 점에서 서로 공모하고 있다는 사실이다. 여기에는 '사고의 정지'가 엄습하고 있음을 이방근이 지적한다. 이승만의 우파와 남로당의 좌파는 대중의 주체적 사고, 이를 구성하는 개인의 주체적 사고들의 역동성을 허락하지 않은 채 해방공간 38도선 이남의 정치 지배력을 소유하기 위해 대중을 정치적 희생양으로 삼았다. 이것은 모스크바삼상회의(1945. 12.)의 결과에 따라 임시 조선민주의 정부를 수립하여 민주주의 단체가 참여하면서 정치적 경제적 사회적 진보와 민주주의적 자치 발전과 독립국가를 재건설하기 위해 5년 동안 4개국(미국·영국·소련·중국)의 신탁통치의 과도기를 밟는 것[17]에 대한 민족구성원의 자유로운 사고를 허락하지 않은 셈이다. 여기서, '사고의 정지' 다음 이어진 말줄임표 속에 감춰진 김석범의 해방공간에 대한 인식을 헤아려볼 필요가 있다. 이승만의 우파는 해방공간에서 '신탁통치'를 반대함으로써 식민 지배를 받아온 대중의 민족주의 감성에 호소하는 정략을 통해 38도선 이남만의 단독정부를 세우고자 하였고, 이것은 2차대전 종전 이후 미국과 소련으로 분극화되는 냉전체제가 열리면서 중국의 공산화와 일본제국의 패망으로 새롭게 재편되는 동아시아의 국제질서 속에서 38도선 이남만이라도 반공주의 팍스 아메리카나(Pax Americana)를 구축하고자 하는 미국의 전략과 이해관계가 맞아떨어진 정치적 산물인 것이다. 김석범은 이방근을 통해 '사고의 정지'가 초래한 한반도의 불구화된 현실에 대해 래디컬하게 성찰한다.[18]

---

17 허상수, 『4·3과 미국』, 다락방, 2016, 179-189쪽 참조.

18 김석범은 해방공간의 이 무렵 '사고의 정지'로 인해 남과 북이 통일조선의 가능성을 놓치지 않았는지에 대해 다음과 같이 구술한다. "그러니까 이승만도 이미 말이야, 잘은 모르겠지만 처음부터 남만의 정권수립안을 갖고 있었다는 거야. 그것은 38도선으로 분단되어 미소가 점령해 왔으니까 그렇게 될 가능성은 있는 거지. 더구나 미국과 소비에트만이 아니라 그 밑의 김일성이나 이승만도 그런 생각을 가질 수 있는 거야. 그런 분단을 막는 것은 역시 신탁통치인 거요. 미국, 중국, 소비에트, 영국도 신탁통치를 함으로써 분단을 막으려고 했어. (중략) 그런 경우에 찬탁, 반탁의 문제는 찬탁이라는 것의 한계성에 부딪치면서 역시 [통일정부를

두 번째 국면은 이렇게 해방공간의 불구성에 직면하면서 생산적인 아무런 것도 하지 못한 채 이방근 자신과 현실에 대한 허무의 심연을 응시할 수밖에 없을 때 자신이 살고 있는 제주도에서 일어난 4·3무장봉기를 대면한 것이다. 분명히 이방근은 당 조직의 절대적 기율에 따라 대중을 교조적으로 선동하면서 대중의 다양한 사고를 정지하는 그 획일적 운동 방향성에 대해 단호히 비판한다. 그러면서도 친일의 잔재를 청산하고 극우 청년단체 서청을 몰아내고 점령군과 같은 억압과 횡포를 자행하는 미국의 신제국주의를 강력히 부정하는 것은 섬의 당 조직과 뜻을 함께한다. 그리하여 제주도 남로당원들은 이방근을 당의 동조자로 인식하고, 이방근 역시 혁명을 일으킨 그들에게 혁명기금을 지원할 뿐만 아니라 혁명이 현실적으로 실패함에 따라 혁명의 낙오자들의 목숨을 구하기 위해 일본으로의 밀항선을 운영한다. 이방근은 무장대처럼 혁명의 무기를 직접 들지 않았을 뿐이지 (혁명에 대한 냉소적 방관자로부터 논쟁의 여지가 있지만) 그만의 방식을 통해 혁명에 동조하고 참여한 혁명가로 봐도 무방하다. 우리는 바로 이 점을 눈여겨보아야 한다. 이방근은 그의 독특한 방식으로 혁명에 동참하고 있다. 섬의 남성 혁명가들을 대할 때는 냉정을 유지하되 여성 혁명가인 부엌과 영옥을 대할 때는 방근 특유의 열정을 숨기지 않는

만드는] 최선의 방법은 아니었을까 하고 생각하는 거지. 신탁통치라는 것은 전후 남북조선을 통틀어 [있을 수 있었던 통일조선의 가능성으로서] 가장 크게 제시해야 해."(김석범·김시종, 앞의 글, 45쪽)

다.[19] 특히 방근의 하녀인 중년의 부엌과의 농밀한 육체적 사랑[20]은 이방근이 그토록 경계하고 비판하는 "혁명가니 활동가니 하는 자들의 어수룩한 낙천주의. 그 속에 숨어 있는 자기과시와 영웅주의. '노동자·농민'이 관념의 최상위에 있는 것처럼 받들어 올리는 인텔리들의 관념주의"(3:322쪽)와 맥락이 전혀 다른 혁명의 긴장과 풍요로움을 함의한다.

중년의 하녀, 인민의 발소리, 희미한 땅울림……, 부엌이. 곰처럼 느린 시골 여자, 나와 대등한 여자. 대등한 것이 아니다. 이 여자의 냄새에 의하여 퍼지는 육체는, 육체이면서 육체가 아닌, 나로서는 어찌할 수 없는 자연의 공간, 관념이었다. 남의 코에는

---

19 김재용은 이방근이 보이는 성의 감각과 그 특유의 육체성을 변혁운동을 다룬 작품에서 찾아보긴 힘든 주목할 만한 점이라고 하여, 이방근이 비판하는 당 조직의 권력으로부터 해방의 성격을 띠는 것으로 파악한다. 말하자면 '현실의 육체성', '현실의 구체성'과 거리를 둔 당 조직을 비판하는 맥락에서 이해하고 있다(김재용, 앞의 글, 298–299쪽). 이러한 분석이 어느 면에서는 타당하다. 하지만 이방근이 부엌과 문난설과 맺는 육체적 사랑을, 당 조직의 권력으로부터 해방하는 것이란 분석은 어딘지 모르게 부자연스럽다. 왜냐하면 이들의 육체적 사랑의 형식을 통해 이방근이 작품에서 본격적으로 당 조직의 권력으로부터 해방의 정념을 만끽하거나 음미하는 대목이 작품의 서술에서 자연스레 형상화되고 있지 않다. 그보다 『화산도』에서 부엌과 육체적 사랑은 이방근의 자살과 관련하여 제의적 죽음과 신생을 위한 맥락으로 읽는 게 한층 설득력이 있다고 생각한다.

20 오은영은 이 같은 "성관계를 가짐으로써 이방근이 사건(4·3무장봉기—인용자)과 깊게 관련될 것이라는 암시"(오은영, 앞의 글, 131쪽) 정도로 언급할 뿐 구체적으로 섬의 혁명과 어떤 관련을 맺는 것인지에 대한 상세한 논의가 없다. 단지 부엌이 남로당 세포라는 사실이 나중에 이방근이 알기 때문에 이들의 성관계가 피상적으로 4·3과 연루된 것이다는 논의는 이들의 관계를 너무나 단순하게 파악한 데 기인한다.

닿지 않을지도 모르는, 나만이 맡을 수 있는, 그리고 냄새가 풍겨오면 희미한 불안과 전율을 불러일으키며, 이미 하나의 여체를 뛰어넘어 추상적인 자연의 공간으로 들어간다. 커다랗고 검은 치마 속, 바다 밑바닥.(3:256쪽)

　이방근에게 부엌은 혁명의 중추인 프롤레타리아 계급의 성원도 아니고, 근대적 주체로서 남녀가 평등하면서도 동등한 개별 인간도 아니고, 지극히 개인적인 이방근의 후각으로 감지된 채 추상적 자연의 공간이란 관념을 표상하며, 이것은 바닷속 깊은 심연의 밑바닥 이미지와 포개진다. 부엌이 남로당원 세포라는 점을 감안해볼 때 이방근과 부엌이의 육체적 사랑은 '섬'의 혁명에 대한 이방근의 독특한 태도를 보인다. 여기서 일반적 혁명에 대한 이방근만의 태도가 아님을 강조해두고 싶다. 이것은 작품의 대단원의 결미에서 이방근이 멀찌감치 제주 바다를 보며 생을 마감하는 것에 대한 매우 긴요한 해석의 지평을 제공한다. 그리하여 이방근은 섬의 혁명이 현실적으로 실패하는 것을 목도하면서 그의 삶을 내내 짓눌렀고 그의 현존을 깊은 수렁으로 밀어 넣었던 허무의 밑바닥을 치고 솟구치는 신생의 죽음을 주체적으로 선택한 것이다.

　세 번째 국면은 이렇게 이방근을 옥죄고 있는 허무를 그가 문학적 감동으로 극복하는 모습을 보여준다. 만일 이방근이 다른 섬의 혁명가들처럼 직접 무장대로 참가하여 혁명 활동을 하다가 혁명의 패배에 봉착했다면, 그가 생을 스스로 저버리는 선택은 혁명을 완수하지 못한 실패한 혁명가의 환멸스러운 죽음이든지 그의 죽음을 통해 못다 이룬 혁명의 숭고성을 기리는 혁명의 낭만주의로 이해되기 십상이다. 그렇다고 혁명가의 죽음의 가치를 폄하하는 것은 결코 아니다. 우리는 혁명가의 죽음의 가치를 논의하는 것보다 『화산도』에서 작가 김석범이 성취해내고자 한 것, 즉 허무를 혁명의 차원에서 극복하는 문학적 진실에 주목해본다. 앞서 우리는 이방근만의 독특한 혁명의 참여를 간과하지 말 것을 상기해보면, 절해고도의 고립된 섬에 갇힌 채 육지로부터 섬의 혁명을 지원하는 것이 전무한 현실에서, 섬의 혁명으로부터 낙오된 자들을 일본으로 밀항시키고자 목숨을 건 이방근의 결행은 섬의 혁명에 대한 비관주의적 패배의식이라거나 섬의 혁명을 애써 종결짓고자 하는 반혁명을 수행하는 것과 거리가 멀다. 이방근은 토벌대에 붙들린 남승지를 가까스로 빼내 일본으로 밀항을 시키는데, 우리는 일본에 이미 이방근의 여동생 유원(방근 못지않은 혁명의 동조자)이 있어 남승지와 유원이 섬에서 못다 이룬 사랑을 나누고 그들이 이루지 못한 혁명의 과제들을 실천할 것이라는 기대를 품는다. 아울러 비록 소수이지만 낙오된 섬의 혁명가들이 일본으로 밀항하여 그들 역시 미완의 혁명의 과제들을 제각기 실천할 것이다. 말하자면, 이방근의 밀항은 작가 김석범의 내밀한 허구의 세계에서 도래할 재일조선인이 감당할 수 있는 혁명적 실천을 수행할 것이라는 문학적 진실을 내포하고 있다. 따라서 밀항은 이방근만의 혁명적 실천이라 해도 과언이 아니다.[21]

때문에 이방근을 따라 다녔던 허무를 극복하는 것은 바로 이와 같은 이방근 개인의 개별적 진실에 기반한 혁명적 실천으로써 설득력이 보증된다. 그럴 때 이방근의 자살은 "현실의 사태 진전이 자신이 계속 살아가는 것을 불가능하게 했다는 것을 의미"[22]하는 절망으로 수렴되는 것도 아니고, "질 것을 각오하는 싸움, 그리고 많은 민중들이 희생될 것을 알면서도 하는 싸움에는 일종의 비장감이랄까, 비극미"[23]를 한층 부각시킴으로써 4·3무장봉기의 존재성 자체에 초점을 두는 것도 아니다. 이방근의 자살이 『화산도』에서, 제주도의 신목(神木)을 거느리고 있는 산천단의 동굴 앞에서 결행되고 있다는 것은 이방근의 죽음이 제의적 성격을 지닌 채 그 스스로 신생의 역사와 신생의 삶의 지평을 기원하는 희생물로 바쳐지고 있는 것은 대단히 의미심장하다. 여기에는 어떠한 제사장도 없다. 이방근만이 화마가 휩쓸고 지나간 산천단의 벼랑 끝에서 화마에도 강인한 생명력으로 신생의 기운을 지피고 있는 "물고기 입처럼 열고 바람에 은은하게 흔들리는 꽃"(12:370쪽)의 군락을 완상하고, 동굴 앞으로 돌아와 섬의 혁명을 압살한 살육자들이 뭍으로 돌아간 이후 숱한 주검이 흩뿌려져 있는 오름과 들판, 그

---

21 권성우는 『화산도』에서 이방근을 비롯한 밀항자들의 밀항과 관련한 모습에 주목하고 있다. 그러면서 그는 혁명의 낙오자들을 일본으로 밀항시키는 "이방근의 마음 밑자리에 마지막까지 남은 것은 혁명(항쟁)에 대한 대의보다는 친구들의 고귀한 목숨을 구해야 한다는 가장 원초적인 휴머니즘일지도 모른다."(권성우, 앞의 글)고 언급한바, 이것은 작가 김석범이 재일조선인으로서 밀항에 대해 갖는 복합적이면서 다층적인 접근을 원초적 휴머니즘으로 성급히 단순화시킨 문제점을 보인다. 김석범이 보인 밀항의 상상력은 좀 더 래디컬한 접근이 요구되기 때문이다.
22 나카무라 후쿠지, 앞의 책, 182쪽.
23 김영화, 앞의 글, 324쪽.

리고 마지막으로 와닿은 "아득한 고원의, 보다 저 멀리, 초여름의 햇볕에 반짝이는 부동의 바다"(12:370쪽)를 응시하면서 방아쇠를 당긴다. 이방근은 산천단의 동굴, 곧 제주도의 우주적 자궁으로 회귀한 것이다. 그리하여 이방근의 자살은 작가 김석범으로 하여금 미완의 혁명으로 마감한 섬의 혁명의 과제를 어떻게 온축하여 새롭게 생성해낼 것인지에 대한 '또 다른' '섬의 혁명'을 모색하도록 한다.

3. 섬의 혁명가'들'의 미완의 혁명

『화산도』에서 4·3무장봉기는 김성달, 이성운, 강몽구, 남승지, 유달현, 박산봉 등과 같은 남로당원 조직이 주동이 돼 일어나지만 이 섬의 혁명은 제주도 민중의 전폭적 지지[24]를 기반으로 하

---

24 해방공간에서 제주의 남로당 세포 활동을 한 재일조선인 김시종 시인은 4·3을 준비하였고 4·3이 일어났을 당시 제주 성내에 있으면서 4·3무장봉기에 대한 성내 사람들의 동향을 다음과 같이 술회한다. "나는 학교에서의 잔무 정리를 핑계로 서둘러 일을 일단락 짓고 남문 거리로 내려갔는데, 이미 봉기 소문이 퍼져 길거리는 끝이 안 보이는 인파로 가득 찼습니다. "굉장하다, 대단해! 잘됐다, 잘됐어!"하며 저마다 밝은 낯으로 환히 웃으며 찬동하고 있었습니다. 내가 집으로 돌아온 저녁 무렵에는 이미 봉기가 '인민봉기'로 불리고 있었습니다. 산으로 들어가 일을 도모한 '산부대'를, 자신들의 맺힌 것을 풀어주는 '구원의 병사'인 양 친밀감을 담아 이야기했습니다. (중략) 토벌공대가 대거 파견되어 제압에 열을 올려도 민중들은 어디선가 오르는 봉화를 올려다보며 그들이 자신들의 응어리를 풀어주고 있다고, 진심으로 손을 모아 빌며 공감하고 있었습니다."(김시종, 『조선과 일본에 살다』, 돌베개, 2016, 191-192쪽)

고 있다는 것을 작가 김석범은 예의주시한다.

> 투쟁은 이미 시작되고 있었다. 무장봉기는 이른바 선전포고나
> 다름없었고, 사람들은 묵묵히 그 준비를 생활의 일부로 받아들여
> 진행시키고 있었다. 당연한 일이지만, 그러한 준비는 죽창 제조에
> 만 국한되는 것은 아니었다. 식량 확보를 위한 여성 동맹원(주로
> 농민이나 해녀들이었지만)들의 활동이 있었고, 또 사람들이 모금
> 운동이 있었다.
> 투쟁의 주역은 말할 것도 없이 청년들이었고, 이들을 뒷받침하
> 는 힘은 가족이었다. 가족이라기보다는 대가족주의, 씨족제 사회
> 였으므로 일족(일가 또는 문중)이라고 하는 편이 옳았다. 이러한
> 가족이 이곳 섬사람들에게는 다양한 형태의 친척이나 인척 관계로
> 얽혀 있었기 때문에 더욱 넓게 연결되어 있었다. 그러므로 섬 주민
> 들의 의사는 혈연적인 요소로 인해 자식들이 지향하는 방향으로
> 조직될 수밖에 없는 풍토를 지니고 있었다. 그러나 이런 투쟁의
> 잰걸음 속에서도 섬을 떠나려는 움직임 또한 이어졌다.(2;326쪽)

이렇게 섬의 혁명은 제주도 특유의 공동체를 지탱하고 있는 문
중의 강한 혈연이 서로 뒤얽히면서 "한반도의 분할을 실시하려는
유엔 조선위원회에 반대하는 데모, 남한만의 단독정부 수립을 반
대하는 데모, 미소 양군의 동시철수와 조선통일민주정부 수립을
조선 인민에게 맡기라는 데모, 노동자와 농민, 주민의 생활권을
요구하는 데모, 그리고 그 밖의 데모"(2;325쪽)를 요구하는 봉홧불
을 섬의 오름 오름마다에 피워 올린다. 섬의 혁명은 우리에게 낮

익은 서구의 혁명이나 중국의 혁명처럼 무산자계급이 계급적 정의를 무기삼아 부르주아 계급의 온갖 핍박과 억압에 맞서 봉기하여 새로운 역사의 변혁을 일궈내는 것과 그 도정이 사뭇 다르다. 제주도의 혁명은 근대적 성격을 갖지만, 그 준비 과정과 실천을 하는 데 위의 인용문에서 단적으로 알 수 있듯, 섬 특유의 전근대적 혈연 공동체가 지닌 강한 결속과 저항의 정신이 섬의 혁명의 골격을 이루고 있다.

『화산도』에는 이러한 속성을 띤 섬의 혁명을 주동하고[25] 혁명의 복판에서 섬사람들과 운명을 함께하는 혁명가들의 치열한 고뇌와 실천이 매우 핍진하게 그려지고 있다. 그 중 남승지와 양준오는 혁명의 대열에 동참한 다른 혁명가들, 특히 당 조직의 논리에 투철한 충성심을 보이는 혁명의 전위들과 사뭇 다른 모습을 보인다.

남승지는 해방 후 일본에 가족을 남겨둔 채 서울을 거쳐 고향 제주도로 귀국하여 4·3이 일어나기 전 신설중학교 교사로서 남로당원 '가두세포(街頭細胞)'(2:167쪽) 활동을 맡으면서 "미군정청 통역으로서의 양준오를 조직의 선이 닿는 비밀당원으로 만들어야 할 임무"(1:41쪽)를 지고 있다. 그런데 특이한 것은 해방을 맞이

---

25 4·3무장봉기가 제주도 남로당에 의해 일어난 후 당 조직은 같은 해 4월 15일 도당부(道黨部) 대회를 소집하여 투쟁방침을 결정하는데, 그 의의는 다음과 같이 세 가지로 정리할 수 있다. 1) 4·3무장봉기는 당 노선에 대한 돌출물이 아니다. 2) 4·3무장봉기는 중앙당부에서 계획하고 통제한 게 아니다. 3) 하지만 중앙당부는 4·3무장봉기를 기정사실로 승인할 수밖에 없었던 것으로, 당 중앙 노선에 귀일시켜야 한다. 이에 대해서는 하성수 편, 『남로당사』, 세계사, 1986, 223-224쪽.

한 이후 "재일조선인으로서 조국에 적응하려는 노력"(1:98쪽)에 진력하고 있음에도 불구하고 쉽지 않다. 남승지가 막연히 생각하고 기대했던 해방된 조국의 현실은 한갓 물거품이 되고 말았다. 해방공간의 정치경제적 상황은 한마디로 일본의 식민지 지배와 또 다른 새로운 제국의 지배자인 미국이 군정을 선포했고 미군정은 이승만을 정치적 파트너로 삼아 친일협력자를 재등용함으로써 "'민족반역자'들의 복권 무대가 우선적으로 제공"(1:69쪽)되면서 38도선 이남만이라도 단독정부를 세워야 한다는 이상 난기류가 흐르고 있다. 이런 혼란스러움 속에서 남승지는 "조국의 현실과 재일조선인인 자신과의 거리를 메우기 위한 노력"(1:104쪽)에 신열(身熱)을 앓고 있다.

이러한 그의 실존적 고뇌는 강몽구와 함께 혁명의 자금을 모으기 위해 일본으로 밀항하여 목도한 현실들, 가령 고향 제주도의 혁명 투쟁에 대한 심정적 및 물질적 지원을 아끼지 않는 재일제주인의 연대 못지않게 미군정 점령 아래 '평화혁명'(3:26쪽)의 노선을 취하는 일본 공산당의 입장이 "얼마나 조국과 동떨어진 현실"(3:27쪽)인지를 체감하면서 한층 조국의 현실에 맞는, 그리하여 제주도의 현실에 착근한 혁명의 당위성과 그 실천에 기투(企投)하는 결심을 행동화한다. 남승지의 이 같은 일본에서의 경험과 판단은 이후 이방근과의 치열한 논쟁에서 혁명과 이 혁명을 조직하고 실천할 당 조직의 존재에 대한 신뢰를 좀처럼 거두지 않는데서 드러난다. 그것은 패전 후 어떻든지 표면적으로 평화로운 모습을 보이는 일본의 전후와 전혀 다른, 달리 말해 조선의 자력으로 쟁취하지 못한 독립과 온전한 자주민족 독립국가를 세우지 못한 채 한반도를 중심으로 전개된 국제사회 냉전체제의 희생양으로 전락하고 있는 조국의 현실은 너무도 다른 대응을 요구하기 때문이다. 그것은 남승지에게 고향 제주도에서 일어날 혁명으로서 무장봉기에 참가하는 필연성을 제공하는바 그는 섬의 혁명가로 거듭난다.

그런데 그가 동료 혁명가와 구분되는 점이 있다면 해방 직후 서울에서 목도한 해방공간의 모습과 재일조선인으로서 살아온 자신 사이의 위화감과 거리감을 통해 남승지 특유의 비판의식을 보인다는 사실이다. 이것은 이방근의 냉소적 비판의식과는 다르지만 혁명의 대열에 동참한 혁명가의 대부분이 당 조직의 기율과 논리, 비록 그것이 절대성과 교조성으로 비판을 받을지언정 당 조직에 대한 투철한 충성과 복종에는 변함이 없는 데 반해 남승지는 당 조직을 신뢰하지 못하고 배반하지는 않더라도 당 조직이 초래할 수 있는 위험에 대해 비판의식을 보인다.

'반혁명', '반동'……. 때로는 소름을 돋게 하고 전율을 불러일으키는 이 말이 지닌 주박(呪縛)의 힘은 무엇일까. 요즘에는 적들이 '좌익극렬분자', '반동'이라며, 좌익세력을 반동이라 부르고, 중앙지에서도 주먹만 한 표제로 내걸고 있었다. 반동, 그때 고원 쪽으로 불던 바람 속에서 이방근이 말했었다. ……실천, 현실, 그리고 혁명, 당……이 얼마나 주문 같은 힘을 지닌 말인가. 실천보다도 먼저 말이 사람을 죽인다……. 그렇게 말했다. 남승지는 낮게 신음

했다. 말이 사람을 죽인다. 혁명이 아니라 '혁명'이라는 말이 사람을 죽인다. 말이라는 괴물⋯⋯.(4:247쪽)

남승지의 이 같은 고뇌를 그가 동참하고 있는 혁명에 대한 회의적 시각으로 이해해서는 곤란하다. 앞서 논의했듯이 남승지는 혁명에 동참하기 위한 실존적 고뇌에 천착하면서 결단을 내린 만큼 섬의 혁명 자체를 냉소적·회의적·비관적 시선으로 보지 않는다. 다만 그가 두려워하고 경계하는 것은 실체로서 혁명보다 말(言語), 즉 혁명에 대한 온갖 분식(粉飾)을 구성하는 것들이 혁명을 욕보이고 혁명을 추하게 하고 그래서 그 분식된 혁명의 말이 생명을 압살하는 폭력이다. 그때, 혁명의 말은 비정상성을 조장하고 정상성을 구속하여 압살하는 '괴물'로 둔갑한다. 해방공간의 섬에서 정상성을 압살하는 반공주의가 그것이고, 현실에 착근하지 못한 채 당 조직의 절대성과 교조성을 옹호하는 의사(擬似)혁명주의가 그것이다.

작가 김석범은 이방근과 또 다른 혁명적 실천이 지닌 문학적 진실을 혁명가 남승지에게서 발견한다. 그러면서 김석범은 당 조직의 결정에 따라 입산을 선택한 양준오를 주목한다. 양준오는 제주도 미군정청에서 통역을 담당하다가 제주도지사 비서 역할을 수행하고 있는 남로당 비밀 당원이다. 작품 속에서 양준오의 역할이 단적으로 보여주듯 그는 미군정과 제주도 행정에 관련한 정보를 당 조직에게 넘기는 첩보 역할을 충실히 다하는 일종의 세포다. 따라서 무장봉기에 직접 참가하는 것과 달리 상대적으로 안전을 보증받는다. 하지만 양준오는 무장봉기 대열에 참가하기 위해 입산을 선택한다. 양준오의 결정과 선택을 이해하기 위해 이방근과 나눈 얘기를 음미해보자. 이방근은 섬의 혁명이 현실적 패배로 기울어지고 있는 여러 객관적 정황[26]—"농촌지역을 해방 지구로 만들어 성내를 포위한다는 중국식 혁명의 도식과 계획"(10:247쪽)의 비현실성, "게릴라 사령관의 탈출에서 볼 수 있듯이, 뒷수습을 하지 않는 무책임한 투쟁(10:248쪽)", 요컨대 "승산 없는 모험적인 방식과 싸움을 지속할 장기적인 전망이 없는, 무계획적인 방식"(10:248쪽)—을 조목조목 얘기하면서 양준오의 입산을 단호히 반대한다. 이에 대해 양준오는 "조직원으로서, 주관적인, 개인적인 자유가 아니라" "조직의 결정에 따라 행동할 의무", 즉 "자신의 의사로 선택한 의무"(10:251쪽)를 거듭 강조하면서 입산을 선택한다. 양준오의 이 선택에서 쉽게 간과할 수 없는 것은 "제 안에 있는 조직"(10:234쪽)에 스스로 기투하는 주체적 결

---

26 사실, 4·3무장봉기를 일으킬 무렵 제주도 남로당은 신진세력들이 핵심세력으로 자리잡고 있었고 당시의 급박한 정세는 무장투쟁을 반대하는 의견을 강하게 제시할 만한 상황이 아니었다고 한다. 그 당시 제주도당 지도부에 있던 이운방의 증언에 따르면 4·3무장봉기의 사령관 김달삼은 다음과 같은 판단을 한바, 혁명 초기에만 하더라도 다소 낙관적 전망을 지니고 있었던 것은 아닐까. "당시 당선을 저지해야 한다는 인식이 팽배해진 상황에서 제주도 봉기는 일종의 기폭제가 되어 전국적인 봉기를 유발시켜 제주도에 진압병력을 추가로 내려보내지 못할 것이라고 파악하였다. 남로당 세포가 많이 들어가 있던 국방경비대는 중립을 지킬 것이고 그러면 경찰력만으로는 진압이 어려울 것이라고 예상하였다. 미국 또한 국제문제로 화할 염려가 있기 때문에 직접적으로 진압에 관여하지는 못할 것이라고 인식하였다."(양정심, 「주도세력을 통해서 본 제주 4·3항쟁의 배경」, 『제주도 4·3연구』, 역사문제연구소 외 편, 역사비평사, 1999, 93쪽)

단이다. 양준오라고 이방근이 설파하는 섬의 혁명을 위협하는 객관적 정황을 모르겠는가. 미군정과 도지사 행정비서로서 무장봉기 초기부터 진행되는 일련의 토벌작전으로 인해 야기된 언어절(言語絶)의 참상[27]을 누구보다도 잘 알고 있는 그다. 이 모든 객관적 사실을 염두에 둔다면, 분명 4·3무장봉기로 폭발한 섬의 혁명은 초기 단계에서 보인 전도민의 전폭적 지지와 성공을 향한 정동(情動, affection)이 폭발적 위력을 드러냈지만 점차 혁명의 위기와 혼돈이 가속화되면서 섬은 "지옥의 형상"(5:396쪽)으로 변하고 있는 것[28]을 양준오는 이방근 못지않게 인식하고 있다. 그럼에도 불구하고 양준오는 섬의 혁명에 동참한 "모두는 승리를 믿고 있습니다."(10:250쪽)라고 자기주문을 건다. 패배하고 있는 게 역력한데도 승리를 믿고 있다는 것, 이것은 혁명의 무모함과 현실을 방

---

27 『화산도』의 시공간인 4·3 초기(1948년 4월~1949년 6월)에 상당히 많은 학살이 제주 곳곳에서 일어났다. 4·3의 피해상황에 대해서는 여야합의로 채택한 제주4·3사건진상조사보고서작성기획단이 작성한 『제주 4·3사건 진상조사보고서』, 제주4·3사건 진상규명 및 명예회복위원회, 2003, 363~532쪽 참조.

28 다음 4장에서 구체적으로 논의하되 4·3 무렵 섬에서 자행된 죽음은 토벌대뿐만 아니라 무장대에 의해서도 일어났다. '지옥의 형상' 그 이상도 이하도 아니다. "여기 제주도에서도 게릴라가 도민을 죽인다. 가차 없는 탄압과 학살의 공포는 도민들이 게릴라를 떠나도록 재촉하고 있었다. 중산간지대의 부락 소각에서 가까스로 학살을 면한 마을 사람들은 살림살이를 잃고 방황하며, 낮에는 군경의 추적을 피하기 위해 동굴에 숨고, 밤에 부락으로 돌아오면 군경의 앞잡이라고 해서 게릴라의 야습을 당한다. 거점부락의 소각으로 민중으로부터 갈라진 게릴라는 한층 고립이 심화되었고 희망에 대한 커다란 탈출구로 보였던 여수·순천 봉기가 패배함에 따라 점점 궁지로 몰리게 되었다. 물자공급 루트가 끊긴 게릴라에 의한 식량 약탈(그들은 그것을 '식량 투쟁'이라고 칭했다)과 학살이 도민을 반게릴라로 몰고 갔다."(11:212쪽)

기한 낭만성(혹은 낙천성)으로 이해하기보다 '제 안에 있는 조직'에 기투한 자의 자기구원을 위한 결단으로 이해하는 게 온당하다. 섬의 해방공간에서 동료 선후배들이 혁명 대열에 동참하는 움직임을 목도하는 양준오는 비록 당의 조직이 입산을 결정하게 한 원인이지만 그것을 실행에 옮기는 것은 어디까지나 양준오 개인의 주체적 선택과 결단이 서지 않고서는 쉽지 않은 일이다. 이것을 한 개인의 윤리의 문제로 파악하지 않고 섬의 해방공간에서 일어나고 있는 정치사회적 맥락과 연동된 당 조직과의 연관 속에서 주체적 선택으로 동기화하는 것을 통해 당 조직이 추상적 관념으로 변전(變轉)된 조직, 곧 '제 안에 있는 조직'의 문제로 파악하는 것은 작가 김석범이 창조해낸 또 다른 섬의 혁명가의 모습이다. 양준오의 이러한 선택과 결행은 섬의 또 다른 혁명가에 대한 작가의 고뇌어린, 『화산도』의 허구의 세계에서 창조해낸 곡진한 인물이 아닐 수 없다.

여기서, 남승지와 양준오가 인텔리로서 섬의 혁명가로서 개성적이고 웅숭깊은 모습을 보여주고 있다면, 한대용은 다소 특이한 이력을 지닌 채 섬의 혁명에 동참한다. 한대용은 일제 강점기 남방 열대지역에서 일본군 군무원(軍務員)이었다가 일본 패전 후 연합군에 의해 전쟁범 취급을 당하면서 고초를 겪었다. 그는 4·3무장봉기가 일어난 후 무장봉기에 동참하고 싶었으나 당 조직에서는 그의 식민지 시절 이력을 이유로 혁명의 대열에 참가하는 것을 허락하지 않는다. 미루어 짐작하건대, 무장봉기 초기 단계에서 당 조직은 혁명의 순수성을 지키기 위해 일제에 협력한 이력이 있는 한대용을 혁명에 참가시키지 않는 것이다. 끝내 한대용은 당 조직의 불허로 게릴라 활동을 하지는 못하고 이방근과 함께 당 조직과 무관하게 혁명으로부터 낙오된 자들의 목숨을 살려내는, 일본으로의 밀항선을 운영한다. 사실, 한대용의 면모는 『화산도』에서 자칫 간과하기 쉽다. 섬의 혁명 주도 세력도 아니고 혁명에 동참하는 민중도 아닌 주변부적 존재로 생각하기 십상이다. 하지만 흥미로운 것은 앞장에서 이방근의 밀항선 운영이 갖는 의미를 주목했듯이 한대용이 당 조직의 불허로 그가 하고 싶었던 게릴라 활동은 하지 못했으나 그렇다고 그가 혁명적 실천과 무관한 것은 결코 아니라는 점이다. 한대용 또한 이방근처럼 그만의 방식으로 섬의 혁명에 동참한 것이다. 여기서, 한대용이 이방근과 함께 밀항선을 운영했다는 그 자체가 중요한 게 아니라 한대용을 그럴 수밖에 없도록 한 원인(遠因)을 생각해보아야 한다.

우리는 의문을 가질 수 있다. 작가 김석범이 하필 한대용을 등장시킨 이유는 무엇일까. 대하소설이다 보니 서사의 흥미를 배가시키기 위해 여러 유형의 인물이 필요할 것이고 그래서 등장시켰다? 이렇게 생각하기에는 석연치 않은 면이 있다. 한대용이 남방에서 일본군 군무원이었다는 점, 일본의 패전 후 연합군은 그를 "전범용의와 전범의 추궁을 위해"(5:175쪽) 싱가포르 창기형무소에서 수감시킨 채 그와 같은 조선인 일본군 군무원을 짐승처럼 학대하고 심지어 "개죽음"(5:175쪽)으로 몰아간 점을 고려해보면, 한대용이란 인물이 함의한 문제의식은 결코 사소하지 않다. 한대용이 이방근에게 쏟아낸 넋두리를 간략히 정리하면, 일제 강점기

제국 일본을 위해 남방에서 일본군 군무원으로 일하면서도 일본군은 조선인을 일본의 국민으로서 취급한 게 아니라 식민 지배를 받는 제국의 노예로서 취급하였고, 패전 후 연합군은 조선인을 일본인으로 간주하여 전범으로 취급하는 것도 모자라 아시아 유색인종에 대한 차별적 혐오를 조선인에게 서슴없이 드러내면서 목숨까지 앗아갔다. 말하자면, 한대용은 일본 제국의 민족 차별과 연합군, 특히 백인 점령군의 노골적 지배욕을 드러낸 인종 차별과 문명 차별 의식 등이 혼재된 폭압을 견디며 살아남은 서벌턴이라 해도 과언이 아니다. 이러한 서벌턴은 그의 고향 제주도에서 일어난 무장봉기에서마저도 당 조직으로부터 불허당하는 차별적 대우를 감내할 처지에 놓인 셈이다. 이 같은 점을 고려해볼 때 작가 김석범의 문제의식은 매우 날카롭다. 이것은 다시 말해 표면적으로는 섬의 혁명의 순수성을 훼손시키지 않으려는 당 조직의 염결성과 엄격성을 가리키지만, 한대용과 같은 20세기 전반기 서벌턴의 구체적 현실을 섬세히 이해하지 못하는 당 조직의 경직성을 향한 준열한 비판적 문제제기가 아닐 수 없다. 이것은 보다 심층적으로 이해할 때 해방공간에서 맞닥뜨린 제국과 식민지의 지배와 협력의 복잡한 결들을 당 조직에서 충분히 고려하지 못한 채 혁명을 준비했고 실천해나갔다는 것을 성찰하도록 한다. 우리는 『화산도』의 허구 세계에서 한대용으로 표상되는 인물이 게릴라 활동을 하지 못한 맥락을 탐구함으로써 해방공간의 다양한 서벌턴에 대한 문제를 숙고하게 된다.

　이렇게 해방공간에서 서벌턴 한대용은 그의 문제성을 안고 이방근과 함께 자기만의 방식으로 섬의 혁명에 동참하는 또 다른 혁명가의 모습을 흥미롭게 보인다.

4. 반(反)혁명 권력의 폭력 양상

『화산도』에서 집중하는 섬의 혁명과 문학적 진실을 탐구하는 데 반혁명 권력의 폭력 양상에 대해 주목하는 것은 대단히 중요하다. 반혁명 권력의 실체가 작가에 의해 드러나는 것을 통해 섬의 혁명 안팎을 좀 더 다각적으로 살펴볼 수 있다. 이와 관련하여, 우리는 작중인물 유달현과 정세용, 그리고 서청을 포함한 미군정에 초점을 맞춰본다.

유달현은 일제 강점기 전형적 친일협력자였다가 해방공간에서는 전향을 하여 투철한 남로당원으로서 활동을 한다. 특히 칩거하고 있는 이방근을 찾아가 4·3무장봉기의 전조(前兆)를 알려주면서 "특별(비밀)당원으로 포섭하기 위해 공작을 꾸미"(1:182쪽)는 데 열심이다. 이러한 유달현을 이방근은 비판적 거리를 두면서 신뢰하지 않는다. "해방 직후 좌익만능의 상황에서, 아무런 생각도 없이 입으로만 '혁명'을 외치거나, '혁명' 앞에 '반(反)'자를 붙이기만 해도 상대방을 단죄함으로써 자신의 입장을 절대화하려는 의식구조 자체를 이방근은 경멸했"(1:182쪽)기 때문이다. 이방근에게 비쳐진 해방공간에서의 유달현의 전향은 여러모로 미심쩍다. 남승지도 유달현에 대해 의구심을 갖는다. 남승지가 일본에서 섬의 혁명 준비 자금을 모금하기 위해 그의 형으로부터 유달현이 전향하기 전 일본에서 야나기자와 다쓰겐이란 이름으로 충실한 친일협력자 노릇(표창까지 받을 정도)을 한 사실을 듣는데, 유달현은 일본에서 그의 친일협력 이력을 철저히 지워버린 채 해방공간의 조국으로 돌아와 남로당원으로서 섬의 혁명에 연루하고 있는 것이다. 작가 김석범은 남승지의 시선을 빌려 유달현과 같은 친일협력자로부터 공산당원으로 급전향한 것에 대해 비판적 문제의식을 보인다. 그것은 전향 그 자체이기보다, 즉 "과거를 문제 삼는다기보다도, 그 과거를 감추고 흔적도 없이 지워 버리려는 태도에 문제가 있다."(6:390-391쪽)는 비판이다. 달리 말해 유달현과 같은 친일협력자로부터 전향한 이들이 진정으로 자신의 과거가 부끄럽고 치욕스럽다면 그것을 은폐하지 않고 정면으로 응시하여 철저한 자기비판을 두려워하지 않아야 하는데 실상이 그렇지 않은 점에 대해 작가는 문제를 제기한다.

실제로 유달현은 섬의 혁명이 점차 패배로 기울어지자 성내의 당 조직 정보를 토벌대에게 팔아넘긴 후 일본으로 밀항하여 제 목숨을 살리고자 한다. 유달현이 보기에 혁명의 권력은 머지않아 쇠락할 것이고, 반혁명의 권력이 득세할 것처럼 보였기 때문이다. 유달현은 이방근과의 논쟁에서 그토록 당 조직의 절대성에 충성하는 모습을 보였지만 그것은 해방공간의 혼돈 속에서 유달현이 살아남는 처세술로써 기만의 수사학이었던 것이다. 물론, 여기에는 유달현이 숨기고 싶어 하던 친일협력자로서 제국의 권력이 해방공간에서도 여전히 그 위력을 상실하지 않은 채 미군정과 이승만에게 재등용되었다는 점, 그리하여 한때 공산당원으로 전향한 친일협력자이지만 반공주의로 재전향하는 친일협력자에게 또 다시 소생할 수 있는 권력을 부여한 해방공간의 정치사회적 모순을 직시해야 할 것이다. 그래서 유달현이 팔아넘긴 성내 당 조직 정보로 인해 혁명 진영 내부의 의심과 동요는 당 조직뿐만 아니라 섬의 혁명과 직간접 관련한 모든 이들을 죽음의 공포로 억압한다. 이방근은 유달현의 이 용서할 수 없는 죄를 단죄하고자 밀항하는 유달현을 붙잡아 심문(審問)한다.

> "이봐, 유달현, 잘 들어. 난 영원을 믿지 않는 인간이야. 생명의 영원함도 없어. 자네 생명도, 내 생명도 영원하지 않아. 왜 제주도 사람은 살해되어도, 포학, 기아에 허덕여도 그저 가만히 있어야 하는가. 죽음으로써 영원한 생명을 얻기 위해서인가. 난 지는 싸움이 될 게릴라 투쟁에 찬성하지 않지만, 무저항주의는 아니야. 영원한 생명을 믿는 자가 아닐세. 모든 죽음은 살아 있는 자, 생을 위해서만 있는 것이고, 죽은 자는, 살아 있는 자 속에서만 사는 거지. 영생이 있다면, 그것이야. 살아 있는 자 안의 기억이지. 단지 살아 있는 사람을 위해. 그리고 궁극의 멸망에 이르러……."(11:324쪽)

> "나 개인은 보복의 단순한 수단이고, 보복의 의지는 제주도민 전원의 것이야. 제주도이자 세계이고, 나를 초월한 보편적인 것일세. 자넨, 놈들의 대리자야……."(11:325쪽)

작가 김석범은 이방근을 통해 유달현으로 표상되는 기회주의,

그것도 타인의 생목숨을 맞교환하여 자신의 목숨을 구하고자 하는 기회주의의 기만을 응징한다. 무엇보다 자신이 충성을 다하는 조직의 정보를 팔아넘기는 행위가 숱한 타인의 생명을 위협하고 앗아갈 수 있다는 것을 알면서, 그리하여 자신의 생명의 영원을 구하려는 그 시도가 도로(徒勞)에 불과할 뿐임을 인식하지 못하는 우매함을 준열히 꾸짖는다. 중요한 것은 온갖 역경과 난경 속에서도 살고 있는 살아남는 자들의 생 속에서 영원한 삶이 있다는 사실이다. 그리고 이 모든 것으로부터 도피하지 않고, 이것들을 '기억'하는 치열한 투쟁을 멈추지 않는 것이야말로 유달현이 미처 깨닫지 못한 혼돈의 세상 속에서 생명의 영원을 추구하는 것이다. 이를 방기한 유달현을 작가는 이방근의 개인적 보복이 아니라 제주도, 그리고 제주의 섬 혁명이 함의한 세계보편적인 것으로 보복한다. 이것은 『화산도』와 김석범 문학의 철저한 보복이다.

『화산도』에서 반혁명 권력으로 김석범 문학의 또 다른 보복 대상은 정세용이다. 정세용은 이방근의 모계 쪽 친척으로 그 역시 전형적 친일협력자로서 미군정이 경찰로 재등용한 것을 계기로 "해방 이후 남한사회의 권력구조 자체"(2:270쪽)에 적극적으로 편승하려고 한다. 정세용의 권력욕망은 4·3무장봉기 초기 단계에서 이른바 4.28평화회담을 일부러 음해하고 그것을 곡해하도록 하는 결정적 역할을 수행하면서 그 또한 유달현 못지않게 도저히 용서할 수 없는 죄를 저지른다. 정세용의 입장에서 단독정부 수립을 반대하고 친일잔재의 청산과 미군정의 지배를 반대하는 혁명 세력을 토벌하는 것은 서로 상극의 속성을 띤 권력 주체 사이의 대립·충돌이라는 점에서 상식이다. 문제는 자신의 권력욕망을 위해 자신의 고향에서 엄청난 학살이 일어날 수 있음에도 불구하고 평화를 향한 진실을 은폐하고 심지어 사실을 조작하고 거짓을 진짜로 둔갑시키는 파렴치한 짓을 저질렀다는 점이다.

작가의 매섭고 준열한 심판은 정세용도 예외가 아니다. 사실, 4.28평화회담이 정상적으로 진행됐다면, 그래서 무장대와 토벌대 사이에 평화협정이 맺어졌다면, 섬의 혁명은 이후 극단적 유혈사태로 번져나가지 않았을 것이다.[29] 이방근은 이 점이 매우 안타깝다. 때문에 이 평화회담을 망친 역할을 맡은 정세용을 친척이라 하더라도 용서할 수 없는 것이다. 이 분노는 이방근이 직접 권총으로써 정세용을 사살하는 데서 극적으로 표출된다. 유달현을 응징할 때와 양상이 다르다. 유달현을 응징할 때 이방근은 그를 밀항선 마스트에 묶어놓은 채 밀항선에 탄 제주 사람들의 손에 죽도록 하였다면, 정세용은 이방근이 직접 죽인 것이다. 그만큼 작가 김석범에게 정세용으로 표상되는 반역사적 권력은 매우 단

---

29 이와 관련하여 김시종은 최근 그의 자서전에서 무장대 사령관 김달삼이 4.28평화회담을 진의를 갖고 임했다고 하면서, 김달삼의 진의를 다음과 같이 직접 인용한다. "귀순과 무장해제가 끝나 모든 약속이 준수·이행된다면, 나는 당당히 자수하고 모든 책임을 지겠다. 그리고 법정에서, 이번 행동이 자위를 위한 정당방위였다는 사실과 경찰의 압제·만행을 만천하에 공표하겠다."(김시종, 『조선과 일본에 살다』, 200쪽) 지나간 역사의 테이프를 다시 돌려 감을 수 없지만, 김달삼의 진의가 당시 여러 권력의 역학 관계 속에서 훼손된 것은 안타까울 따름이다. 어떻게 보면, 김달삼의 진의가 받아들여졌다면, 김달삼은 제주도 특유의 민란의 '장두' 몫을 충실히 수행함으로써 다수 민중의 억울한 죽음과 학살을 피해갈 수 있었으리라.

호한 문학적 보복의 대상이다. 이것을 단순하게 섬의 혁명에 대한 반혁명 권력 자체를 응징한 것으로 보아서는 번지수를 잘못 짚은 이해다. 다시 강조하건대, 김석범 문학의 보복은 정세용으로 표상되는 반혁명 권력이 혁명 세력을 악의적으로 이용함으로써 오히려 해방공간에서 생성되고 재구축되는 정치사회권력을 공고히 하는 데 숱한 생명을 압살하는 그 폭력의 양상이다. 이 폭력에 대해 김석범은 이방근으로 하여금 직접 보복하도록 한 것이다. 물론, 이러한 타살(他殺)의 형식을 통한 보복에 대해 이방근은 그 특유의 번뇌에 사로잡힌다. "그러나 그렇지 않다. 정세용은, 스스로도 가담하여 만들어 낸 이 학살의 땅에서, 살해당하는 것이 당연하다고 납득하는 마음이 불쑥 일어났다."(12:318쪽)고 타살의 보복이 갖는 정당성을 이방근과 김석범은 추스른다.

여기서, 우리가 간과해서 안 되는 것은 유달현, 정세용으로 표상되는 반혁명 권력의 폭력 안팎을 이루고 있는 것[30]은 서청과 미군정이다. 1946년 11월 30일에 결성된 서북청년회는 "전투적인 반공산주의자들"[31]이 모인 극우 청년단체인데, 서청은 스스로 "한 단계 높은 반공이념의 확립과 투쟁, 민주국가의 건설"을 위해 "새

---

30 필자는 유달현과 정세용을 나눠 그 반혁명의 폭력 양상을 주목했다. 기실 유달현과 정세용은 서로 분리할 수 없는 권력의 유착관계를 갖는데 이것은 그들이 급변하는 해방공간의 혼돈 속에서 새로 구축되는 남한의 정치사회권력을 공모하여 소유하는 것과 다를 바 없다. 이것은 또한 김종욱이 예각적으로 이해하고 있듯, "유달현과 정세용의 결탁과 공모는 개인적인 비윤리성의 문제이기도 하지만, 38선을 경계로 분단체제가 성립되는 과정을 닮았다."(김종욱, 앞의 글, 87쪽)

31 이주영, 『서북청년회』, 백년동안, 2014, 9쪽.

로운 조국 건설의 전위대를 맡는 영광을 짊어지고 있"(4:28쪽)다
는 것을 대의명분으로 삼아 1947년 3·1 시위 직후 제주도에 들어
온 이후 1948년 4·3무장봉기를 토벌한다고 하면서 토벌대뿐만
아니라 무고한 제주도 양민들의 목숨을 무참히 앗아가는 만행을
저지른다.[32] 『화산도』에서 서청의 폭력적 구체적 양상은 매우 사
실적으로 그려지고 있는데, 서청이 제주도를 어떻게 대하고 있는
지에 대해 작가는 작품의 초반부에 의미심장한 대목을 보인다.

　　마완도는 그 동작을 감추려 하지 않았다. 권력을 배경으로 한
　폭력에 익숙해진 뻔뻔스러움이 있었다. 어머니 제사에 아무런 연
　고도 없는 자가 권총을 차고 와서 배례를 한다. '서북', '서북'……,
　이거는 완전히 어머니의 제단을 더럽히는 것과 마찬가지가 아닌
　가…… 이방근은 뱃속에서 확 치밀어 오르는 불쾌함이 분노로 바뀌
　는 것을 가까스로 참았다. 이봐, 자네 그 무겁게 쳐진 건 권총이
　아닌가, 신성한 영전에서 품안에 살인 도구가 웬 말인가. 풀게나.
　풀어서 옆에 내려놓고 절하게. 핫, 하하, 신성한 영전이라고? 으
　흠, 무슨 상관이란 말야, 권총은 '서북' 간부가 일상 호신용으로

---

32 서청은 미군 방첩대의 후원으로 활동하면서 미군정으로부터 대북 공작 활동 면에서
그 쓰임새를 인정받고는, 제주 4·3사건 이후 육군정보국, 유엔군 유격대 KLO부대,
한국군 유격대 호림 부대 등에서 활약한다. 호림부대원들 대부분 4·3사건 당시
경찰 병력으로 투입된 경험이 있다. 서청과 미군정 및 이승만의 협력 관계에 대해서
는 윤정란, 『한국전쟁과 기독교』, 한울엠플러스, 2016, 226~240쪽 참조. 그런데
특기할 만한 사실은 서청이 미군정과 이승만에 의해 군인과 경찰에 속속 등용되고
있다는 점이다. 이렇게 등용된 서청은 4·3무장봉기의 토벌대로 제주도에 들어와
무자비한 학살을 자행한다. 서청의 경찰 등용과 그로 인한 제주 학살의 실태에
대해서는 제주4·3사건진상조사보고서작성기획단, 앞의 책, 2003, 266~275쪽.

지니고 다니는 물건이야. 지금 여기에 구경거리 의식(儀式)이 있어서, 그들은 그들 나름의 복장으로 찾아온 것에 지나지 않아. (중략) 아니, 권총을 풀고 절을 해. 너희들이 감히 권총을 지니고 제단이 있는 곳의 문지방을 넘는다는 것이 말이 되나……. (2:218-219쪽)

제주도 서청의 간부 마완도는 권총을 찬 채 이방근의 어머니 제사에 참석하였다. 위 장면은 서청이 제주도를 어떻게 인식하고 있는지를 극명히 보여준다. 서청에게 제주도의 제사 의례[33] 따위는 안중에도 없다. 서청은 이승만과 미군정의 배후에 힘입어 정부를 참칭하는 유사권력으로써 소요 사태를 일으키는 골칫거리 제주도를 반공주의로 평정해야 할 신성한(?) 의무를 행사할 권력의 주체다. 따라서 서청은 반공주의로 무장된 그들의 무소불위의 권력을 유감없이 제주도 원주민들에게 행사해야 한다. 여기서 마완도가 차고 있는 권총은 바로 서청의 이 같은 유사권력을 상징하면서 이후 4·3무장봉기를 토벌한다는 대의명분 아래 제주도 전체를 아비규환으로 내몰고 주검의 지옥으로 치닫게 한 폭력의 실체다. 더욱이 주목해야 할 것은 마완도의 권총이 살아 있는 사람

---

33 정대성은 김석범 문학에서 보이는 제사를 "전체주의적인 정치에 환원되지 않는 개인의 몸, 죽음이 '제사'라는 표상을 통해 김석범 텍스트에 파종되어 있는 것"(정대성, 「작가 김석범의 인생역정, 작품세계, 사상과 행동」, 『한일민족문제연구』 9호, 2005, 89쪽)이라는 흥미 있는 견해를 제시한다. 이것을 필자 나름대로 생각해보면, 일본 제국주의와 미국의 신제국주의뿐만 아니라 스탈린주의가 함의하는 파시즘에 구속된 상처투성이의 개인의 '몸[軀]'과 관련짓고 있는 '제사'를, 『화산도』의 초반부 제사의 문맥으로 전유하면 일제 강점기의 고통스러운 현실 속에서 죽어간 이방근의 어머니의 '몸[軀]'과 포개진다.

을 위협하는 차원에 그치지 않고 죽은 자를 추도하는 제주도 전통의 제사에 등장하고 있다는 점이다. 권총을 찬 채 서청이 죽은 자에게 배례를 한다는 것은, 서청의 무지막지한 권력의 폭력이 제주도의 살아 있는 것은 물론, 제주도의 죽은 것들 모두를 포괄하는, 달리 말해 제주도를 이루는 풍속과 역사의 모든 것을 그들의 근대적 기획(단독정부 수립과 이를 떠받치는 반공주의의 맹목) 아래 압살하겠다는[34] 마치 무자비한 점령군의 폭거를 연상케 한다. 덧보태어 상기하고 싶은 것은 제주도 제사의 풍속이 해당 가족과 문중에게만 유의미성을 띤 게 아니라 제사를 지내는 집의 이웃, 심지어 사자(死者)를 직접 대면한 적도 없고 잘 알지도 못하는 타인들도 배례를 할 수 있고, 그래서 제사가 제주도 특유의 공동체를 지탱하고 있는 것 중 하나임을 직시할 때, 서청의 권총은 다시 강조하건대, 이러한 제주도 원주민 공동체의 모든 것에 위협을 가하고 압살하는 폭력의 실체다.[35]

---

34 최근 필자는 필리핀의 작가 호세 달리사이로부터 그의 문학과 필리핀 문학 전반에 대해 들을 수 있는 귀중한 시간을 가진 적 있다. 그때 필자는 그의 작품 중 한국에 번역 소개된 단편 「채소밭에서」(『지구적 세계문학』 2014년 가을호)의 부분 중 정부군이 어느 섬 마을 학교에 와서 먹을 것을 구한다며 학교가 애지중지 키운 채소의 뿌리를 송두리째 캐내는 것에 대해 얘기를 나눴다. 필자는 이 대목이 4·3 당시 토벌대군이 제주도 원주민의 삶을 반공주의로 절멸시키고자 하는 것과 맥락을 함께 한다고 보았다. 필리핀의 마르코스 독재 정권 시절 정부군이 반정부 게릴라를 추적하는 과정에서 필리핀의 어느 섬 원주민의 문화를 뿌리째 훼손시키는 것은 4·3 토벌대가 제주도 원주민의 문화를 압살하는 것과 묘하게 겹친다.

35 김석범의 이러한 제사에 대한 관심을 오은영은 재일조선인문학의 '조선적인 것'과 관련하여 논의한다. 그래서 "김석범 작품에 그려지는 제사는 '조선'을 표상하기 위하여, 즉 제사예법이나 제수에 대해 기술되어 있어, 조선에 좀 더 접근하려

따라서 『화산도』의 초반부에 작가가 이 같은 장면을 의도적으로 배치한 것은 서청이 자행하는 반혁명 권력의 폭력 양상이 얼마나 섬 공동체의 근원을 파괴시킬 것인지에 대한 징후로 읽어도 무방하다.

이러한 제주도 섬 공동체의 근원에 대한 절명과 파괴의 위협을 작가는 미군정의 존재로 뚜렷이 지적한다. 이 점은 재일조선인 작가가 일본에서 이념의 억압과 검열이 한국사회보다 비교적 자유로운 이점을 최대한 활용한 문학적 성취가 아닐 수 없다.[36] 새삼 강조할 필요도 없듯, "전후 세계가 처음으로 목격한 것은 이 잊을 수 없을 정도로 아름다운 섬에서 민족자결과 사회정의를 위해 싸우던 도민에 대한 미국의 무차별한 폭력"[37]이 주도면밀히 자행된 것이다. 그 한 폭력의 양상은 다음과 같다.

는 문제라는 것을 알 수 있다."(오은영, 앞의 책, 206쪽)고 하는데, 이에 대해서는 좀 더 상세한 분석이 뒷받침되어야 할 것이다. 특히 김석범 문학이 '조선적인 것'과 무관한 것은 아니지만, 자칫 '제사=조선'이라는 등식은 김석범 문학이 지닌 로컬리티를 잘못 이해할 수 있다. 특히 『화산도』의 초반부 제사는 제주도 특유의 풍속으로 '조선적인 것'이지만, 일반적으로 유교의 성리학적 질서가 지배하는 뭍의 제사 풍속과 다른 면모를 지니는데, 그것은 중앙중심주의에 매몰되지 않되 제주도의 원주민 문화와 공존하는 제사 풍속을 통해 일반적인 민족 표상과 구별되는, 특히 근대적 관점에서 심상으로 발견되는 '조선'과 또 다른 로컬리티로서 '조선적인 것'을 염두에 둬야 한다.

36 이 문제는 『화산도』를 거울삼아 한국의 4·3문학 전반이 답보 상태를 극복하기 위해 그동안 축적된 미군정과 미국의 4·3개입 양상에 따른 자료를 토대로 하여 향후 치열한 산문정신으로 4·3문학의 새 지평을 모색할 과제로 아무리 강조해도 지나치지 않다. 고명철, 앞의 글, 135~137쪽.

37 브루스 커밍스, 「제주도 4·3사건과 미군정」, (문경수 편, 이경원·오정은 역)『왜 계속 써왔는가, 왜 침묵해 왔는가』, 225쪽.

그래, 함포사격인 것은 확실해졌지만, 슬프고도 우스꽝스러운 느낌이 사라지지 않는 것은, 이 나라 어디에 군함이 있고, 군함에 장치한 포가 있는가, 이 모든 것이 미군의 것……이라는 생각이 묘한 웃음을 자아낸 것이었다. 고향 땅의 해상으로부터 포탄은 어디로? 일본군이 아닌, 섬의 게릴라에게로, 도민에게로, 성문을 열고 외적을 들여 동족을 죽이는 방법은 역사상 여기저기에서 사용돼 왔는데, 지금 제주도에서 일어나고 있는 사태는 그것이었다. 이 땅이 암흑의 중세라 치고 참아야만 하는가.(12:193쪽)

그런데 위 장면과 오키나와에 대한 미군의 무자비한 함포 공격이 포개진다. 미국은 제2차대전 끝 무렵 일본의 항복을 받기 위해 오키나와를 점령하는데 그때 오키나와를 공격한 함포 사격은 시간이 흘러 다시 제주를 향해 포문을 연 것이다. 이번에는 미군이 직접 제주도를 점령하는 모양새를 취하지 않고 이승만과 서청의 배후에서 미국의 동아시아 냉전체제 질서를 구축하기 위한 목적으로[38] 친미성향의 정부를 세우는 것을 적극 지원하는 군사적 행동을 취한다. 『화산도』에서 조명되는 미군정의 이 같은 제주도 공격과 배후 작전을 통해 작가는 섬의 혁명이 남한만의 단독정부를 세우는 것을 저지하는, 그래서 개별 국민국가를 건립하는 데 뒤따르는 민족 구성원 내부의 문제로만 파악되어서는 곤란하고,

---

38 이와 관련하여, 제주도의 전략적 군사 기지가 갖는 의미에 대해 허호준, 「냉전체제 형성기의 국가건설과 민간인 학살: 제주 4·3사건과 그리스내전의 비교를 중심으로」, 제주대 박사학위논문, 2010, 71-85쪽.

무엇 때문에 미군정과 미국이 집요하게 해방공간의 한반도의 정치사회 문제에 관심을 보이고 적극 간섭했는지에 대한 다층적이고 심층적 이해가 절실하다는 문제의식을 문학의 힘으로 보여주고 있다.

5. 『화산도』가 보이는 문학의 힘

이 글은 김석범의 대하소설 『화산도』가 제기하고 있는 풍요로운 문제의식들 중 혁명과 문학에 대한 면을 이방근, 남승지, 양준오, 한대용, 유달현, 정세용, 서청, 그리고 미군정 등에 초점을 맞춰 논의하였다. 이 논의를 통해 일제로부터 독립 후 아직 온전한 자주독립국가를 세우지 못한 혼돈 속에서 한반도를 비롯한 동아시아를 중심으로 새롭게 재편되는 동아시아의 냉전체제 속에서 제주도가 한반도의 부속 도서란 섬의 지역성에 갇히지 않고 국민국가와 그 정체(政體)들 사이에 재구축되는 국제질서의 숨 가쁜 현장이라는 점을 상기해준다. 따라서 이러한 현실을 매우 다각적이면서도 심층적으로 접근하고 있는 김석범과 『화산도』는 문학의 힘이 보여줄 수 있는 극치를 보여준다.

이 글의 서두에서도 언급했듯이, 『화산도』의 전권이 그동안 한국어로 완역되지 않아 한국문학의 비평과 연구에서 사각지대로 놓이든지 그나마 축적한 연구 성과들이 『화산도』의 전모가 아닌 상태에서 제출된 태생적 문제점을 안고 있을 수밖에 없다면, 이후 『화산도』에 대한 한국문학의 연구는 본격적으로 수행되어야 할 것이다. 이것은 기회가 있을 때마다 강조되곤 하였으나, 4·3을 화석화(化石化)하는 게 아니라 그 미래의 가치를 늘 래디컬하게 성찰함으로써 미완의 혁명으로 현재진행 중인 '평화'를 향한 해방의 가치를 갈고 다듬어야 한다. "민족자주화와 민주주의, 분단체제 해체와 민족통합은 4·3의 인권정신, 평화이론, 생명사상을 발양하기 위한 구체적 경로요, 방법"[39]인바, 『화산도』의 언어들 사이에 숨 쉬는 미완의 혁명이 지닌 가치를 어떻게 새롭게 발견하는가 하는 문제는 이제 한국문학이 감당해야 할 숙명적 과제임을 아무리 강조해도 지나치지 않을 것이다. 또한 그동안 일본어로 유통된 『화산도』가 일본문학의 독점적 연구 영역을 벗어나, 일본문학 연구와 생산적 논쟁의 장을 마련해야 할 것이다. 끝으로, 바람이 있다면, 『화산도』에서 추구되는 섬의 혁명과 문학적 상상력의 문제의식을 세계문학의 또 다른 문제틀로 탐구하고 싶다. 추후의 과제로 남겨본다.

---

39 허상수, 앞의 책, 342쪽.

식민의 기억과 학병 체험의 재구성

『화산도』를 중심으로

1. 식민의 연속-서울, 제주 그리고 일본

『화산도』에 오르는 길은 많다. 한라산이 수많은 길들을 품고 있는 것처럼. 일본어판으로 7권, 한국어 번역본으로 12권에 이르는 방대한 분량 때문만은 아니다. 해방 이후 식민지 잔재 청산과 독립국가 건설이라는 민족적 과제를 달성하기 위한 당대의 역동성이 『화산도』의 숲을 더욱 깊게 한다. 숲이 깊을수록 길이 많은 것은 당연한 일일 터. 이 글이 『화산도』에 오르는 독자를 위한 작은 안내판이 되었으면 한다. 『화산도』를 오르는 길 중 하나는 서울, 제주, 일본이라는 공간의 위계가 빚어내는 식민의 연속과 단절이다. 우선 다음 대목을 먼저 보자.

> 그들(서북청년단, 인용자)의 힘, 폭력은 강함에서 나오는 것이 아니다. '북'에서 쫓겨난 실향민인 '서북'들의 고립감, 증오, 무력감이 그들의 사디즘의 밑바닥에 똬리를 틀고 있는 것이다. '서북'

들은 늘 공포에 노출된 채 '타향'에 산다. 길을 걸어도 반드시 몇 명의 집단을 이루는 것은 단지 방어만이 아닌, 고립감에서 오는 공포의 표출이고, 그들의 잔학, 파괴성에 명분을 주는 것이 반공정신, 멸공, 반공 십자군……이라는 것이다. 그리고 그 '북(서북)'과 '남(제주도)'이라는 상호 적대, 증오는 서울 정권의 주변지역에 대한 차별에 의해 이용당하고, 증폭되고 있는 것이리라.[1]

제주 4·3 발발 원인 중 하나는 서북청년단의 가혹한 탄압이었다. 『화산도』에서는 서청의 잔학성에 대한 묘사가 빈번하게 나타난다. 김석범은 이를 "서울 정권의 주변 지역에 대한 차별에 이해 이용당하"고 있다고 말한다. 소설 속 화자인 이방근을 내세운 이 같은 분석은 여러 가지 측면에서 바라볼 필요가 있다. 우선 이 발언의 시점이다. 이 발언은 산에서 도망친 여성 무장게릴라 신영옥이 이방근의 하숙집으로 도망쳐 왔을 때 등장한다. 시기적으로 보면 군경 토벌대의 초토화 작전이 시작될 무렵, 이미 무장대 내에서조차 대규모 학살은 피할 수 없을 것이라는 예상이 나오던 때이다. 이방근이 무장봉기가 실패로 끝날 경우 남승지, 양준오 등 무장게릴라들을 탈출시키겠다며 구체적 실행 계획을 염두에 두던 시기이다.

이 무렵 이방근은 서청의 잔학성을 그들 스스로의 고립에 대한 방어기제로 보고 있다. 이러한 시각은 기존 서북청년단에 대한

---

1 김석범, 김환기·김학동 역, 『화산도』 11권, 보고사, 2015, 234쪽. 앞으로의 인용은 권수와 쪽수만 밝힌다.

연구, 이를테면 '행동적 반공단체', '미군정과 우파 정치세력의 희생양', '우익민족주의세력', 혹은 '미군정과 우파의 지원을 받은 좌파의 대항세력'이라는 견해와 다소 다르다. 『화산도』에서는 북조선에 소련군이 전주하고 조선민주주의인민공화국이 수립되는 단계에서 북한 정권의 탄압을 피해 남한으로 '탈출'했던 서청의 패거리주의를 '고립감에 따른 공포의 표출'로 설명된다. 제주 4·3이 미증유의 폭력으로 귀결되었던 사실을 염두에 둘 때 이러한 진술은 어떻게 설명될 수 있을 것인가.

우선 이방근이 서청에 대한 인식의 변화를 살펴보자. 이방근이 서청과 직접적으로 마주치게 되는 것은 신세기 카바레에서 서청 패거리와 주먹다짐을 한 이후였다. 이 일로 유치장에 수감된 이방근은 정세용의 주선으로 서청에게 '애국기금'을 내는 조건으로 풀려난다. 이방근이 '애국기금' 납부 문제로 서청 본부를 찾았을 그의 시선에 비친 서청의 모습은 증오의 화신이었다.

커다란 벽, 아니 크레바스 같은 틈새, 같은 민족이면서 북에서 온 그들과 남쪽 끝인 이 섬에 사는 사람들은 이민족처럼 느껴지기도 했다. 그것은 남북의 지역적인 차이나 섬에 대한 본토 사람의 지방적 경멸에서 유래된 것이 아니었다. 무엇보다도 '빨갱이 소굴'이라는, 제주도에 대한 이해가 결여된 그들의 증오심에서 생겨난 어쩔 수 없는 인식의 차이였다. 북에 대한 그들의 철저한 증오심과 복수심을 만족시킬 수 있는 '대체'로서의 제주도가 있었다. 그것은 '서북'에 있어서 '제2의 모스코바·제주도에 진격해 온 멸공대'로서의 '사명감'을 뒷받침하고 있었다. 게다가 섬 전체에 8백여 명이 배치되어 있다는, 사나운 흉한이라고 불러야 할 그들 대부분이 일부 간부를 제외하고는 문맹이었다.[2]

서청이 잔인한 테러를 할 수 있는 이유는 "제주도에 대한 이해가 결여된 그들의 증오심" 때문이다. 서청은 "멸공애국을 외치며 경찰과 함께 반공전선의 최전방에"선 '반공테러집단'이다. "만약 자백하지 않으면 스스로가 '빨갱이'라고 할 때까지 때"리고 "만약 '빨갱이'라면 더 이상 '빨갱이'가 아닐 때까지 때"리는 서청의 잔학성 앞에서 이방근은 '이성'으로 대처 불가능한 무력감을 느낀다.[3]

이 같은 인식은 무장게릴라 남승지가 서청의 폭력성을 묵인한 지배권력과의 투쟁을 자각하는 것과 다르다. 남승지는 "도민 스스로가 게릴라가 되어 '서북' 따위를 앞잡이로 내세운 지배 권력과 투쟁할 필요가 있"다고 본다.[4] 이는 무장봉기 세력의 끈질긴 동조 요구를 거절하는 이방근의 정세인식과 근본적인 차이를 드러낸다. 제주 4·3의 발발과 진행과정에서 이방근에게 가장 중요한 것은 도민들의 생존이었다. 그리고 그 생존의 유일한 희망은 섬으로부터의 탈출이었다. 무장게릴라들로부터 "반조직, 반혁명적 이적행위"라는 비판을 받으면서까지 무장게릴라 탈출 계획을

---

2 4권, 16쪽.
3 4권, 17쪽.
4 3권, 165쪽.

세우는 이방근에게 "섬에서의 탈출"은 "그 자체가 희망이며 목숨을 부지하는 일"이었다.[5] 이러한 탈출 계획은 서청의 잔학성이 아니라 서청을 이용한 "서울 정권"이야말로 제주에서 자행됐던 폭력의 근본이라는 인식으로 변모하였기 때문에 가능했다. "섬에 오게 된 멸망적 징후"를 벗어날 수 있는 유일한 선택지로 제주 탈출을 계획할 때 양준오는 "태평양에서 건너온 외적", "제주해 너머에서 온 같은 조선인이라는 외적"과 최후까지 싸워 살 길을 마련해야 한다고 비판한다.[6] 미군정과 서청을 포함한 군경토벌대를 "외적"이라고 보는 양준오의 시각에서 보자면 이방근의 행위는 패배를 기정사실화한 투항 행위나 다름없다.

이러한 정세인식과 대응방식의 차이에서 주목할 것은 양준오가 "적"의 폭력성에 폭력으로 대항한다면 이방근은 사태의 원인이 결국 권력의 문제이며 권력과의 싸움을 계속하는 것은 "멸망"뿐이라고 본다는 점이다. 투쟁과 탈출이라는 선택지는 달랐지만 이 둘 모두 공통적으로 인식하고 있는 것은 폭력을 행사하는 권력의 차별적 적용이다.

이방근은 신세기 카바레에서 서청 패거리와 주먹다짐을 한 이후 사건을 무마하기 위해 '애국기금'을 내면서 서청과의 교류를 이어갔다. 이방근과 서청과의 교류는 남해자동차 사장 이태수의 장남이라는 물적 토대가 바탕이 되었다. 서청을 증오하면서도 서

---

5 12권, 255쪽.
6 10권, 257쪽.

청 제주지부장 함병호와 술자리를 할 수 있었던 이방근은 서청의 폭력성에 대한 즉각적 반발보다는 보다 근본적 이유에 관심을 가질 수 있었다. 그런 점에서 "서울 정권의 지역에 대한 차별"이라는 말하는 것은 대한민국 정부 수립의 의미를 "서울 정권"이라고 규정하면서 폭력의 근본적 이유를 묻기 위함이다. 즉 제주에서 자행되고 있는 폭력적 상황은 폭력의 하수인 서청이 아니라 "서울 정권"으로 나타내는 권력의 차별적 인식 때문이다. 이는 '서울/제주'라는 권력의 분절적, 차별적 인식이 제주인들에 대한 폭력적 탄압의 근본이라는 점을 보여준다. "'멸치도 생선이냐, 제주도 것들이 인간이냐'고 거드름을 피우는 본토 출신 경찰들이 속속 도착하고 있다"[7]라는 표현에서도 확인할 수 있듯이 '서울-육지'와 '제주-섬'을 나누는 정부의 태도를 문제 삼고 있다.

해방 후에도 계속된 식민지적 상황의 연속성에 주목하는 것은 김석범의 직접적인 진술에서도 확인할 수 있다. 4·3 40주년인 1988년 일본에서 마련된 한 좌담회에서 김석범은 다음과 같이 말하고 있다.

> 게릴라 측에도 부정적인 면이 많이 있습니다. 있기 하지만 우리들은 무엇보다도 우선 말예요, 해방 후 남한의 역사가 어떻게 시작되어 왔는가를 살펴봐야 합니다. 이것을 남한에서는 전부 금기시해 왔습니다. 처음뿐만이 아니라 오늘날까지 쭈욱, 왜일까요?

---

7 5권, 165쪽.

미국이 지배했기 때문입니다. 미국이 지배했다는 데에서 신탁통치의 문제도 나오고 미소공동위원회의 문제도 나오며, 이런 가운데 이승만은 해방 다음해인 1946년 6월경에 전라북도 정읍에 가남한만으로 단독정부를 수립하겠다는 것을 발표했던 겁니다. 그래서 반탁운동으로 소박한 민중을 교묘히 동원해서는 극우 테러단체를 제주도로 들여보냈던 겁니다. 그 막후 바로 미국이 있었습니다. 이것은 4·3 사건이 시작되기 전입니다.

한편으로 혁명을 일으키려는 혈기왕성한 청년들은 일본의 식민지로부터 해방되었구나 했더니 이번에는 미국이 지배한다는 현실을 피부로 느꼈을 겁니다. (중략) 이것은 추상적으로 보일지 몰라도 결코 그렇지 않으며 4·3 사건의 커다란 원인입니다.[8]

이방근의 "서울 정권"이라는 발화는 잔악한 서청으로 상징되는 폭력적 탄압이 "서울 정권"의 제주에 대해 지니는 식민지적 차별을 전제로 할 때 가능해진다. 해방이 명목상의 해방일 뿐이며 미군정의 진주가 일제 강점기 조선총독부의 연장이라는 인식을 염두에 둔다면 이것은 국민국가의 수립이 그 자체로 자명한 일이아니며 내재된 폭력, 그것도 잔혹한 폭력을 동반한 채 이뤄질 수밖에 없었다는 점을 의미한다.

이러한 사실은 재경 제주향우회의 모임에서 제주 출신 학생들의 4·3에 대한 정세인식에서도 확인된다. 고향에서 군경의 가혹

---

8 「4·3사건을 어떻게 볼 것인가—40주년을 기념해서」, 『コリア研究』 제10호, 1988.2., 아라리연구원 편, 『제주민중항쟁』 1, 소나무, 1988, 53~54쪽, 재수록.

한 탄압이 벌어지자 이들은 당국에 의견서를 제출하는 등 적극적인 사태 해결 노력을 한다. 그러면서 사태의 원인에 대해 제주도민을 '빨갱이'로 규정하는 당국의 태도를 지적한다.

> (전략) 도민이 빨갱이라고 해서 섬을 봉쇄하고 진상조사단의 도항을 저지하면서 살육 작전을 세운다는 것, 그것은 제주도 사람을 동족으로 간주하지 않는다는 증거가 아닙니까.[9]

당국이 제주도민을 동족으로 간주하지 않는다는 비판은 결국 대한민국이라는 국민국가의 정체성에 대한 의문으로 이어진다. 다음의 대목을 보자.

> "게다가 정부 측에서는 제주도 30만 도민이 희생된다 한들, 대한민국의 존립에 아무런 지장이 없을 것이라는 견해가 있다고 들었습니다. 이건 제2차 세계대전 때의 나치스의 발상과 유사한 것으로, 이 대한민국이라는 하는 것은 우리들에게 있어 무엇인가 하는 의심을 갖지 않을 수 없습니다. 지금 선생님이 말씀하셨듯이, 이것이 같은 동족인이 하는 말입니다. 안 그렇습니까."[10]

사태를 대하는 당국의 태도는 '나치'의 그것과 다름없으며, 동족으로서 할 수 없는 불합리한 처사라는 지적은 역설적으로 국민

---

9 7권, 22-23쪽.
10 7권, 23쪽.

국가의 수립 과정이 필연적으로 폭력을 수반하지 안 되는 폭력적 과정이라는 점을 보여준다.

1949년 9월 제주를 찾은 서재권이 "성내의 소위 지식층 유산계급 관공리 중 보균자를 일일이 적발함으로써 사상적 일대 청소작업을 완성해야"한다고 말했던 것처럼 "서울 정권"의 폭력은 제주를 "멸균상태"로 만드는 일이었다.[11] 제주인을 "공산주의 독균"에 감염된 존재로 인식하는 것은 반공, 멸공을 명분으로 한 폭력적 진압을 정당화한다. 폭력의 정당성을 획득한 "서울 정권" 앞에서 이방근의 선택지는 밀항을 통한 '제주 탈출'이었다. 그리고 그 '탈출'의 목적지는 '조선 본토'가 아니라 과거 식민 본국이었던 '일본'이었다.

2. 식민의 기억과 일본이라는 탈출지

피식민자였던 이방근에게 일본은 과연 어떤 존재인가. 해방 이후 행해진 좌익 탄압, 1947년 3·1 사건 이후 계속된 총파업과 이에 대한 무차별적인 탄압이 이어지는 와중에서 많은 제주인들은 일본으로의 밀항을 감행한다. 이방근, 양준오, 남승지 모두 일본 유학 경험을 지닌 세대다. 해방 이후 일본에서 제주로 돌아온 이들이 늘어났다. 15만 명이었던 제주 인구는 이들의 귀환으로 한

---

11 서재권, 「평란의 제주도 기행」, 『신천지』 1949년 9월호.

때 30만 명 가까이 늘어났다.

제주인들의 일본행이 본격화되기 시작한 것은 1923년 제주-오사카 항로 개설 이후였다. 오사카 방직공장 노동력 확보를 위해 개설된 제주-오사카 항로가 개설되면서 도항과 귀환이라는 상시적 인구 이동이 가능했다. 이 항로에 투입된 선박은 기미가요마루였는데 스기하라 도루는 기미가요마루를 "움직이는 제주도"라고 이야기한 바 있다. 일상적 도항과 귀환의 반복은 해방을 계기로 중단되었다.

많은 사람들이 일본에서 해방된 조국으로 귀환했다. 하지만 그들 앞에 기다린 것은 해방된 조국이 아니었다. 미군 진주, 친일파의 득세, 그리고 반공을 무기로 내세운 이승만 세력의 권력욕이 적나라하게 드러나는 혼돈의 땅이었다. "조국에 찾아온 '해방'이 실은 환상"이었고 "'해방자'인 줄 알았던 미국이 일본 제국의 강력한 후임자"였음을 깨닫는 데는 오랜 시간이 걸리지 않았다.[12] 해방 정국의 혼란에 환멸을 느낀 양준오는 차라리 일본으로 되돌아가고 싶다고 말한다.

전 이 땅을 떠나고 싶어요. 전 이 땅에 친척도 하나 없는 인간이지만, 해방 덕분에 다른 사람들과 마찬가지로 조국이라는 곳으로 돌아왔습니다. 그런데 요즘 상황은 어떻습니까. '고향'이라는 이유로, 의리로…… 음 말하자면 추상적으로 살고 있는 거나 마찬가

---

12 1권, 69쪽.

지입니다. 어차피 추상적인 것에 불과하다면……. 저는 고향에 의리도 없으니 여기 있는 것보다는 외국에서 사는 편이 나을 것 같습니다. 일본이 아닌 미국도 좋겠지만, 미국에는 쉽게 갈 수가 없습니다. 아니, 솔직히 말하자면 미국에도 가고 싶지 않습니다. 해방후 이 나라에서 미국이 한 짓을 보면서 정말로 싫어졌어요.[13]

"고향"이기 때문에 "추상적으로 살고 있"다는 양준오의 발화는 해방 이후 귀환세대의 삶이 관념으로 지탱되고 있음을 보여준다. 환멸은 관념의 뿌리를 흔든다. 관념으로서 지탱될 수밖에 없는 삶이기 때문에 밀항은 도피가 아니다. 그것은 선택이다. 말하자면 귀환세대에게 제주와 일본은 그들의 삶에 놓인 두 개의 선택지였다. 밀항은 미군 점령 이후 조선에서 일본으로의 도항이 단절되었기 때문에 생긴 불가피한 이주의 방식일 뿐이다. 이러한 선택지 앞에서 식민지 경험은 분열적 상황에 직면한다. 예를 들어 유행처럼 번진 밀항에 대해 이방근은 불편한 심정을 토로한다.

난 말야. 해방이 되고 나서도(그것이 이름뿐인 것이었다 할지라도), 많은 사람이 과거 지배국이었던 패전국 일본으로 밀항해 가는 게 견딜 수가 없어. 더구나 독립한 조국에 일단 돌아왔던 사람들까지 다시 일본으로 건너가고 있잖아. 그게 맘에 안 들어. 여기 있는 사람들의 입장이 난처해지고 있단 말이야…….[14]

---

13 1권, 262쪽.
14 5권, 298쪽.

이때의 난처함이란 과연 무엇인가. 그것은 그들의 선택지가 "과거 지배국이었던 패전국 일본"이라는 점에 기인한다. 해방은 식민 상황의 단절을 의미한다. 식민지로 다시 돌아간다는 것은 어쩌면 다시 한번 식민지적 차별을 경험해야 하는 불안을 감수해야 하는 일일지도 모른다. 음악공부를 하기 위해 동생 유원이 일본으로 가고 싶다고 말하자 이방근은 자신의 삶에 깊게 각인된 식민의 경험을 떠올린다.

여동생이 일본에 간다……. 일본에, 일본에 말이다. 이방근은 악몽으로 가득 찬 상자의 뚜껑이 삐꺽, 소리를 내며 열리기 시작한 느낌이었다. 밀항했다는 소문은 성내에서도 거의 매일처럼 끊이지 않았지만, 설마 바로 발밑에서 그 소리가 들려올 줄은 꿈에도 생각지 못했다. 이방근에게도 학창 시절의 청춘을 두고 온 일본이 그립지 않을 리 없었다. 그것이 설사 '왜정'의 지배 아래였다고 하더라도, 일과성인 인간의 존재-생활이 그 시대를 제외시킬 수 없다는 사실은 어쩔 도리가 없었다. 괴로움과 슬픔만이 아니라, 소년시대의 생활에는 기쁨과 즐거움이 혼재한 기억은 어쩔 수가 없었다. 일상생활을 지배하고 육체와 의식의 구석에까지 침투해 있는 과거의 '일본', 아니 과거가 아니다. 그것은 지금도 여전히 남아있다. 마치 폐 속 결핵균처럼 살아 있었다. 예를 들면 일본어가 그랬다. 이따금 독서할 때 말고는 사용하지도 않고 또 쓸 기회도 없는 일본어가 지금도 튀어나오려 할 때가 있다. 일본인에 뒤지지 않을 정도로 자신의 내부에 남아 있는 일본어가 역겨웠다. 마치 우리 땅을 점령한 일본 그 자체인 것처럼 역겨웠다.

우리 민족에게 그처럼 역겨운 외국어는 달리 없을 것이었다. 강간이라도 당한 것처럼 새겨진 '일본'이라는 각인이, 악몽이 연기처럼 피어올랐다.[15]

마치 "마치 폐 속 결핵균처럼 살아 있"는 "강간이라도 당한 것처럼 새겨진 '일본'이라는 각인"은 해방 이후 제주에서 이뤄진 밀항에 대한 피식민자의 즉각적 반응이다. 아무리 학창시절의 경험이 있었다고 하더라도 다시 일본으로 되돌아간다는 것은 신체에 기입된 피식민의 경험을 일깨우는 일이기 때문이다. 하지만 이러한 감각에도 불구하고 그들이 일본으로 가지 않으면 안 되는 이유는 무엇인가. 그것은 그들의 일본 귀환이 '제국-일본'으로 귀환이 아니기 때문이다. 그들은 '일본'으로 향하는 것이 아니라 '일본'이라는 식민 본국의 내부에 마련된 또 다른 고향으로 가는 것이다.

'제국 일본'에 마련된 제주, 그 원형은 어디인가. 그곳은 바로 오사카 이카이노의 거리이다. 양준오, 남승지에게 오사카 이카이노는 "한민족의 생활 원형이 조금도 흐트러지지 않고 신비한 생명력으로 계속 살아왔던" 곳이다.[16] "아무리 일본이 '황민화', '동화' 정책을 강행해도, 한복 착용이나 말을 금지시켜도" 이카이노의 생명력은 사라지지 않았다. '제국'의 내부에 '제국'의 균열을 가능하게 하면서 '한민족의 생활'을 유지할 수 있었던 공간, 그곳

---

15 2권, 299-300쪽.
16 2권, 458쪽.

이 바로 이카이노였다. 하산한 무장게릴라 신영옥을 비롯한 밀항자들이 밀항을 감행할 수 있었던 이유 역시 귀환하지 않은 채 일본에서 살고 있는 친척, 고향 사람이 존재했기 때문이다. 식민지시기 탈경계의 경험, 그리고 일본에서의 체험이 해방 이후의 탈경계를 가능케 하는 토대가 된 것이다.

BC급 전범으로 싱가포르 창기 형무소에서 수감되었다가 고향으로 돌아온 한대용의 경우도 일본으로의 밀항과 무장게릴라 합류를 놓고 고민한다. 그는 고향에서는 일제협력자로 낙인 찍혔지만 누구보다도 일본(인)에 대한 증오심이 가득한 인물이다. 그가 이방근을 찾아 무장게릴라 합류를 부탁하는 다음 장면을 보자.

세간의 사람들은 저를 일제협력자라고 백안시하고 있습니다만, 음, 제 부친의 친구인 경찰서장 역시 해방이 될 때까지는 일제의 앞잡이였던 것이 틀림없고, 게다가 게릴라들의 지도자들은 어떻습니까. 그들은 일찍이 일본 군인이었습니다. 그러나 그럼에도 지금은 어엿한 인민군이 되어, 일본 군대에서 몸에 익힌 군사지식과 기술을 인민을 위해 사용하고 있지 않습니까. 일제협력자든가 민족반역자는 이 섬에 많이 있습니다.[17]

전 일제 때는 나이도 젊고 어리석었습니다만, 지금까지의 인생에서 겪었던 여러 가지 경험을 살려서, 이번에야말로 민족과 우리 고향을 위해 제 청춘의 나머지를 바쳐 마음껏 날뛰고 싶습니다.[18]

---

17 5권, 173쪽.

지금의 한대용은, 말하자면 무의식중에 지내 온 7, 8년간의 청
춘의 암울한 기분을 게릴라에 참가하는 것으로 폭발시키고, 그리
고 과거를 보상받으려 하고 있었다.
　　결론은 일본으로 가야 하는가, 아니면 게릴라에 참가해야 하는
가의 둘 중의 하나였지만, 문제는 그 게릴라에 참가하는 것이 생
각처럼 되지 않는다. 어떻게든 이방근이 그 중개 역할을 해 줄 수
없겠느냐는 것이었다.[19]

　일본에 보내기 싫으면 무장 게릴라에게 줄을 대달라는 한대용
의 부탁에 대해서 이방근은 "일본 제국주의보다도 영국의 제국주
의에 대한 증오 쪽이" 크고 "상당히 제멋대로라는 느낌"이긴 하지
만 "그것이 간접적으로 미제국주의와 이승만 일파를 공격하는 원
인으로 작용하고 있"다고 생각한다.[20] BC급 전범이라는 '낙인'을
벗어버리기 위해 무장 게릴라 합류를 원하는 한대용은 그런 시도
가 좌절될 경우 일본으로 갈 수밖에 없다고 말한다. 또 다른 차별
을 경험할지도 모르는 일본행을 염두에 두는 이유는 식민시기의
탈경계의 경험이 제주 사회에 집단적으로 각인되었음을 보여준
다. 식민지 체험, 일본군대에서 배운 군사 지식을 무장게릴라의
일원이 되어 사용하고 싶다고 말하는 대목은 식민의 기억과 체험
의 균열을 보여준다. 일본을 증오하지만 일본 군대의 경험은 해

---

18 5권, 179쪽.
19 5권, 180쪽.
20 5권, 183쪽.

방 후의 싸움에서 요긴하게 사용될 것이라는 점, 그리고 무장게 릴라 지도자들 역시 일본군 출신이라는 '강변'은 식민의 상태에서 익힌 근대적 경험에 대한 일종의 자신감일 것이다.

탈경계의 경험지로서 일본을 인식하는 것은 '제국-일본'의 식 민적 차별의 환기와 다르게 작용한다. 무장봉기에 필요한 자금을 마련하기 위해 강몽구와 함께 오사카로 건너간 남승지는 오사카 이카이노에서 제주에서의 추상적 고향인식과 다른 민족적 동질 감을 인식한다.

> 남승지는 오사카, 이카이노……라고 중얼거렸다. '조선시장'거 리도 그렇고, 방금 전에 우상배와 만난 일도 그렇고, 이카이노에 는 무언가, 그렇지, 옛날의 시간과 함께 되살아나는 듯한 활기가 있었다. 지금 당장이라도 누군가 만나고 싶은 인간과 만날 수 있 을 것 같은, 무언가 조선인들의 연대가 있었다.[21]

이방근은 일본 제국주의의 민족적 차별을 각인하면서 '일본어' 의 발화마저도 억압한다. 하지만 식민 본국에서 지냈던 학창시절 에 대한 체험만은 어찌할 수 없다. '제국'의 차별과 '제국' 내부에 거주했던 경험의 분열. 남승지가 이카이노를 걸으며 '조선인들의 연대'를 떠올리는 부분과 겹쳐서 생각하면 이것은 식민 본국에서 '민족적 연대'를 실천적으로 구현해냈던 실체적 경험 때문이다.

---

21 2권, 467쪽.

제주로의 귀향과 정착이 '추상'이라는 관념에 의해서 가능한 것이라면 일본으로의 탈출은 해방된 조국의 현실에 대한 환멸을 피해 '민족적 연대'의 경험을 복원할 수 있는 탈경계의 시도이다. 이방근이 "멸망"을 피해 어떻게든 살아남아야 한다고 말할 때 그 생존의 최종 목적지가 일본이라는 역설은 여기에서 기인한다. 일상적 이동과 귀환의 반복, 그리고 '제국-일본'의 내부에서 '민족적 연대'를 가능케 했던 경험이 무장 게릴라 탈출 계획의 심리적 자산으로 작용하는 것이다.

그렇다면 당시 밀항의 규모는 얼마나 되었을까. GHQ(General Headquarters)의 자료에 따르면 1947년 5월 이후부터 1948년 6월까지 밀항을 시도했다가 검거된 인원은 547명이다. 한국전쟁 발발 이후인 1951년 검거된 인원은 모두 2,410명인데 이 중 제주에서 출항한 인원은 65명이었다.[22] 하지만 제주에서 일본으로의 밀항이 제주를 출항지로 하는 경우는 그리 많지 않았고 대부분 부산을 경유해 이뤄졌다는 점을 본다면 이보다 많은 인원(부산 출항지 검거 인원 1,496명)이 밀항을 통해 일본으로 건너갔음을 알 수 있다. 밀항시도를 하다 검거되지 않은 인원까지 추산하면 더 늘어난다. 1934년 마스다 이치지(桝田一二)의 조사에 따르면 당시 일본 출가 제주인이 남성 2만 8362명, 여성 2만 688명이었다. 이중

---

22 村上尚子, 「4·3시기의 재일제주인-제주도민의 도일과 재일조선인 사회(1945~1950)」, 『在日 제주인의 삶과 제주도』, 제주발전연구원 학술세미나 발표자료집, 2005.

에서 경제 생산에 직접적으로 참여하는 15세 이상 50세 미만의 연령만 보더라도 남성이 2만 5050명, 여성이 1만 6467명이었다.[23] 식민지 시기의 일본 출가 인원보다는 적은 규모이지만 분명한 것은 4·3 이후에도 밀항을 통한 '탈출'이 이어졌다는 점이다. 제주 4·3을 전후로 하여 밀항이 광범위하게 시도된 것은 미군 보고서에서도 확인할 수 있다. 1946년 주한미군육군사령부의 주간정보 보고에는 제7함대 소속 구축함이 불법으로 일본으로 이주하려는 한국인 175명을 수송하던 선박 4척 적발 사실을 밝히고 있다.[24] 미군정의 단속과 해상봉쇄 이후 군경의 지속적인 단속에도 불구하고 밀항은 끊이지 않았다.

이방근의 탈출계획 정보를 입수한 무장게릴라들의 보고에서는 집단적 밀항의 규모가 조천지구에서 세 번에 걸쳐 150명, 한림에서 30명 이상이 되는 것으로 묘사된다. 그리고 이러한 밀항은 단순한 탈출의 루트만이 아니었다. 밀항자를 실어 나르고 돌아오는 선박에는 일본의 공산품들이 실려 왔고 이것이 제주 경제에 일정한 영향을 미치고 있었다.

제주 4·3의 발발 원인으로 일본과의 경제적 교류가 차단되었던 점도 일정한 영향을 미쳤다는 지적도 있다. 생필품 품귀 현상으로 밀무역이 성행지면서 이를 미군정의 강력한 통제아래 두려

---

23 桝田一二, 『濟州島의 地理學的 硏究』, 우당도서관 편, 홍성목 역, 2005, 143-146 쪽 참조.

24 HQ USAFIK, G-2 Weekly Summary, 1946.9.1.

고 하였던 정책이 결국 제주도민들과의 갈등으로 빚어졌다는 분
석이다.[25] 이를 염두에 둔다면『화산도』에서 그려지고 있는 밀항
의 루트가 단순히 탈출 자체만으로 그치는 것이 아니라 4·3으로
악화된 경제적 상황을 타개하기 위한 자생적, 자위적 선택이었다
는 점을 확인할 수 있다. 하지만 이러한 선택의 이면에 자리 잡은
것은 환멸과 절망이었다.

이방근은 동생 유원을 일본으로 보내려고 마음먹으면서 동반
도일(渡日)까지도 염두에 둔다. 이방근은 내적갈등을 겪으면서도
양준오에게 무장 게릴라 지원 자금 30만 원을 건넨다. 자신의 서
재 소파에서 관념에 사로잡혔던 이방근의 변화를 보여주는 이 대
목에서 양준오는 이방근의 일본행을 만류하면서 자신이 제주에
남아있는 이유를 이렇게 설명한다.

> 나는 지금 죄수는 아니지만, 이 섬을 나갈 마음은 없다고요…….
> 특별히 이 섬에 매력이 있다든지, 향토애라든지, 가족이라든지,
> 그런 걸로 이 섬에 자신이 있는 게 아니라고 말이죠.[26]

소설 초반에만 하더라도 '의리'와 '추상'에 의해 제주에 머물 수
밖에 없다고 토로했던 양준오였다. 4·3 봉기 이후, 조직원으로
활동하면서 그는 무장 투쟁의 당위성에 대해 낙관적 전망을 지니

---

25 진관훈, 「해방 전후의 제주도 경제와 '4·3'」, 『탐라문화』 21, 제주대학교 탐라문
화연구소, 2000.
26 7권, 442쪽.

게 된다. 고향에 대한 의리와 추상 대신 혁명적 낙관이 양준오를 제주에 붙들었다. 하지만 이러한 낙관 역시 또 다른 추상에 불과할 뿐이었다. 조직의 투쟁방침을 강하게 비판하던 양준오는 반동적 기회주의, 패배주의 분자로 몰려 처형된다. 양준오의 비극적 죽음은 결국 귀환세대가 해방 '조국'에서 죽음을 맞거나 탈출할 수밖에 없는 비극적 아이러니를 보여준다.

> 배는 동란의 고향을 버리고 떠나가는 사람들을 가득 실어 백 명에 가까웠지만, 대부분은 '뱃삯'이 없었다. 언제까지나 이어질 일은 아니었다. 저주받은 이 섬을 떠나려는 자는 많이 떠나라. 그리고 살아남아라. 저주받은 민족. 산에 있던 조직이 뿔뿔이 흩어져 하산해 온 자. 수용소에서 일단 석방되었지만 섬을 떠나는 자. 경찰에 쫓기고 있는 자. 뱃삯을 내고 섬을 떠나는 자. 남승지는 몇 명인가 같은 그룹은 아니지만, 산의 동지를 만난 모양이었다. 그러나 거의 말이 없었다.[27]

고향에 대한 추상적 의리도, 혁명의 당위도, 살아있어야 기억할 수 있는 것이다. '멸망의 땅' '저주받은 땅'. "친일파를 토대로 완성된 '신생독립국'의 추악한 면모"를 목격하면서 이방근이 할 수 있는 일이란 결국 사재를 털어 밀항을 시도하는 일이었다.

---

27 12권, 353쪽.

3. 나라 만들기, 학병 세대의 등장

앞서 BC급 전범이었던 한대용이 일본군 출신들도 어엿한 인민군이 되고 있지 않느냐고 이방근에게 되묻던 장면을 상기해보자. 이 부분은 일본 체험, 특히 일본 군 경험이 무장봉기에 있어서 중요하게 작용하고 있음을 보여준다. 공교롭게도 『화산도』에서는 토벌의 책임자인 김익구, 박경진과 무장대 지도자인 김성달, 이성운 모두 학병 출신으로 그려진다. 이들은 김익렬, 박진경, 김달삼, 이덕구를 실존 모델로 하고 있다. 물론 이들의 일본 군 체험은 일본군 소위 출신(김익구, 박경진, 김성달, 이성운) 혹은 학도병 체험으로 그려지고 있다. 먼저 4·28평화협정을 위해 김익구와 김성달이 대면하는 장면부터 살펴보자.

국민학교는 대정면의 K리 국민학교로, 그곳에 게릴라 본부가 있었다. 그곳에서는 모슬포의 마을도, 그리고 제9연대의 건물도 한눈에 볼 수 있었다.
김익구 일행은 네 평짜리 다다미방으로 안내되었다. 큰 탁자가 하나 놓여 있는 그 방에서 몇 명의 게릴라 지도자가 김익구를 맞이했다. 거기에는 구일본 군복 차림의 김성달, 그리고 강몽구 등, 나이가 있는 제주도당 조직 간부가 있었다. 양담배인 럭키스트라이크와 일본 녹차가 놓여 있는 탁자를 둘러싸고 두 사람은 이야기를 시작했다. 이때 기묘하게도, 일본의 학도병이었던 김성달과 김익구는 모두 교토후(京都府) F육군사관학교 출신의 일본군 소위였다는 것을 처음으로 알았다. 그때까지는 '동기동창'이라는 것을 서로 몰랐던 것이다. 이 사실은 장내에서 폭소가 터졌을 만큼 그 자리의 분위기를 부드럽게 만들어 두 사람의 회담 진행에 일정한 호재료를 제공했다고 할 수 있을 것이다.[28]

옛 일본군 군복 차림의 무장대 지도자 김성달, 그리고 국방경비대 9연대장 자격으로 회담장을 찾은 김익구는 '동기동창'이라는 사실을 확인한다. 이 사실을 확인하고 장내에 폭소가 터졌다지만 사실 4·28평화협정은 김익구(김익렬), 김성달(김달삼) 모두에게 위험한 선택이었다. 김익렬은 그의 회고에서 협상이 결렬되었을 경우를 대비해 자신의 유고 시 부대를 지휘할 지휘관까지 정해놓았다고 말했다.[29] 4·28평화 협상은 그야말로 목숨을 건 회담이었다. 긴박한 회담의 순간에 육군예비학교 동기동창이라는 사실을 확인하고 폭소를 터뜨렸다는 대목은 사실과 다르다. 관변 자료나 증언을 바탕으로 재구성되었을 이 장면의 사실 관계부터 확인해보자. 일단 김달삼을 실존 모델로 한 김성달이 학도병이자 일본군 소위 출신이라는 점은 사실이 아니다. 남로당 대정면책을 지냈던 이운방은 김달삼(본명 이승진)이 1944년 도쿄 중앙대 예과에 진학했다가 학업을 중단했다고 증언했다.[30] 그렇다면 김달삼과 김익렬이 일본 육군예비사관학교 출신이라는 왜곡은 어디에서 시작되었을까. 장창국의 『육사졸업생』에는 4·28회담의 전모

---

28 5권, 340쪽.
29 김익렬, 「4·3의 진실」, 제민일보 4·3취재반, 『4·3은 말한다』 2권, 전예원, 1994.
30 제민일보 4·3취재반, 『4·3은 말한다』 2권, 전예원, 1994, 135쪽.

가 소상하게 기록되어 있는데 여기에서 소설 속 장면과 유사한
부분이 눈에 띈다.

> 이 학교가 반도의 본부였는데, 거기서는 연대본부가 빤히 내려
> 다보였다. 일행은 햇빛이 잘 드는 8조의 다다미방으로 안내됐다.
> 중앙에는 예쁘장한 테이블이 하나 놓여 있었다. 반도 5~6명이 이
> 들을 맞았는데 그중 군계일학 같은 수려한 미모의 청년이 나서서
> 자기가 대표자 김달삼이라고 소개하며 찾아와서 고맙다고 했다.
> 또박또박한 서울말씨였다. 당시 김 중령은 27세였는데, 김달삼도
> 같은 또래로 보였다. 인사가 끝나자 미제 러키 스트라이크 담배와
> 일본 녹차가 나왔다. 김 중령이 단도직입적으로 물었다. '당신이
> 진짜 김달삼이고 실권자인가.' 김달삼이 조용히 웃으며 말했다.
> '그렇게 묻는 의도를 알겠다. 연배보다는 애국심과 정신이 중요하
> 지 않겠는가.' '하도 젊고 미남배우 같아서 살인할 사람같이 안 보
> 여 물은 것이다.' 그때까지도 김달삼이 학병 출신으로 일본 복지산
> (福知山) 육군예비사관학교를 나온 일본군 소위였다는 사실을 모
> 르고 있었다. 김 중령은 복지산 학교를 나온 일본군 소위였다.[31]

장창국은 9연대 초대 연대장이었다. 『육사졸업생』은 그가
1983년 중앙일보에 연재했던 '남기고 싶은 이야기'를 단행본으로
묶은 것이다. 신문 연재를 할 때 장창국은 김익렬에게 많은 도움
을 받았다. 하지만 김익렬은 자신과 김달삼이 일본 육군예비사관

---

31 장창국, 『육사졸업생』, 중앙일보사, 1984, 118쪽.

학교 동문이라는 사실과 다른 내용이 발표되자 큰 충격을 받았다고 한다. 이 때문에 그는 생전에 4·3과 관련한 글을 발표하지 않겠다고 다짐했다고 한다.[32]

또 장창국이 미제 담배 러키스트라이크를 기억하는 것 역시 사실 관계를 따져볼 필요가 있다. 4·28회담에 참여했던 이윤락은 제민일보 4·3 취재반과의 인터뷰에서 미제담배를 꺼낸 것은 군이었고 김달삼은 '백두산'이라는 국산 담배를 피웠다고 증언했다.[33] 김달삼과 김익렬과의 만남에서 등장한 미제 담배에 대한 기억은 일면 사소해 보인다. 하지만 1947년 초 제주 시내 중고등학생들의 반미 시위 구호 중 하나가 "양담배를 사고 팔지 말라"였다는 점을 감안한다면 그리 간단하지만은 않다. 학병 출신의 게릴라 지도자가 '미 제국주의'의 상징인 '러키 스트라이크'를 피운다는 사실은 그 자체로 무장 게릴라들의 반미구호의 위선을 보여주는 상징으로 작용한다.

토벌군인들, 김익구, 박경진은 모두 일본군 장교 출신이었다. 하지만 김성달이 학병 출신이었다는 점은 확인할 수 없다.[34] 또 다른 무장대 지도자 이성운(실제 모델 이덕구)은 리쓰메이칸 대학에

32 제민일보 4·3취재반, 앞의 책, 135쪽.

33 위의 책, 134쪽.

34 김달삼(본명 이승진)의 이력은 다음과 같다. 1924년생. 유년시절 부모를 따라 대구로 이주. 대구 심상소학교와 중학교에 입학. 이후 아버지를 따라 일본으로 건너가 오사카 이쿠노 구에서 살면서 교토 성봉중학교를 거쳐 도쿄 중앙대학 1학년을 수료. 1945년 해방 이후 제주로 돌아와 대정중학교 사회과 교사로 재직하였다. 김찬흡, 『제주인명사전』, 제민일보 4·3취재반, 『4·3은 말한다』 참조.

재학 중 학병으로 입대, 일본군 소위로 임관되어 복무 중 해방을 맞아 아오모리 현에서 귀향했다.[35] 소설에서 이들 모두는 학병 체험 세대로 그려진다. 이방근과 4·28협상에 대해서 이야기를 나누던 양준오는 김익구 연대장을 "서른 미만의 청년 장교"로 "일본 유학 중에 학도병으로 징집되었다가 포츠담 선언 당시에 소위로 임관, 해방 뒤에는 육사를 나온" 인물이라고 말하고 있다. 이성운 역시 "서른이 채 되지 않은 학도병 출신"으로 "일본 패전 후 포츠담 소위로 고향인 제주도에 돌아온 재일조선인"으로 그려진다.[36] 군에 잠입한 조직 세포로 나중에 검거되는 수용소 소장 오균 역시 학도병 출신이다. 유달현에 이어 성내 조직책이 된 유성원도 학도병 징집 경험이 있다.

소설에 등장하는 학도병이란 1944년과 1945년 실시된 학도지원병 제도로 입대한 조선인들이다. 이들은 이전 육·해군 특별지원병과 달리 전문학교와 대학교에서 고등교육을 받았고 대부분 지주와 상공업 종사자 출신으로 조선에서도 비교적 상위 계층에 속했다. 기존의 지원병제도가 조선의 하급계급 지원자가 많았던 데 비해 학도병은 소위 식민지 조선인 엘리트들이었다.[37] 학병 세대의 기억이 해방 후 자기반성과 해명에서 자부심으로 변화되어 왔다는 점[38]을 감안한다면 해방기, 제주에서 토벌과 항쟁의 주역

---

35 위의 책 참조.

36 실존 인물인 김익렬, 박진경, 김달삼, 이덕구 등의 학병 경험의 실체는 별도로 논의될 필요가 있을 것이다.

37 히구치 유이치(樋口雄一), 『戰時下 朝鮮の民衆と徵兵』, 總和社, 2001.

이 학병 세대라는 점은 주의 깊게 살펴볼 필요가 있다. 해방 이후 학병 세대들은 자신들의 입대가 선배 세대들의 유혹에 의한 피치 못할 선택이었다는 점을 강조하며 선배 세대와 단절을 꾀한다. 그러면서 그들은 해방기 나라 만들기라는 민족적 과제를 수행하기 위한 청년의 책임을 지닌 존재로 스스로를 규정한다.[39] 해방기 학병세대의 자기규정에서 중요한 것은 군국주의에 동원된 경험이 민족적 과제를 수행하기 위한 토대로 환기된다는 점이다.

제군의 생명이 이미 일본 제국주의의 제물로서 제공되었든 것이라면 제군은 그 목숨을 즐겁게 우리의 건국의 제단 앞에 받히리라 믿는다. 아니 학병동맹은 제군의 이러한 결의 밑에서 결성된 것이리라 나는 믿는다. 민족의 해방이란 결코 용이한 일이 아니다. 다행히 우리 민족은 연합국의 승리로 인해서 아무 희생이 없이 해방의 빛을 보았다. 그러나 해방은 그대로 자주 독립을 의미하는 것이 아니다. 우리의 자주 독립은 이제부터의 과제다. 그런데 이 자주 독립을 목표로 한 우리의 건국운동은 외부적인 세력 때문이 아니다. 내부적인 반동 때문에 혼란되고 있지 않은가? 이 민족 내부의 반동은 두말할 것도 없이 민족반역자들을 중심으로 해서 생겨지는 것이다. 8월 15일 이전까지 일본 제국에 아첨하며 야합하야 혹은 이권을 혹은 지위를 얻고 그 보수로서 조선민족에게 온갖 희생을 강제하야 일본의 식민지적 조선 통치에 협력했으

---

38 조영일, 「학병서사 연구」, 서강대학교 박사학위논문, 2015.
39 이 같은 자기규정은 학병 세대가 펴낸 『학병』 1, 2집에서 확인할 수 있다.

며 특히 이번 전쟁에는 온갖 협력을 불석(不惜)하야 전쟁 세력의
범행을 한 자들이 뻔뻔하게 인민의 앞에 나서서 온갖 반동을 획책
하고 있다.[40]

해방기 학병동맹이 펴낸『학병』의 위 같은 진술은 학병세대의
경험이 건국의 자산으로 인식되고 있음을 보여준다. 전쟁이라는
상시적 위험에 노출되었던 경험은 그것이 실상 군국주의 복무의
경험이라고 하더라도 학병세대가 건국운동에 나설 수 있었던 심
리적 자신감으로 작용한다. 이러한 학병세대의 인식을 염두에 두
고『화산도』의 학병 형상화를 살펴보자.

소설 속에서 학병의 경험이 무장투쟁과 토벌의 과정에서 전면
적으로 부각되지는 않는다. 무장게릴라와 토벌대의 지도부가 학
병세대라는 공통점을 지니고 있는 것 이외에 그들의 정세인식은
반공과 항쟁으로 극명하게 구분된다. 4·28평화협정 이후 김익구
(김익렬)가 물러나고 후임으로 부임한 박경진(박진경)이 잔혹한 토
벌을 주도하면서 암살된 역사적 사실이 자세하게 그려지고 있을
뿐이다. 이는『화산도』가 일본에서 발행된『제주도인민들의 4·
3투쟁사』와 4·3 체험 세대의 증언을 바탕으로 서사를 전개하고
있다는 점에서 당연한 것처럼 보인다. 하지만 학병 체험 세대가
무장대와 토벌대로 대립하고 있다는 점에서 본다면 '건국운동'의
역사적 과제가 서로 다른 형태로 표출되고 있음은 확인할 수 있

---

40 김성오, 「건국과 학병의 사명」, 『학병』 1, 1946, 27쪽.

다. 김익구와 박경진의 입장에서 '건국운동'은 반공국가 수립인 반면 김성달과 이성운에게 '건국운동'은 친일파 청산과 미제국주의 타도가 전제되어야만 가능한 것이다. 이는 학병 체험 세대가 이념적 자기분열을 통해 서로 다른 '운동'을 선택하면서 그들의 군국주의 경험이 토벌과 항쟁이라는 대결 양상으로 변모한 것이다. 이는 이후 『1·20 학병사기』에서 보여지는 것처럼 황군 체험에 대한 윤리적 변명이라는 사후 기억을 창조한 것과 결부시켜 살펴볼 필요가 있다.

한대용은 학병 세대이자 무장게릴라 지도부들을 일본군이었으면서도 지금은 훌륭한 인민군이지 되지 않았느냐고 되묻는다. 이 질문은 역설적으로 먹고살기 위해서 어쩔 수 없이 일본 군속이 되었던 자신과 '황군'으로 복무했던 그들의 경험이 다르지 않다는 것을 의미한다.

> 저는 세상의 움직임이, 이 세상의 움직임을 전혀 모르겠어요. 그저 목숨이 붙어 있다는 실감은 있습니다만, 장님이나 벙어리와 마찬가지로 알 수가 없습니다. 고향의 인간들은 자기 멋대로 생각하고 멋대로 행동하면서, 나 같은 인간은 상대를 하지 않습니다. 일본의 우라시마 다로(浦島太郎, 일본 전설 속의 인물)처럼 돼서 돌아와 보니, 이게 무슨 일입니까. 누구나 할 것 없이 애국자뿐이고, 저만 비애국자 취급을 하는 겁니다.[41]

---

41 5권, 171쪽.

한대용의 입장에서 보자면 '황군'이었던 학병 세대와 자신은 모두 '군국주의'의 자발적 참여자일 뿐이다. 하지만 학병 출신은 인민군으로 복무할 수 있는데도 자신만은 비애국자 취급을 하는 현실을 받아들일 수 없다. "당시에는 우리 모두가 일본 국민이었기 때문에, 저는 군속으로 지원을 했던 겁니다.[42]"라는 반문은 식민의 경험이 해방 후에 차별적으로 선택되고 있음을 보여준다. '군인'의 경험은 용인되지만 '전범'의 경험은 불허된다. 제주 4·3이 발발하면서 반민특위의 조사가 제주에서는 실행되지 못했다는 점을 감안하더라도 제주에서의 친일행위는 단죄되지 않는다. 이승만을 친일파를 등에 업은 반공주의라고 인식하면서도 지역에서의 친일 행위와 그에 대한 단죄는 부각되지 않는다. 식민지 시기 일본 교과서 독점 판매권을 얻으면서 부를 축적한 이방근의 부친 이태수와 최상화는 지역에서 대표적 친일 행위자이다. 아버지의 친일 행위에 대한 이방근의 비판적 시각에도 불구하고 이들의 행위 자체는 주된 관심사가 아니다.

물론 이것은 제주 4·3이라는 역사적 사실 속에서 관념주의자 이방근이 스스로의 관념성을 극복하는 과정을 중요한 서사로 채택하고 있는 『화산도』의 구도 속에서 보자면 당연한 일일지도 모른다. 하지만 학병의 기억이 무장대의 항쟁의 동기와 토벌의 잔혹함을 부각하는 배면으로 작용하고 있음을 확인할 수 있을 것이다.

---

42 5권, 172쪽.

4. 『화산도』, 그 깊은 숲 속으로

『화산도』에 이르는 몇 가지 길들을 짧게나마 다뤄보았다. 앞서 이야기한 길만이 『화산도』의 루트는 아닐 것이다. 식민 잔재 청산과 독립국가 건설이라는 해방 정국의 과제를 이루기 위한 당시의 정치적 입장, 그리고 제주 4·3의 역사적 전개 과정과 소설 속에서 그려내고 있는 4·3에 대한 해석의 문제 등 보다 다양한 길들이 있을 수 있다. 『화산도』를 오르면서 미처 보지 못했던 길들이 내려올 때 다시 보일 수도 있다. 분명한 것은 하나다. 이미, 우리는, 한 발, 그 깊은, 숲 속으로, 들어가기 시작했다.

제2부

화산도와 로컬의
정치적 상상력

김석범의 '조선적인 것'의
문학적 진실과 정치적 상상력

1. 김석범의 '조선적인 것'을 이해하기 위해

재일조선인 작가 김석범(金石範, 1925~)의 대하소설 『화산도』전권이 2015년 한국어로 완역 출간된 이후 한국의 독자들은 비로소 김석범 문학의 본격적 실체를 대면하게 되었다.[1] 그동안 일본문학 연구자들을 통해 간헐적으로 『화산도』의 역사적 및 문학적 가치에 대해 귀동냥해오던 터에 그 전모를 접함으로써 재일조선인문학이 성취해내고 있는 문학적 진경에 전율하지 않을 수 없다.[2] 무엇보다 조국의 모어가 아닌 식민제국의 지배언어에 에워

---

[1] 매우 안타까운 일이지만, 그동안 한국어로 번역 출간된 김석범의 문학은 2015년에 보고사에서 12권으로 출간된 대하소설 『화산도』 외에 1988년에 소나무출판사에서 출간된 작품집 『까마귀의 죽음』 등 고작 2종에 불과하다. 『까마귀의 죽음』은 소나무출판사에서 간행된 지 27년 만인 2015년에 제1회 4·3평화상 수상을 기념하여 김석범의 고향 제주의 각출판사에서 재출간되었다.

[2] "재일조선인 문학은 차별이나 빈곤, 조국의 분단이라는 정치 상황에 영향을 받으면서도 끊임없이 시대와 마주하며 진지한 말들을 쏟아 내오고 있다. 이는 일본문

싸인 채 일본 사회에서 재일조선인에게 가해진 온갖 차별을 견뎌
낼 뿐만 아니라 분단 조국의 정치현실로 실현되는 분단이데올로
기의 대립과 갈등 속에서 재일조선인의 문학세계를 구축·심화·
확장해온 것은 그 자체로 경이적이지 않을 수 없다. 여기에다가
한국문학이 분단체제의 모순과 억압으로 래디컬하게 탐구하기
힘든 해방공간, 특히 제주도에서 일어난 4·3사건의 안팎을 『화
산도』가 정면으로 응시하고 있다는 것은 이 작품이 감당해야 할
정치역사적 도전을 외면하지 않고 의연히 담대하게 대응하는 문
학의 정치적 실천을 강조하지 않을 수 없다. 여기에는 쉽게 지나
칠 수 없는 점이 있다. 김석범의 『화산도』는 특정한 국민문학(일
본문학, 한국문학, 북한문학)에 구속되지 않은 이른바 '경계의 문학'
의 속성을 띠면서 해당 국민문학으로 온전히 추구하기 힘든 문학
적 진실을 탐구하고 있다는 사실이다. 이것은 『화산도』를 관통하
는바, 제주에서 추구된 '미완의 혁명'이 함의한 문학적 진실을 온
전히 이해하는 일과 밀접히 결부된다.[3]

이와 관련하여, 제기되는 물음이 있다. 4·3을 일으킨 섬의 혁
명가들이 결국 현실적 패배에 봉착하여 그들이 꿈꿨던 세상은 좌
절되었지만, 작가 김석범이 4·3사건의 안팎에서 정작 드러내고
싶은, 달리 말해 적극적으로 발견하고 싶은 자신의 문학의 정치

학을 넘어 '세계문학'에 상응하는 우수성을 발산하고 있는 것이라고 할 수 있다."
(윤건차, 『자이니치의 정신사』, 박진우 외 역, 한겨레출판, 2016, 601쪽)

3 고명철, 「해방공간의 혼돈과 섬의 혁명에 대한 김석범의 문학적 고투–김석범의
『화산도』 연구(1)」, 『영주어문』 34집, 2016 참조.

적 실재는 어떤 것일까. 가령, 『화산도』에서 부각되는 김석범의 퍼스나인 이방근을 주목해보자. 그는 정치적 허무주의에 사로잡힌 채 이념적 강박증과 교조주의에 갇힌 사회주의 혁명가들에 대해 매우 신랄한 비판적 견해를 지니되 그들이 일으킨 무장봉기 자체를 전면적으로 부정하지 않는다. 오히려 혁명 자금을 지원하는가 하면 반민족적 반혁명 인사를 철저히 응징하여 죽이기까지 한다. 뿐만 아니라 무장봉기 혁명에 패배한 자들의 목숨을 밀항선을 이용하여 구제하기도 하는데, 이러한 이방근이란 독특한 인물 형상화를 통해 김석범이 새롭게 발견하고 싶은 문학의 정치적 실재는 무엇인가. 이것은 『화산도』를 통해 궁리하고 있는, 그래서 김석범이 문학적으로 실천하고 있는 새로운 정치적 상상력과 무관하지 않다. 바꿔 말해 김석범은 4·3을 일으킨 섬의 혁명가들이 끝내 그만둘 수밖에 없는 '미완의 혁명'이 함의한 새로운 정치적 상상력을 『화산도』에서 함께 펼치고 있는 것이다. 그것은 재일조선인 김석범에게 '조선적인 것'과 관련된 정치적 상상력의 맥락에서 구체성을 띤다.

여기서 엄밀하게 생각해볼 점이 있다. 『화산도』와 연관하여 재일조선인 김석범에게 '조선적인 것'은 무엇인가. 재일조선인으로서 해방공간의 정치적 혼돈(모스크바 3상 회의와 연관된 신탁통치 찬반에 따른 이념적 대립 갈등, 조국의 분단현실의 가시화 등)을 목도하는 가운데 가장 절실하고 시급한 과제인 온전한 자주민족 독립국가 건설과 관련한 정치적 상상력을 펼치는 것이 '조선적인 것'의 실체인가. 그리하여 그 과정에서 한반도의 남단에서 일어난 4·3무장봉기의 과정에 주목하고 제주의 혁명가들이 조국의 분단을 막기 위해 치열히 맞서 투쟁한 반식민주의와 반제국주의의 숭고한 삶을 주목하는 것이 역시 '조선적인 것'의 실체인가.[4] 정리하면, 김석범에게 '조선적인 것'이란, 일본 제국의 식민지배로부터 벗어난 해방공간에서 민족의 분단이 아닌 온전히 하나 된 국민국가를 세우기 위한 정치적 상상력으로, 그리고 그 과정에서 청산되지 못한 친일협력 잔재와 미국으로 표상되는 신제국주의와 맞서 싸운 민족해방과 관련한 정치적 상상력이 바로 '조선적인 것'의 실체인가.

사실, 이러한 정치적 상상력이 김석범의 '조선적인 것'과 무관한 것은 결코 아니다. 하지만 여기에는 '국가 공동체'로 수렴되는 정치적 상상력이 큰 비중을 차지하고 있을 뿐 '지역 공동체'의 문제의식은 아주 소홀히 간주되는 문제점을 안고 있다. 왜냐하면 김석범이 『화산도』에서 주목하는 해방공간의 혁명이 바로 제주에서 일어난 4·3사건이란 사실을 상기해야 하기 때문이다. 비록 4·3무장봉기의 애초 목적이 38도선 이남만 실시되는 대한민국 정부수립에 대한 선거에 참여하지 않음으로써 남한만의 정부의 탄생을 거부하는 것이지만, 혁명의 과정 속에서 4·3무장봉기는 '국가 공동체'를 만드는 것으로만 수렴되지 않는 또 다른 정치적 상상력을 품고 그것을 실천하고자 한 것을 『화산도』에서 주목할

---

4 이러한 견해를 취하고 있는 대표적 논의는 김학동, 「V. 김석범 문학과 〈제주 4·3사건〉」, 『재일조선인 문학과 민족』, 국학자료원, 2009, 183-261쪽.

필요가 있다. 그것은 근대의 국민국가 세우기와 또 다른 정치적 함의를 지닌 김석범의 문학적 실천이다. 그것을 기획하고 실천하고자 한 문학적 공간이 제주라는 지역은 김석범의 '조선적인 것'을 이해하는 데 간과할 수 없다. 여기에는 해방공간이 말 그대로 식민주의의 억압에서 모든 것들이 풀려나 아직 해방된 국가(/근대)의 제도를 미처 정비하지 못한 혼돈 그 자체인데, 각 정파에 의해 국가의 논의가 이뤄지는 해방공간의 중심(식민지배 공간의 잔존과 잉여인 경성-서울)이 기실 구미의 내셔널리즘에 기반을 둔 입장으로 충만해 있어 그 바깥의 해방된 정치 공동체에 대한 탐색이 봉쇄돼 있는 것을 고려해본다면, 김석범의 '조선적인 것'은 이들 해방공간의 중심과 비판적 거리를 두면서 그 어떤 대안을 모색하는 것과 연관된 정치적 상상력의 산물이기도 하다. 말하자면, 김석범의 '조선적인 것'은 일본 제국으로부터 해방된 해방공간에서 모색되는 구미중심주의 내셔널리즘에 기반한 '국가 공동체'의 그것과 차질적(蹉跌的) 성격을 지닌 그것의 대안인 '문제지향적 공간'으로서 제주의 '지역 공동체'로부터 발견되는 정치적 상상력을 함의하고 있다. [5] 이것은 『화산도』의 주요 무대인 제주를 근대 국

---

5 필자는 기회가 있을 때마다 제주가 구미중심주의의 근대를 넘어 '해방의 서사'를 기획·실천시킬 수 있다고 주장한 바, 특히 제주가 지닌 지정학적 특성과 인문학적 가치는 제주를 근대의 주권 개념으로만 구속하는 게 아니라 주권 너머를 꿈꾸는, 즉 국민국가의 정치적 상상력을 넘어서는 해방의 기획으로서 '문제지향적 공간'으로 설정해야 한다는 것을 논의하였다. 이에 대해서는 고명철, 「제주 리얼리즘: 구미중심주의를 넘어 '회통의 근대성'을 상상하는 제주문학」, 자료집 『미래의 공존과 상생을 위한 제주 인문학 가치 담론』(제주대학교 탐라문화연구원 주관,

가의 행정조직상 특수한 지역으로 국한시킴으로써 제주의 풍속과 제주의 현실이 은연중 근대의 특수주의로 치부되는 것[6]을 거부하는 김석범의 문제의식과 맞닿아 있다.

따라서 우리가 『화산도』에서 관심을 갖고 읽어야 할 것은 제주의 지역적인 것이 김석범의 이러한 '조선적인 것'과 관련한 정치적 상상력 속에서 작동하는 김석범의 문학적 실천이다.

2. 정치적 상상력으로 맥락화되는 제주의 제사 풍속

김석범이 『화산도』에서 주목하는 제주의 지역적 풍속은 대하소설의 다채로움과 풍성함을 채워 넣기 위해 작품의 후경(後景)으로 배치되는 그런 것이 아니다. 더욱이 일본에서 태어난 재일조선인으로서 자신의 민족적 정체성을 유지하기 위해 온전히 체득하지 못한 조국의 전통적 풍속문화를 향한 민족의 정감을 강조하기 위한 것[7]도 아니다. 분명한 것은 『화산도』에서 재현되고 있는

2016년 10월 28일), 2016, 7-18쪽.

6 김석범의 '조선적인 것'을 지역의 특수한 것, 곧 보편적인 것을 상정하고 그것과 구분되는 개별적 특수한 것으로 간주하는 그 이면에는 지역이 지닌 대안으로서 정치 가치에 둔감하거나 아예 이것 자체를 인식하지 못함으로써 제주로 표상되는 '조선적인 것'을, 민족공동체의 보편을 구성하는 특수한 것으로만 이해하기 십상이다. 오은영(2015)의 『재일조선인문학에 있어서 조선적인 것』, 선인은 이러한 문제점을 보인다.

7 제사는 반세기 이상, 세대를 넘어 면면히 영위되어 온 "재일조선인 사회의 상징적 현상"이라 할 수 있는데, "재일조선인의 대부분이 체험하는 종교의례"로 "재일조

풍속문화는 한반도(육지)의 그것과 다른 제주(섬)의 지역성이 짙게 배어들어 있다는 사실이다. 이 점을 염두에 둘 때『화산도』의 인물과 사건이 보이는 서사적 구체성을 보다 실감 있게 이해할 수 있다.

우선, 주목되는 것은 제주의 제사(祭祀)다.『화산도』에서 제주의 제사의례는 각별한 관심을 끈다. 작품의 초반부에 이방근의 친모(親母) 제사를 지내는 대목은『화산도』에서 펼쳐질 사건들과 그것으로부터 생기는 복잡한 갈등의 전조(前兆)를 팽팽한 긴장감으로 보여준다. 그것은 이 제사에『화산도』의 주요 사건과 연루될 인물들이 모두 마치 약속이라도 한 것인 양 모이는바, 이것은 다른 지역과 다른 제주의 독특한 제사 풍속에 기인한다. 제주에서는 제사를 지내는 집이 있을 경우 전통적으로 한 마을에 사는 사람들 모두가 제사에 참석하는 경향이 있다. 특별히 제사를 지내야만 하는 친척의 범위가 별도로 정해져 있지 않은 채 고인(故人)의 직계 자손은 물론 먼 방계(傍系) 친척들도 제사에 참석하곤 한다. 심지어 고인의 이웃과 친구를 포함하여 제주(祭主)의 친구나 그 가족들과 가까운 사람들 모두가 제사에 참석할 수 있다. 말하자면, 제주 공동체에서 제사는 고인과 직접 관련한 친인척들 사이에 지내는 전통의례가 아니라 고인과 직간접 관련한 모든 사람들은 물론, 제사를 모시는 제주(祭主)와 가까운 모든 사람들도

선인사회에서 가장 보편적인 집단적 현상"이라 할 수 있다. 양순애,『在日朝鮮人社會における祭祀儀禮』, 晃洋書房, 2004.; 오은영, 위의 책, 142쪽 재인용.

함께 참여하면서 고인을 추모하는 어떻게 보면 개별 집안의 전통의례로 국한되지 않고 좀 더 확장된 마을 공동체의 전통의례로서 성격을 띤다. 성격이 이렇다 보니, 제사의 성격은 고인을 추모하는 것으로 한정되지 않고 제사에 참여한 사람들이 평소 소원한 인간관계를 돈독히 하는 친교의 자리가 되는가 하면, 그 과정에서 자연스레 집안 대소사의 일뿐만 아니라 마을 공동체 및 마을 밖의 크고 작은 일들에 대한 소통의 자리가 마련되기도 하고, 윗세대로부터 내려오는 전통과 풍속문화가 젊은 세대로 구술 전승되는 교육의 공간이 연출되기도 하는 등 제주의 제사의례는 제주 사람들의 생활공동체와 매우 밀접한 연관을 맺고 있다.[8] 이것은 유가(儒家)의 제사의례가 중시하는 '봉제사접빈객(奉祭祀接賓客)'에 충실하면서도 제주가 독특하게 견인해온 지역 공동체의 풍속문화를 한층 활성화시킨 것이다.

이 같은 제주의 제사 풍속문화를 눈여겨보지 않는다면 이방근의 친모 제사에 다양한 부류의 사람들이 참석하는 것을 잘 이해할 수 없을 것이다. 4·3무장봉기를 일으킬 혁명가, 혁명을 배반할 친일협력자, 제주 공동체를 파괴시킨 서북청년단 및 친일협력 출신 경찰, 이승만의 정치세력과 미군정으로 구축된 남한 사회의

---

8 제주 공동체에서 이처럼 중요한 제사 풍속은 재일제주인 사회에서도 마치 제주에서 제사를 지내는 것처럼 정착되고 있다고 한다. "일본에서 제삿날이 되면 제주사람들은 먹으러 다닌다. 다른 지방 출신들은 아주 친해야 먹으러 간다. 제주사람들은 제삿날 이웃을 청해서 음식을 대접하는데, 다른 지방 사람들은 제사를 지내기 전에는 청하지 않는다."(문순덕, 『섬사람들의 음식연구』, 학고방, 2010, 311쪽)

정치경제적 기득권을 가지려는 친일협력 자본가 등속이 모두 이방근과의 이해관계를 고려한 채 제사에 참석한 것이다. 그렇다면, 이방근의 친모 제사는 제주에서 부딪치고 있는 해방공간의 정치경제적 권력의 향방을 암중모색하는 정치적 의례의 성격을 내포한다. 동시에 제사의 형식과 그 의례 공간이 함의한 정치적 은유의 성격도 가볍게 간주할 수 없다. 4·3무장봉기는 현실적 패배로 귀착되고 혁명에 동참한 이방근의 동지와 숱한 제주민중들은 죽음을 맞이한다. 물론 그 과정에서 혁명을 배반한 친일협력자들(정세용, 유달현)은 응징을 당하고, 이 모든 죽음을 정치적 희생양 삼은 이승만의 정치세력과 친일협력 기득권자들 및 미국은 한반도에 분단 국민국가를 세운다. 여기서, 강조하건대 분단 국가를 세우기 위해 헤아릴 수 없이 많은 무참한 죽음이 제주의 수많은 제삿집(가령, '百祖一孫之墓'는 그 단적인 정치적 표상이자 구체적 사례임)을 낳은 역사적 사실이다. 그래서 『화산도』의 초반부에 작가가 제주의 독특한 제사의례 풍속을 배치한 것은 이처럼 제주 공동체에서 해방공간의 죽음과 연관된 정치적 상상력을 형상화한 것이다. 특히 제주 공동체의 파괴를 목적으로 한 서북청년단 폭력의 실체를 겨냥한 김석범의 다음과 같은 대목은 눈여겨봐야 한다.[9]

---

9 아래의 논의는 고명철, 위의 글, 209-210쪽 참조.

마완도는 그 동작을 감추려 하지 않았다. 권력을 배경으로 한 폭력에 익숙해진 뻔뻔스러움이 있었다. 어머니 제사에 아무런 연고도 없는 자가 권총을 차고 와서 배례를 한다. '서북', '서북'……, 이거는 완전히 어머니의 제단을 더럽히는 것과 마찬가지가 아닌가……. 이방근은 뱃속에서 확 치밀어 오르는 불쾌함이 분노로 바뀌는 것을 가까스로 참았다. 이봐, 자네 그 무겁게 쳐진 건 권총이 아닌가, 신성한 영전에서 품안에 살인 도구가 웬 말인가. 풀게나. 풀어서 옆에 내려놓고 절하게. 핫, 하하, 신성한 영전이라고? 으흠, 무슨 상관이란 말야, 권총은 '서북' 간부가 일상 호신용으로 지니고 다니는 물건이야. 지금 여기에 구경거리 의식(儀式)이 있어서, 그들은 그들 나름의 복장으로 찾아온 것에 지나지 않아. (중략) 아니, 권총을 풀고 절을 해. 너희들이 감히 권총을 지니고 제단이 있는 곳의 문지방을 넘는다는 것이 말이 되나…….[10]

제주도 서청의 간부 마완도는 권총을 찬 채 이방근의 어머니 제사에 참석하였다. 위 장면은 서청이 제주도를 어떻게 인식하고 있는지를 극명히 보여준다. 서청에게 제주도의 제사 의례[11] 따위

---

10 김석범, 『화산도』 2권, 김환기·김학동 역, 보고사, 2015, 218-219쪽. 이후 『화산도』의 부분을 인용할 때 별도의 각주 없이 본문에서 (권수:쪽수)를 표기한다.

11 정대성은 김석범 문학에서 보이는 제사를 "전체주의적인 정치에 환원되지 않는 개인의 몸, 죽음이 '제사'라는 표상을 통해 김석범 텍스트에 파종되어 있는 것"(정대성, 「작가 김석범의 인생역정, 작품세계, 사상과 행동」, 『한일민족문제연구』 9호, 2005, 89쪽)이라는 흥미 있는 견해를 제시한다. 이것을 필자 나름대로 생각해보면, 일본 제국주의와 미국의 신제국주의뿐만 아니라 스탈린주의가 함의하는 파시즘에 구속된 상처투성이의 개인의 '몸[軀]'과 관련짓고 있는 '제사'를, 『화산도』의 초반부 제사의 문맥으로 전유하면 일제 강점기의 고통스러운 현실 속에서

는 안중에도 없다. 서청은 이승만과 미군정의 배후에 힘입어 정부를 참칭하는 유사권력으로써 소요 사태를 일으키는 골칫거리 제주도를 반공주의로 평정해야 할 신성한(?) 의무를 행사할 권력의 주체다. 따라서 서청은 반공주의로 무장된 그들의 무소불위의 권력을 유감없이 제주도 원주민들에게 행사해야 한다. 여기서 마완도가 차고 있는 권총은 바로 서청의 이 같은 유사권력을 상징하면서 이후 4·3무장봉기를 토벌한다는 대의명분 아래 제주도 전체를 아비규환으로 내몰고 주검의 지옥으로 치닫게 한 폭력의 실체다. 더욱이 주목해야 할 것은 마완도의 권총이 살아 있는 사람을 위협하는 차원에 그치지 않고 죽은 자를 추도하는 제주도 전통의 제사에 등장하고 있다는 점이다. 권총을 찬 채 서청이 죽은 자에게 배례를 한다는 것은, 서청의 무지막지한 권력의 폭력이 제주도의 살아 있는 것은 물론, 제주도의 죽은 것들 모두를 포괄하는, 달리 말해 제주도를 이루는 풍속과 역사의 모든 것을 그들의 근대적 기획(단독정부 수립과 이를 떠받치는 반공주의의 맹목) 아래 압살하겠다는 마치 무자비한 점령군의 폭거를 연상케 한다. 덧보태어 상기하고 싶은 것은 제주도 제사의 풍속이 해당 가족과 문중에게만 유의미성을 띤 게 아니라 제사를 지내는 집의 이웃, 심지어 사자(死者)를 직접 대면한 적도 없고 잘 알지도 못하는 타인들도 배례를 할 수 있고, 그래서 제사가 제주도 특유의 공동체를 지탱하고 있는 것 중 하나임을 직시할 때, 서청의 권총은 다시

죽어간 이방근의 어머니의 '몸[軀]'과 포개진다.

강조하건대, 이러한 제주도 원주민 공동체의 모든 것에 위협을 가하고 압살하는 폭력의 실체다.[12]

여기서, 서북청년단에게 부여된 국가와 정부를 참칭하는 의사 (擬似)권력에 대한 저항과 부정은 『화산도』의 또 다른 제사의 형식으로 드러난다. 서울에서 유학을 하고 있던 오남주라는 인물은 고향 제주에서 가족의 생존을 위해 여동생이 어쩔 수 없이 서북청년단과 정략결혼을 했다는 사실을 알고 "서울의 하숙집에서 혼자 심야에 술을 따라 놓고, 어머니와 여동생을 제단에 올리고 경야의 예를 갖"(9:49)춘다. 오남주는 버젓이 살아 있는 어머니와 여동생을 죽은 사람으로 간주하여 제사를 치른 것이다. 서북청년단과 정략결혼한 그 자체를 오남주는 용서할 수 없다. 그만큼 제주 공동체에게 서북청년단은 절대악 자체로서 제주 공동체와 함께 살 수 없는 폭력 집단 그 이상도 이하도 아니다. 앞서 제주의 전통 풍속문화로서 제사가 갖는 역할을 상기해볼 때 오남주가 치른 이

---

12 김석범의 이러한 제사에 대한 관심을 오은영은 재일조선인문학의 '조선적인 것'과 관련하여 논의한다. 그래서 "김석범 작품에 그려지는 제사는 '조선'을 표상하기 위하여, 즉 제사예법이나 제수에 대해 기술되어 있어, 조선에 좀 더 접근하려는 문체라는 것을 알 수 있다."(오은영, 위의 책, 206쪽)고 하는데, 이에 대해서는 좀 더 상세한 분석이 뒷받침되어야 할 것이다. 특히 김석범 문학이 '조선적인 것'과 무관한 것은 아니지만, 자칫 '제사=조선'이라는 등식은 김석범 문학이 지닌 로컬리티를 잘못 이해할 수 있다. 특히 『화산도』의 초반부 제사는 제주도 특유의 풍속으로 '조선적인 것'이지만, 일반적으로 유교의 성리학적 질서가 지배하는 뭍의 제사 풍속과 다른 면모를 지니는데, 그것은 중앙중심주의에 매몰되지 않되 제주도의 원주민 문화와 공존하는 제사 풍속을 통해 일반적인 민족 표상과 구별되는, 특히 근대적 관점에서 심상으로 발견되는 '조선'과 또 다른 로컬리티로서 '조선적인 것'을 염두에 둬야 한다.

같은 제사의 형식은 서북청년단의 폭력 속에서 제주 공동체의 생존이 이러한 의사(擬似)권력과 정치적 타협을 조금이라도 허용한 가운데 얻어져서 안 되는, 그래서 해방공간의 틈새에서 생성되는 불순한 정치권력과 매서운 단절을 계기로 한 저항의 정치적 상상력을 지닌다는 점에 주목할 필요가 있다. 비록 오남주가 그의 살아 있는 어머니와 여동생을 제사 지냄으로써 제주의 전통 풍속상 그들이 죽어도 제사를 받아먹지 못하고 한스럽게 굶는 존재로 남은 채 저승행을 순탄하게 하지 못하는 원혼[13]으로 남을 공산이 크지만, 오남주가 선택한 행위는 이러한 제사 형식을 통해서나마 서북청년단의 폭력 실체와 조금도 타협하지 않으려는 작가 김석범의 정치적 행동주의와 직결되는 것으로 그 의미를 대수롭게 폄하할 수 없다.

3. 혁명의 해방적 정념과 제주의 구술연행

제주의 제사의례는 이렇듯 김석범에게 '조선적인 것'으로서 독

---

13 "이런 한스러운 억울한 영혼이 혈연조상 가운데 있다면 더욱 문제는 심각하다. 이런 원혼이 혈연조상 가운데 있다면 이를 일월조상으로 선정하여 위하고, 굿을 할 때마다 그 한을 풀어 드리면 그 재해가 없을 뿐 아니라 가문이 무사하고 번창하리라 생각할 것은 당연한 일인 것 같다."(현용준, 『제주도 신화의 수수께끼』, 집문당, 2005, 236쪽) 그래서 이런 원혼을 달래기 위해 제주에서는 후손이 없는 망자의 영혼을 위한 제사도 치러진다. 이처럼 후손이 없어 다른 방계의 친척이 치르는 제사를 '까마귀 모른 식게'라고 한다.

특한 가치를 지닌다. 그것은 제주 지역 고유의 풍속이되 근대 내셔널리즘을 기반으로 한 중앙집권적 국가에 구속되는 지방적 가치로서 자족하는 게 아니다. 그보다 해방공간에서 아직 미정형의 형태로 암중모색되는 정치권력의 이해관계에 대한 작가의 정치적 상상력을 '문제지향적 공간-제주'에서 실천하는 상징형식으로 해석하는 게 온당하다. 다시 말해 김석범의 '조선적인 것'은 '문제지향적 공간-제주'의 맥락에서 이해할 때 그 온전한 실체에 가깝게 이를 수 있다.

이와 관련하여, 『화산도』에서 연출되는 제주의 구술연행(口述演行, oral performance)은 김석범의 '조선적인 것'의 실체를 이루는 또 다른 정치적 상상력의 산물로서 손색이 없다. 김석범은 『화산도』의 주요한 대목에서 오랫동안 제주 공동체 내부에서 전승되고 있는 구술연행을 재현한다. 가령, 다음과 같은 대목을 살펴보자.

> (가)
> ……찧을 만한 방아를 모두 찧어도
> 부르지 않은 노래는 셀 수가 없다네……
> 방아 찧는 절굿공이와 배 젓는 노는 같아서
> 잡고 일어서면 슬픈 노래가 나온다네……
>
> 이어 이어
> 이어도라고 말하지 마라
> 이어도라고 하면 눈물이 난다

이어도 하라 방아를 부지런히 찧어서
저녁이나 밝은 때 하라…….

방아를 찧을 때나 맷돌을 돌릴 때 부르는 노래인데, 아마 맷돌을 돌리면서 부르고 있을 것이었다. (중략) 이 섬의 노동요가 대부분 그러하듯이, 이 노래도 부녀자들의 가혹한 노동의 괴로움과 슬픔을 읊은 것이었다. (중략) 손으로 맷돌을 돌리는 것은 이미 마을 방앗간에서 찧은 보리를 다시 한 번 찧어 한 톨을 반으로 쪼개기 위해서였다. 그러면 곡식의 양도 늘어난다. 즉 그만큼 식량을 절약할 수 있게 되는 것이다. **게다가 마을 사람들은 그 부족한 곡식을 모아 산으로 운반한다.** (밑줄 강조, 4:104-105)

(나)
이어도 사나 이어도 사나
떼구름 피어오르는 바다로 배가 간다
이어도 사나

이어도 사나 이어도 사나
내 사랑하는 님은 이어도에 갔나
이어도 사나

이어도 사나 이어도 사나
돛을 편 저 배는 이어도에 가는가
이어도 사나……

유원이 시를 읊듯 억양을 붙여 '이어도' 가사를 읊조렸다. (중략)
"좀 전에 이어도는 먼 곳에 있는 게 아니라 바로 저기에, 어쩌면
발밑에 있는 이 섬이 이어도일지도 모른다고 말했는데, 저도 그와
똑같이 생각했어요. **현실의 문제로서, 환상의 섬은 이 제주도가
되어 원점으로 되돌아온 거죠. 그리고 여기에서 혁명을 일으키는
겁니다. 새로운 사회를 건설하기 위해서 혁명을 합니다.** 방금 전
의 이야기를 들으면서 저 같은 사람도 일본에서 이어도를 찾기 위
해 여기에 왔는지도 모른다는 생각이 들더군요. 이어도를 바다 밖
에서 찾을 게 아니라, 이 섬 안에서 찾는 겁니다. 유원 동무의 말을
재탕하는 것 같습니다만, 이 섬에 이어도를 만든다……, 음, 그렇
지 않을까요. 전 그렇게 해석하고 싶습니다."

　　남승지는 무슨 굉장한 발견이라도 한 것처럼 진지하게 말했다.

(밑줄 강조. 4;114-115)

　　이방근은 동생 유원과 함께 무장봉기를 준비하는 혁명의 해방
구를 방문하여 그곳에서 '맷돌·방아노래'를 듣고, 유원은 '해녀노
래'를 읊조린다. 이방근은 해방구에서 혁명을 준비하는 제주 민
중의 모습들을 목도하면서 "관념이 아닌 육체가 그 힘에 꽉 옥죄
이는 것"(4:90)을 실감한다. 무장봉기로 일으킬 혁명은 제주 민중
에게 결코 추상적인 것이 아닌 제주 민중의 삶과 직결된 구체적인
것으로 "스스로를 지키기 위해 고향 땅을 전쟁터로 삼아 일어서
려고 하고 있"(4:86)는 것이다. 중요한 것은 (가)에서 드러나듯 이
러한 목숨을 건 혁명을 소수의 활동가와 급진적 이념 성향의 지식
인을 비롯하여 청장년이 주도하여 일방적으로 끌어가는 게 아니

라 제주의 부녀자들마저 맷돌을 돌리면서 부족한 식량을 메꾸기 위해 안간 힘을 쏟고 있다는 점이다. 말하자면 4·3무장봉기는 이처럼 제주 민중의 광범위한 정치적 지지를 기반으로 하여 준비되고 있는 것이다. 여기서, 제주의 노동요 중 제주 곳곳에 가장 널리 분포돼 있는 '맷돌·방아노래'[14]가 혁명의 해방구에서 불려지고 있는 것은 척박한 제주의 자연환경에 굴복하거나 체념하지 않고 제주 부녀자의 억척스러움과 슬기, 강인한 삶의 의지가 뒷받침되면서 무장봉기를 두려워하지 않고 오히려 담대하게 민중의 역사적 실천으로 수용하는 태도로 읽을 수 있다.

이 같은 제주 민중의 혁명에 대한 태도는 (나)에서 그동안 혁명과 거리를 둔 지식인 유원으로 하여금 제주 해녀가 즐겨 부른 '해녀노래'를 자연스레 읊조리도록 한다. 유원이 '해녀노래'를 절로 읊조린 것은 예사롭지 않다. 비록 『화산도』에서는 '해녀노래'에 동반되는 구술연행이 구체적으로 재현되고 있지 않으나, 일제에 대한 조직적 해녀항일투쟁(1931~1932)이 제주 공동체에서 역사적 자긍심의 유산으로 기억되고 있는 것[15]을 고려해볼 때 혁명의 해방구에서 유원이 무심결에 부르는 노래인 '해녀노래'가 제주의 민속적 가치를 넘어 무장봉기를 준비하고 있는 해방구에 부합하는, 곧 해방구가 제주의 역사적 항쟁의 가치를 띤 성소(聖所)임을 보

---

14 '맷돌·방아노래'의 전반에 대해서는 김영돈, 『제주도 민요연구』(하권:이론편), 민속원, 2002, 115~152쪽.

15 이에 대해서는 박찬식(2008), 『4·3과 제주역사』, 각의 제1부 '제2장 해녀투쟁과 역사적 기억'을 참조.

중하는 정감으로 다가오는 것은 너무나 자연스럽다.[16] 더욱이 혁명가 남승지는 유원의 노래가 끝난 후 '해녀노래'의 노랫말에 출현하는 제주 민중의 이상향인 이어도를 환상이 아니라 현실의 문제로서 인식하여 다른 곳이 아닌 바로 제주에서 "새로운 사회를 건설"하는 혁명을 통해 제주에 이어도를 만드는 웅대한 전망을 품는다.

이렇게 『화산도』는 제주의 대표적 두 노동요인 '맷돌·방아노래'와 '해녀노래'를 통해 4·3무장봉기를 준비하는 해방구의 팽팽한 긴장과 생동감을 유연하면서도 자연스레 그리고 낙천적 전망으로 그리고 있다. 이것은 『화산도』에서 김석범의 '조선적인 것'을 이루는 제주의 민요가 소재주의적 차원으로 도입됐다든지, 재일조선인으로서 작가의 민족적 정체성을 회복하기 위한 차원으로 제주 민요를 억지스레 강조하고 있는 것으로 보아서는 곤란하다. 여기서 강조해두고 싶은 것은 혁명의 해방구에서 보이는 혁명의 준비 과정과 민중항쟁으로서 역사적 지속성의 가치가 제주 민중의 삶 속에서 오랫동안 구술연행된 노동요를 통해 한층 구체적 삶의 실감으로 확보되고 있다는 점이다. 이것이야말로 우리가 쉽게 지나쳐서 안 되는 김석범의 '조선적인 것'과 연관된 제주 민

---

16 필자는 '해녀노래'에 깃든 구술연행이 이처럼 민속적 차원을 넘어 역사적 항쟁의 가치를 지닌 것에 주목하여, 일제 말에 써진 요산 김정한의 단편 「월광한」이 친일 협력의 알리바이를 제공하는 작품이 아님을 구체적으로 논의하였다. 고명철, 「제주의 '출가해녀'를 통한 일제 말의 비협력 글쓰기」, 『흔들리는 대지의 서사』, 보고사, 2016.

요가 함의한 작가의 정치적 상상력이다.

이처럼 구술연행과 관련한 김석범의 정치적 상상력은 『화산도』의 서사적 매혹을 배가시킨다. 특히 4·3무장봉기가 날이 갈수록 미군정과 군경 토벌대에 의해 그 세력이 현저히 위축되면서 급기야 혁명은 실패에 봉착하는데, 작가는 그럼에도 불구하고 제주 민중이 혁명의 세력을 지지하고 있다는 것을 또 다른 구술연행으로 보여준다.

> 노래가, 대합창이 들려왔다. '민중의 노래'였다. 전투중인 게릴라에 대한 가족들과 피난민의 성원이었다. 마치 무슨 축구시합을 응원하는 것 같았다. 어둠의 동굴에서 나온 피난민들이 흐린 하늘이지만 가슴 가득 대기를 실컷 들이마시면서 총성이 울리는 방향을 향해 대합창과 박수의 성원을 보내고 있었던 것이다.
>
> 조선의 대중이여, 동포여 들어라
> 울려 퍼지는 해방의 날을
> 시위자가 울리는 발소리
> 미래를 알리는 시대의 소리
>
> 노동자, 농민은 힘을 합쳐서
> 놈들에게 빼앗긴 땅과 공장
> ······
>
> 남승지는 가슴이 뜨거워지면서 훅, 훅하고 복받쳐 오르는 것을 느꼈다.(12:33)

『화산도』 전권을 통해 산 무장대와 토벌대 사이의 전투 장면은 희귀하다. 그만큼 『화산도』는 4·3사건을 정면으로 다뤘으면서도 산 무장대와 토벌대 사이의 실제 격한 대립과 물리적 충돌에 초점을 맞췄다기보다 혁명을 둘러싼 성내(城內)에 있는 사람들 안팎의 얘기에 상대적으로 많은 비중을 두고 있다. 이 점을 염두에 두면, 위 전투 장면은 흥미로운 생각거리를 제공한다. 여기서, 김석범이 주목하는 것은 산 무장대의 승리 자체가 중요한 게 아니라 전투 현장에서 멀리 비껴나 있는 피난민들이 전투 중인 무장대원의 사기를 북돋우기 위해 '민중의 노래'를 대합창하고 있는 장엄한 장면이다. 비록 실제 목숨을 건 사투는 무장대원들이 행하고 있지만 산으로 피난 간 제주 민중은 그저 방관자의 역할로 만족하고 있지 않다는 것을 알 수 있다. 피난민들의 박수의 성원 속에서 '민중의 노래'를 대합창하는 그들의 구술연행이 한라산 중산간 지역에서 메아리치며 장엄하게 펼쳐지고 있는 것은 4·3무장봉기가 비록 좌절될지라도 무장대와 운명을 함께 한 제주 민중의 '해방의 정염'이 결코 쉽게 사그라들지 않는다는 것에 대한 김석범의 정치적 상상력을 이해해야 한다. 그럴 때 남승지가 '민중의 노래'가 구술연행되는 장면을 보면서 복받쳐 오르는 역사적 감동의 맥락을 이해할 수 있을 것이다. 4·3무장봉기는 이렇게 제주 민중의 새로운 사회 건설을 향한 정치적 상상력의 산물인 것이다.

4. '미완의 혁명'을 수행하는 밀항의 상상력

이 글의 서두에서 필자는 김석범의 '조선적인 것'은 일본 제국으로부터 해방된 해방공간에서 모색되는 구미중심주의 내셔널리즘에 기반한 '국가 공동체'의 그것과 차질적(蹉跌的) 성격을 지닌 그것의 대안인 '문제지향적 공간'으로서 제주의 '지역 공동체'로부터 발견되는 정치적 상상력을 함의하고 있음을 강조한 바 있다. 『화산도』에서 '밀항의 상상력'은 이러한 것을 구체적으로 살펴볼 수 있는 매우 중요한 서사의 지점을 형성한다.

사실 필자의 독서 체험을 생각해보면, 한국문학사에서 '밀항의 상상력'은 드문데,[17] 일본의 제2차 세계대전 "패전/해방 후 밀항자 중 80퍼센트 이상이 지리적으로 가까운 제주도 사람이며, 특히 1952~1962년 사이에 96퍼센트 이상을 차지했다고"[18] 하는 것을 볼 때, 『화산도』에서 작가가 비중을 둬서 다루고 있는 일본으로의 밀항은 해방공간에서 그럴 수밖에 없는 삶의 극한으로 쫓겨난 제주 사람들에 대한 문학적 진실을 추구하는 일환이다. 그렇다면 무엇 때문에 제주 사람들은 일본의 식민주의로부터 해방을 맞이한 이후 또 다시 일본으로 돌아갈 수밖에 없는 불법적 밀항[19]

---

17 필자의 과문인지 모르나, 황석영의 장편소설 『바리데기』(창비, 2012)의 경우 주인공 바리가 북한과 중국의 접경지대에서 중국 인신매매단에게 속아 온갖 고초를 겪으면서 중국에서 홍콩을 경유하여 영국으로 강제로 밀항하는 험난한 서사를 보인다.

18 윤건차, 위의 책, 244쪽.

을 선택했을까. 이 밀항의 과정 속에서 어떤 일들이 일어났을까.
『화산도』는 이렇게 해방공간에서 재도일(再渡日)하는 밀항의 서
사를 정면으로 응시한다.

　『화산도』에서 우선, 주목해야 할 밀항의 서사는 혁명을 배신하
여 성내 당 조직 정보를 토벌대에게 넘긴 후 일본으로 밀항하여
제 목숨을 살리고자 한 유달현을, 이방근을 비롯한 제주의 밀항
자들이 밀항선에서 심문(審問)하고 그 죄를 단죄하는 장면이다.

　　사람들에 둘러싸여, 어느새 뒤로 손을 묶인 유달현이 선창 입구
　가장자리에 포로처럼 엉덩방아를 찧은 채 주저앉아 있었다.
　　"이 새끼야! 이걸 봐." 조금 전, 작년 3·1절 시위로 체포됐다고
　했던 덩치 큰 청년이, 상의와 셔츠를 벗고 그 다부진 상반신을 바
　닷바람에 드러냈다. "등이 한라산 계곡처럼 몇 군데나 파여 있다.
　제주경찰서에서 죄 없이 고문을 받은 사람이 가지고 있는 상흔이
　야. 잘 봐둬!"
　　청년은 벌거벗은 등을 유달현 쪽으로 향했으나, 별빛이라고는
　해도 그것이 확실히 보일 리 없다. 유달현에 대한 일종의 위협,
　시위였다.
　　"유달현, 넌 자신을 스파이라고 인정하는가."

---

19 해방 이후 일본으로의 밀항은 대부분 불법인데, 제주 사람들은 해방 후 고향으로
　귀환하였으나 갑자기 폭증한 귀환자로 인해 일자리 부족과 식민지경제의 오랜
　약탈구조와 경제적 빈곤 등으로 어쩔 수 없이 생존을 위해 다시 그동안 삶을 연명
　해온 일본으로 돌아가게 된다. 신재경, 『재일제주인 그들은 누구인가』, 보고사,
　2014, 61-99쪽.

(중략)

"넌 혁명과 인민대중을 배신한 반혁명분자로서의 죄상을 인정하는가?"

옆의 또 한 청년이, 배의 흔들림에 양손이 묶여 자유롭지 못한 상반신을 흔들거리고 있는 유달현의 멱살을 잡고 호통을 쳤다.(11:333-334)

유달현이 밀항선에서 단죄받는 장면은 대단히 의미심장하다. 이 밀항선은 4·3무장봉기가 현실적 패배에 직면하자 이방근이 자신의 사재를 털어 운영하는 것으로, 혁명가들과 토벌대에 쫓기는 무장대원 및 제주 민중들을 일본으로 피신시키는 것을 목적으로 한다. 비록 아직도 산에서 혁명을 실천하는 혁명가들에게 이방근의 이러한 밀항선 운영은 혁명의 열기를 식게 하는 것으로 반혁명적 성격으로 비쳐질지라도 이방근은 자기만의 방식으로 이 밀항선 운영을 하면서 섬의 혁명가들의 생목숨을 구하기 위해 안간힘을 쓴다. 말하자면 이방근은 제 방식으로 섬의 혁명가들의 귀한 목숨을 구하는 것을 통해 미완의 혁명을 수행하고 있는 것이다. 바로 이러한 이방근의 밀항선에서 반혁명분자인 유달현이 단죄되고 있는 것은 해방공간에서 유달현처럼 기회주의적 근성을 쉽게 떨치지 못한 채 친일협력에 대한 자신의 과거를 치열히 자기비판하지 않고 해방공간의 혼돈을 틈 타 온갖 처세술로써 생존하는 모든 불순한 세력에 대한 역사적 응징으로서 의미심장하다. 무엇보다 섬의 혁명에서 패배하여 쫓겨나지만, 다름 아닌 그 혁명가들과 제주 민중들에 의해 유달현이 응징되고 있는 것은 주목할 만하다. 왜냐하면, 유달현으로 표상되는 친일협력의 권력이 해방공간에서도 여전히 그 위력을 상실하지 않은 채 미군정과 이승만에게 재등용되었으며, 한때 공산당원으로 전향한 친일협력자이지만 반공주의로 재전향하는 친일협력자에게 또 다시 소생할 수 있는 권력을 부여한 해방공간의 정치사회적 모순을 담지한 유달현을, 밀항선 위 사람들이 응징함으로써 섬의 혁명은 밀항선 위에서도 진행하고 있다는 것을 보여주고 있기 때문이다. 말하자면 미군정의 정치적 지원을 받는 이승만 정부가 해방공간에서 래디컬하게 실행하지 못한 '유달현=식민주의'에 대한 역사적 청산을 섬의 혁명의 연장선에서 결국 밀항선 위에서 단행되고 있는 그 정치적 중요성을 아무리 강조해도 지나치지 않다. 이때 밀항선은 해방공간의 정치적 혼돈에서 목숨을 구제받기 위해 구원받을 어떤 곳으로 도피하는 곳이 아니라 해방공간에서 완수하지 못한 역사의 청산을 적극적으로 결행하는 또 다른 혁명의 정치적 공간인 셈이다.

이처럼 『화산도』에서 보이는 밀항의 상상력은 '미완의 혁명'을 새롭게 수행하고 있다는 점에서 매우 흥미롭다. 특히 이방근이 자신의 정치적 허무주의를 극복하는 방편으로 밀항선을 운영하여 이방근만의 독특한 방식으로 혁명에 동참하고 있는 것을 간과해서 곤란하다.

아니, 명백하게 조직을 팔거나, 동지를 적에게 팔고 배신했다든
가, 경찰의 앞잡이로서 활동한 자들이 아니라면 승선시켜야 한다.
특히 수용소에서 돌아온 하산자들의 경우에는, 이쪽에 남아도 토
벌대나 경찰의 앞잡이밖에 될 수 없다. 그렇게 되면, 반조직, 조직
파괴 활동을 하게 되는 것이므로, 그 뜻은 좋지만, 섬 밖으로 내보
내는 편이 조직을 위해서도 유익하다고, 이방근은 현실이 사정에
따른 생각을 밀어붙였다. 게다가 해안까지 찾아온 그들에게 어디
로 돌아가라 한단 말인가. 경찰서 유치장인가. 그렇지 않으면 비
행장에서 처형될 때까지의 가설 유치장으로 들어가는 수밖에 없
을 것이다······.(12:256)

배는 동란의 고향인 섬을 버리고 떠나가는 사람들을 가득 실어
백 명에 가까웠지만, 대부분은 '뱃삯'이 없었다. 언제까지나 이어
질 일은 아니었다. 저주받은 이 섬을 떠나려는 자는 많이 떠나라.
그리고 살아남아라. 저주받은 민족. 산에 있던 조직이 뿔뿔이 흩
어져 하산해 온 자, 수용소에서 일단 석방되었지만 섬을 떠나는
자, 경찰에 쫓기고 있는 자, 뱃삯을 내고 섬을 떠나는 자. 남승지
는 몇 명인가 같은 그룹은 아니지만, 산의 동지를 만난 모양이었
다. 그러나 거의 말이 없었다.(12:353)

냉철히 생각해보건대, 절해고도의 고립된 섬에 갇힌 채 육지로
부터 섬의 혁명을 지원하는 것이 전무한 현실에서, 섬의 혁명으
로부터 낙오된 자들을 일본으로 밀항시키고자 목숨을 건 이방근
의 결행은 섬의 혁명에 대한 비관주의적 패배의식이라거나 섬의

혁명을 애써 종결짓고자 하는 반혁명을 수행하는 것과 거리가 멀다. 이방근은 토벌대에 붙들린 남승지를 가까스로 빼내 일본으로 밀항을 시키는데, 우리는 일본에 이미 이방근의 여동생 유원(방근 못지않은 혁명의 동조자)이 있어 남승지와 유원이 제주에서 못다 이룬 사랑을 나누고 그들이 이루지 못한 혁명의 과제들을 실천할 것이라는 기대를 품는다. 아울러 비록 소수이지만 낙오된 섬의 혁명가들이 일본으로 밀항하여 그들 역시 미완의 혁명의 과제들을 제각기 실천할 것이다. 말하자면, 이방근이 비난을 감수하면서 결행하고 있는 밀항은 작가 김석범의 내밀한 허구의 세계에서 도래할 재일조선인이 감당할 수 있는 혁명적 실천을 수행할 것이라는 문학적 진실을 내포하고 있다. 따라서 밀항은 이방근만의 혁명적 실천이라 해도 과언이 아니다.[20] 이것은 4·3무장봉기를 일으킨 제주의 혁명가들이 꿈꿨던 '새로운 사회'를 제주에서 건설하지 못한 채 결국 현상적으로 패배한 혁명으로 귀착되었지만, 그들이 꿈꾸던 혁명을 완수하는 새로운 세상은 어쩌면 혁명의 패배를 포함한 혁명의 과정 속에서 실행되고 있다는 이방근의 믿음에 기인한다. 기실 이렇게 밀항선을 타고 건너간 일본 사회에서 재일제주인들은 혁명의 꿈을 쉽게 포기하지 않은 채 패전 후 일본의 전후의 현실에서 직면한 온갖 민족적 차별과 멸시에도 불구하고 조국 바깥에서 비체제적 상상력을 발동하여 분단을 극복하기 위한 노력을 다 하고 있는 것이다.[21] 이러한 맥락에서 재일조선인

---

20 고명철, 위의 글, 194-195쪽.

작가 김석범과 그 대표작 『화산도』는 해방공간을 무대로 한 밀항의 상상력이 보여주는 정치적 상상력의 최량(最良)을 보여준다.

5. 맺음말

이 글은 김석범의 '조선적인 것'의 문학적 진실과 정치적 상상력을 이해하기 위해 세 가지 차원에서 『화산도』를 살펴보았다. 김석범에게 '조선적인 것'은 구미중심의 근대 내셔널리즘에 기반한 '국가 공동체'와 관련한 것, 말하자면 재일조선인으로서 조국의 민족적 정체성을 회복하기 위한 차원으로만 수렴되지 않는다. 그보다 그에게 '조선적인 것'은 『화산도』에서 뚜렷이 보여주듯 해방공간의 혼돈에서 새롭게 모색되고 구축되어야 할 정치체(政治體)가 기존 근대 내셔널리즘으로 구축되는 국민국가와 차질적(蹉跌的)인 또 다른 정치적 상상력을 함의한 것이 제주라는 '지역 공동체'의 그것과 밀접한 연관이 맺고 있음을 작가가 치열히 탐구하

---

21 가령, 재일조선인 시인 김시종은 4·3사건 와중에 성내의 세포 일원으로서 밀항선을 타고 일본으로 건너가 목숨을 구한다. 이후 김시종은 조총련계 조직 활동을 하다가 총련을 탈퇴하여 남한과 북한에 이념적 등거리를 둔 채 김시종 특유의 '경계의 상상력'을 동원하여 재일조선인 문학의 시적 성취를 이룩하고 있다. 김시종 외에 이처럼 해방 전후 일본으로 건너간 타지역 재일조선인과 재일제주인의 삶의 실태에 대해서는 제주대학교 재일제주인센터 편(2014), 『재일한국인 연구의 동향과 과제』, 제주대학교 재일제주인센터 및 고광명(2013), 『재일 제주인의 삶과 기업가 활동』, 제주대학교 탐라문화연구소 참조.

고 있다는 것이다.

그리하여, 이러한 면모는 제주 공동체의 독특한 풍속문화인 제사의례를 통해 해방공간에 대한 정치적 은유로서 상징형식으로 작동하고 있음을 살펴보았다. 그리고 무엇보다 제주 공동체를 폭력으로 압살하는 데 전위에 서 있던 서북청년단의 실체를 드러낼 뿐만 아니라 그것에 조금도 굴복하지 않고 비타협하는 정치적 상상력이야말로 작가 김석범의 문학적 행동주의와 맞닿아 있다는 것을 제주의 제사 풍속을 통해 헤아릴 수 있다.

그런가 하면, 제주 민중이 4·3무장봉기를 지지하는 가운데 혁명의 기치 속에서 해방의 정념을 북돋우며 부르는 노동요('맷돌·방아노래', '해녀노래')와 항쟁노래('민중의 노래')는 제주의 구술연행이 혁명과 결코 무관하지 않음을 증명해준다. 오히려 4·3무장봉기는 이렇게 제주 민중의 새로운 사회 건설을 향한 정치적 염원이 자연스레 동반되는 노동요와 항쟁노래의 구술연행으로 한층 실감을 얻는다.

이처럼 김석범의 '조선적인 것'은 문제지향적 공간으로서 제주가 지닌 정치적 상상력과 밀접히 연동된 것으로 『화산도』에서 보이는 '밀항의 상상력' 또한 예외가 아니다. 밀항하는 도정에서, 해방공간에서 청산되지 못한 식민주의를 청산하고 반혁명분자의 배신행위를 응징한 것은 신생을 향해 떠나는 밀항선의 정치적 상상력을 배가시켜준다. 말하자면 밀항선은 혁명에 패배하여 낙오한 자들이 목숨을 구걸하는 혁명의 허무주의와 도피의 공간을 넘어 섬에서 완수하지 못한 '미완의 혁명'을 실현하는 그리하여 영구혁명의 역사적 몫을 부여받는다고 볼 수 있다.

그렇다면, 김석범에게 '조선적인 것'은 그의 전 생에서 확연히 알 수 있듯(그는 아직도 무국적자의 삶을 살고 있음), 남과 북으로 분단된 어느 한쪽 국민국가의 내셔널리즘으로 귀환하는 것을 넘어 1948년 4·3무장봉기를 일으킨 제주의 혁명이 함의한 '지역 공동체'로부터 비롯한 정치적 상상력이 구현된 온전한 정치 공동체로 육화될 바로 그 무엇이다. 이런 맥락에서 그의 『화산도』는 구미 중심주의의 (탈)근대를 극복하는 재일조선인문학으로서 새로운 세계문학의 지평을 열고 있는 셈이다.

김석범 문학과 제주

장소의 탄생과 기억(주체)의 발견

1. 김석범과 제주

김석범 문학의 성격을 규명하는 데 있어서 중요한 점 중 하나는 '제주'라는 지역을 바라보는 그의 태도일 것이다. 오사카에서 태어난 김석범의 제주 체류기간은 얼마 되지 않는다. 그의 고백에 따르면 김석범은 1943년 말 강제징용을 피하기 위해 제주 관음사에 기거했던 다음 해인 1944년 여름 일본으로 떠났다. 그 후 1945년 3월 징병검사를 받기 위해 제주에 왔다가 6월 다시 일본으로 향했다.[1] 김석범은 제주를 고향이라고 생각하지만 사실상 고향에 대한 구체적 기억이 그에게 축적되어 있다고 보기 힘들다. 하지만 김석범은 제주를 고향으로 인식한다. 그 스스로 밝히고 있듯이 이때 제주는 '관념적 이데아'로서의 고향이다. 그가 고

---

1 김석범·김시종, 문경수 편, 이경원·오정은 역, 『왜 계속 써왔는가 왜 침묵해 왔는가』, 제주대학교출판부, 2007, 20-21쪽.

향 제주를 '관념적 이데아'라고 밝히고 있는 이유는 무엇일까. 그리고 그가 관념으로서 고향을 상상한다고 할 때 『화산도』에 드러난 제주는 과연 어떻게 형상화되고 있는 것일까.

이러한 문제를 해명하는 일은 『화산도』, 나아가 김석범 문학의 특징을 규명하는 시작점이 될 수 있다. 잘 알려지듯이 제주와 김석범을 떼어놓고 『화산도』를 이야기하는 것은 불가능하다. 그것은 『화산도』가 제주 4·3을 다루고 있다는 소재적 의미에서만이 아니다. 김석범은 1957년 「간수 박서방」을 시작으로 하여 「까마귀의 죽음」을 지나 대작 『화산도』에 이르기까지 지속적으로 제주 4·3의 문제를 정면으로 다뤄왔다. 그는 제주 4·3의 문제를 써오게 된 이유를 스스로의 니힐리즘을 극복하기 위한 방법이라고 말하면서 관념적 이데아인 제주의 순수성이 훼손되어버렸기 때문이었다고 한다.[2] 그가 제주의 순수성이 훼손되었다는 상실감을 강하게 느끼는 이유는 무엇일까. 그것은 단순히 제주가 '지역'이라는 구체적 공간이 아닌 그의 관념이 투사되어 재구성된 장소이기 때문이다.[3]

---

2 김석범은 제주를 관념적 이데아로 인식하고 있다. 이러한 발언은 제주와 그의 문학을 설명할 때 반복해서 등장한다. 金石範, 『民族·ことば·文學』, 創樹社, 1976, 김석범·김시종, 문경수 편, 이경원·오정은 역, 『왜 계속 써왔는가 왜 침묵해 왔는가』, 제주대학교 출판부, 2007, 金石範, 安達史人·兒玉幹夫 インタヴュー,『金石範 《火山島》小說世界を語る！』, 右文書院, 2010.

3 이는 김석범의 다음과 같은 고백에서도 확인할 수 있다. "나에게 있어서는 제주도라고 하면 관념상의 고향이야. 그러니까 강렬할 수밖에. 옛날에는 제주도＝조국이었으니까. 제주도라는 것은 단순히 지역적인 지방의 하나가 아닌 거야. 그건 조선, 우리가 해방되어 독립을 쟁취해야 할 조선의 대명사 같은 것이었지. 그게

그런 점에서 김석범 문학의 원풍경은 그 스스로 밝히고 있듯이 제주이다. 이때 원풍경은 지리적, 물리적으로 존재하는 공간이 아니다. 하나의 심상풍경이자 작가 김석범의 내면이 환기하는 대상이다.[4] 소설에서의 장소성이 결국 서사적으로 재구된 것이라고 한다면 『화산도』에서 그려지고 있는 제주가 무엇인가를 규명하는 일은 그의 문학을 해명하는 출발점이다. 김석범이 제주를 원풍경이라고 말할 때 그의 사상적 기저를 이루는 것은 일종의 상실감이다. 해방과 분단이라는 역사를 관통하면서 제주라는 '이데아'가 훼손되었다는 인식, 그것은 단순히 '재일'이라는 자리에서 조국을 바라보아야 하는 경계인으로서의 상실감만이 아니다. 해방 이후 '제주', 나아가 해방된 조선이 지향했어야 했던 역사적 실천을 이루지 못했다는 역사적 상실감이다. 이를 해방과 분단이라는 역사가 '이데아'를 침범했다는 상실감, 즉 고향이라는 '이데아'의 왜곡과 훼손에 기인한다고 할 수 있을 것이다.[5] 즉 김석범은 제주를 조선으로 확장하여 사고한다. 이 때 조선은 분단 체제가 만들어지기 이전, 해방 이후 친일청산과 독립국가 건설이라는 민족적

전후 분단되어 그 고향 섬에서 학살이 일어난 거야. 그게 내 속에 있는 것을…뭐라고 할까. 이쪽에서 아무 것도 학살되지 않았지 우리는 수동의 저항이니까. 그게 4·3의 실제 체험자는 모두 침묵하고 있고, 이건 반드시 내 자신이 해야 했어. 결국 『까마귀의 죽음』 등은 내 니힐리즘 극복의 한 방법이기도 했지.(후략)", 김석범·김시종, 위의 책, 78쪽.

4　金石範, 『私の原風景-濟州島』, 『民族·ことば·文學』, 創樹社, 1976, 174-176쪽.

5　다케다 세이지, 재일조선인문화연구회 역, 『'재일'이라는 근거』, 소명출판, 2016, 100-103쪽.

과제가 실현되었어야 했던 관념적 장소를 지칭한다.

그렇기 때문에 김석범은 제주를 단순히 지리상의 한 점으로만 인식하지 않는다. 그렇다고 해서 제주 4·3이라는 비극적 사건이 발생한 무대로서 제주를 기억하는 것만도 아니다. 그의 대표작인 『화산도』는 제주라는 구체적 공간을 전면에 내세우면서 해방 이후 국가 정체(政體)를 둘러싸고 벌여졌던 용광로 같은 해방기의 모습을 세밀하게 그려내고 있다. 『화산도』는 제주 4·3을 소재로 하고 있지만 제주라는 지역에 국한된 폭력의 문제로 4·3을 바라보지 않는다. 이는 해방 이후 제주의 역사적 경험이 제주만의 문제가 아니라는 인식으로 확산된다. 해방 이후 조선이 성취해야 했지만 결국 미완으로 끝나버린, 그래서 관념으로만 존재하는 순수한 이데아의 형상을 제주라는 지역을 통해 그려내고 있다. 이 글은 이러한 문제의식을 바탕으로 『화산도』를 독해하고자 한다.

이를 위해서는 그가 생각한 관념으로서의 제주가 작품 속에서 어떻게 상상적으로 재구성되고 있는가를 살펴보아야 할 것이다. 『화산도』에서 드러난 제주는 '공간(space)'이 아닌 '장소성(place)'의 대상이다. 공간이 객관적으로 존재하는 물리적 실체라고 한다면 장소는 인간의 의식체계가 부여한 특정한 이미지와 가치를 지니고 있는 곳이다. 물리적 공간을 하나의 장소로 인식할 수 있는 것은 인간 행위와 사유를 통한 의미화 과정을 통해서 가능해지며 그렇게 장소는 지역 주체들의 '지역적 의지'를 낳게 하는 동시에 '지역의 역사(기억)'를 만들어가는 공시성과 통시성의 기능을 지닌다는 지적을 상기해 보자.[6]

장소가 실체적 공간이 아닌 인간의 행위와 의지가 작용하는 지역-주체의 의지와 기억을 낳게 하는 구성물이라고 할 때『화산도』는 '제주'라는 구체적 공간을 주체적 의지와 기억으로 재구성하면서 새로운 장소성을 부여하고 있다. 그런 점에서『화산도』는 새로운 장소로서 '제주'를 탄생시키는 동시에 지역의 역사를 구성하고자 하는 의지적 산물이라고 보아야 한다. 이때 탄생되는 장소는 구체적 실체로서, 주어진 것[所與]이 아니라 창조되는 것이며 자명한 기억들을 지역의 힘으로 구성하게 하는 전복의 힘을 지닌다.

2. 내부식민화 과정과 폭력의 양상

김석범은『화산도』를 써내려간 이유를 니힐리즘을 극복하기 위해서라고 말한 바 있다.[7]『화산도』의 창작 동기가 허무주의를 극복하기 위한 것이라고 한다면 이방근의 죽음은 역사적 허무주의를 넘어서려는 자기실현의 과정을 극단적으로 그려내고 있다고 할 수 있다. 해방은 역설적으로 '제국 일본'이 독점적으로 점유했던 물리적 폭력을 어떻게 재구성할 것인가라는 과제를 낳게 했

---

6 공간과 장소의 개념에 대해서는 백선혜,『장소성과 장소마케팅』, 한국학술정보, 2005, 36-40쪽을 참조했다. 마루타 하지메, 박화리·윤상현 역,『'장소'론-웹상의 리얼리즘과 지역의 로맨티시즘』, 심산, 2011, 22-23쪽.

7 김석범·김시종, 문경수 편, 이경원·오정은 역,『왜 계속 써왔는가 왜 침묵해 왔는가』, 제주대학교 출판부, 2007.

다. 이 과정에서 미군정을 배경에 둔 반공국가 대한민국의 탄생은 내부의 수많은 차이를 폭력적인 방식으로 억압했다. 해방기 조선을 점령했던 미군정의 폭력성은 단순히 추상적 권력의 차원에서만 작동된 것이 아니다. 그것은 일상을 지배하는 미시 권력이었으며 이는 인민의 주권성을 폭력적으로 재편하는 결과를 초래했다.

『화산도』에서 반복적으로 드러나는 해방 정국에 대한 인식, 이를테면 친일·반공을 앞세운 세력들이 오히려 애국자 행사를 하고 있다는 서술은 해방이라는 시공간의 복잡성을 단순히 이념의 문제로 치환하는 것이 아니다. 김석범이 주목하는 것은 이념이 아니라 권력이다. 그것을 보여주는 것이 바로 김달삼과 김익렬과의 평화협상을 결렬시켰던 오라리 방화사건에 대한 서술이다. 이 사건은 소설 속에서도 중요하게 언급되고 있는데 정세용이 여기에 개입한 것이 아니냐는 의심을 품고 있던 이방근은 "사상이 아닌 권력"이 문제라고 인식한다.[8] 이때 권력은 단순히 체제를 강요하는 권력이 아니다. 오히려 자기반성이 부재하는 권력이 필연적으로 배태할 수밖에 없는 폭력의 문제로 확장된다. 서울에서 나영호와 대화를 나누는 장면에서 나영호는 "이 나라에서는 좌우충돌 이전의 문제, 일방적으로 일제강점기와 다름없는 체제의 강요가 있"다고 이야기한다. 이에 대해 이방근은 그것의 근본적 원인

---

8 김석범, 김환기·김학동 역, 『화산도』 5권, 보고사, 2015, 349쪽. 이하 인용은 권수와 쪽수만 밝힌다.

을 식민지에 대한 반성의 부재라고 파악한다.

"얘긴즉슨, 자네가 말하는 정치적 허무주의까지 왔지만, 그 토
대가 되는 것이 무엇인지는 나 동무도 이미 알고 있겠지. 제대로
된 인간이 박해를 받고 손해를 보고 있어. 친일파가 적산(敵産)
처리로 일본인이 남긴 재산을 거의 공짜나 마찬가지로 불하를 받
았지. 도둑이나 다를 바가 없어. 민족반역자, 친일파가 정계와 재
계를 지배하고, 애국자가 수난을 당하는 정신적인 토양이 이 나라
에 생겨난 거야. (중략) 그야말로 이 민족은 타락하여 절망적인
지경에 이르고 만 것 같단 느낌이야. 일제강점기의 대일 협력에
대한 정신적인 청산, 이게 기본이라구."⁹

해방 이후 자기반성의 부재를 문제 삼는 이 대목은 의미심장하
다. 소설가인 나영호를 앞에 두고 이방근은 문학자의 자기반성을
촉구하고 있다. 『화산도』를 이해하기 위해서는 이 부분을 단순히
식민 잔재가 청산되지 않은 해방기의 정국 상황에 대한 인식으로
만 보아서는 안 된다. 나영호의 입을 빌려 말하고 있듯이 권력이
스스로의 체제를 강요하는 폭력을 행사하게 된 원인으로써 자기
반성의 부재를 말하고 있다는 점에 주목할 필요가 있다.

해방 정국에서 발생한 제주 4·3을 이념이 문제가 아닌 권력의
문제로 인식하는 것은 국민국가의 탄생이 권력의 위계를 바탕으

---

9 5권, 412-413쪽.

로 한 배제와 차별을 수반할 수밖에 없다는 점을 보여준다. 즉 국민국가가 탄생할 때 필연적으로 배태할 수밖에 없는 폭력, 특히 국민국가 안에 타자를 만들어내면서 스스로의 권력을 구축해가는 과정의 폭력성을 예리하게 간파하고 있는 것이다.

『화산도』의 문제성은 해방 이후 국가 만들기의 과정에서 발생한 제주 4·3을 이념적 대립이 아니라 서울-제주라는 지역적 대립의 관점에서 그려내면서 제주 4·3을 '식민-해방'이라는 시간의 연속선상에서 그려내고 있다는 점에 있다. 이를테면 식민과 해방이 하나의 선이라면 제주라는 구체적 지역은 면이다. 『화산도』를 온전히 이해하기 위해서는 이러한 '선과 면'의 집합체를 읽어내는 작업이 필요하다.

이를 위해 우선 해방 이후의 상황에 대한 역사적 상황부터 살펴보기로 하자. 1945년 8월 15일 정오. 일본 천황의 '옥음방송'이 라디오 전파를 타고 전국에 방송됐다. 잡음이 섞인 이 라디오 방송은 36년간 조선을 지배했던 일본 제국주의의 붕괴의 시작을 알리는 '소리'였다. 일본이라는 상징계가 붕괴하는 순간을 조선의 지식인들은 기쁨보다는 허망과 허탈, 그리고 갑자기 다가온 역사적 경험으로 인식한다. 해방은 "도적같이 임한"[10] 갑작스러운 충격이었으며 "독립의 감격"을 모르는 "얼빠진" 민중들에 대한 측은함[11]과 "막연한 기대감"이 뒤섞인 혼돈의 순간이었다.[12] 일본이라

---

10 함석헌, 『성서로 입장에서 본 조선역사』, 성광문화사, 1950, 279쪽.
11 이태준, 「해방전후」, 『문학』 제1호, 1946, 21쪽.

는 대타자, 일본이라는 주인 기표의 상실은 더 이상 조선인의 삶에서 일본이라는 참조점이 유효하지 않다는 것을 의미했다. 해방은 일본이라는 헤게모니의 상실을 대체할 정치적 상징체계가 나타나지 않은 '텅 빈 중심'으로 우리에게 다가왔다. 조선반도의 유일한 '입법권자'이자 '집행권자'로 군림했던 제국 일본이 '증발'해버린 순간 '텅 빈 중심'을 무엇으로 채울 것인가라는 문제가 대두될 수밖에 없었다.

일본이라는 중심의 갑작스러운 소거 앞에서 조선의 지식인들은 '텅 빈 중심'을 어떻게 인식하였는가. 그리고 '텅 빈 중심'이라는 결여를 메우려 했던 '채움'의 구체적 모습은 무엇이었는가. 김윤식은 해방공간에서의 자유주의라는 이름의 시민성이 갖고 있는 혁명적 과제의 구체적인 전개양상을 (가) 일당 독재 사회주의 국가(북로당) (나) 인민연합독재 민주주의 국가(남로당) (다) 부르주아민주주의국가(민족주의)로 규정하며 임화, 김남천, 이원조 등이 (나)를, 이기영, 한설야, 한효 등이 (가)를, 박종화, 조지훈, 김광섭 등이 (다)를 선택했다고 한다.[13]

해방 조선의 문학장 안에서 '나라 만들기' 과제의 수행이 대략

---

12 1925년 생인 조만제는 8월 15일의 경험을 다음과 같이 회고하고 있다. "진실 얘긴데 나는 해방이라는 단어를 몰랐습니다.(중략) 그래서 어! 이거 세상이 변했구나 그래서 그걸 인제 내가 느꼈지요. 내중에, 그 사람 얘기를 들으면서, "아! 일본이 항복을 했구나. 이제 조선이 독립되는구나." 하는 막연한 기대감으로", 『내가 겪은 건국과 갈등』, 한국정신문화연구원 편, 선인, 2004, 62쪽.

13 해방기의 나라 만들기 양상에 대해서는 김윤식, 『한국근대문학사상연구:문협정통파의 사상구조』 2, 아세아문화사, 1994 참조.

이 세 가지 형태로 분화되어 갔다면 『화산도』에서는 해방 이후의 시대적 과제인 국가/민족 정체와 이 과정에서 빚어졌던 제주 4·3의 문제를 어떻게 인식하고 있는 것일까. 『화산도』에서는 해방 이후 반공을 내세운 친일파의 득세를 민족적 타락의 근원으로 본다. 이 같은 인식은 『화산도』를 관통하는 데 이러한 타락상은 식민지의 단절을 경험하지 못한 민족의 문제로 거듭되어 호명된다. 그런데 여기서 중요한 것은 식민지적 연속이 제주라는 구체적 공간에서 권력의 위계로 대체된다는 점이다. 즉 친일 청산이라는 민족적 과제가 달성되지 못한 해방 정국의 문제가 지역에서는 '서울/제주'라는 지역적 위계로 나타나고 있는 것이다. 이는 '서북'의 폭력성의 이유를 "서울 정권의 주변지역에 대한 차별에 의해 이용당하고, 증폭되고 있"다는 인식에서 극명하게 드러난다.[14] 이 같은 인식은 서울에서 열린 재경향우회 모임에서 벌어진 논쟁 장면에서도 찾아볼 수 있다.

> "(전략) 도민이 빨갱이라고 해서 섬을 봉쇄하고, 진상조사단의 도항을 저지하면서 살육 작전을 세운다는 것, 그것은 제주도 사람을 동족으로 간주하지 않는다는 증거가 아닙니까……."
> (중략)
> "게다가 정부 측에서는 제주도 30만 도민이 희생된다 한들, 대한민국의 존립에 아무런 지장이 없을 것이라는 견해가 있다고 들

---

14 11권, 233-234쪽.

었습니다. 이건 제2차 세계대전 때의 나치스의 발상과 유사한 것
으로, 이 대한민국이라고 하는 것은 우리들에게 있어 무엇인가 하
는 의심을 가지지 않을 수 없습니다. 지금 선생님이 말씀하셨듯
이, 이것이 같은 동족이 하는 말입니다. 안 그렇습니까."[15]

"제주도 사람은 동족이 아니다"라는 진술은 해방 이후 국민국
가를 만들어간 권력의 정당성에 대한 의심이다. 이러한 의심은
이전에는 한 번도 의문을 던지지 않았던 '우리'라는 공동체의 분
열을 자각하는 것이다. 해방 이후 '국가/민족' 정체성의 확립 과
정이 '우리'라는 공동체를 확정해가는 것이라고 할 때 제주도는
'우리'의 범주에서 배제되었다. '제주도=빨갱이'라는 등식은 이러
한 배제를 타당한 것으로 간주한다. 해방 이후 전개되었던 '국가'
건설 과정이 개별적 인민들의 동질화를 통해 이루어졌다는 점을
감안할 때 인용 부분은 민족 구성원의 동질화 과정이 사실상 내부
의 차별과 배제를 바탕으로 이뤄졌다는 점을 의미한다. 이 과정
에서 제주도 사건의 해결을 위해 국회의 역할을 주문하자는 주장
이 제기되기도 하지만 신문기자인 윤봉은 다음과 같은 논리로 반
박한다.

"(전략) 지금 국회에서는 연일 신문 보도에 대서특필되고 있듯
이, 반민족행위처벌법을 통과시키기 위한 치열한 공방전이 전개

---

15 7권, 22–23쪽.

되고 있습니다. '친일파' 진영의 악랄한 방해 음모와 협박 속에서 소장파 의원들이 정부 내의 민족 반역자와 '친일파' 숙청을 주장하며 몸을 던져 싸우고 있는 것이 고작이구요.(중략) 그들은 반'친일파'로서, 빨갱이, 남로당의 앞잡이로 몰릴 위험이 있는데, 실제로 '반민족행위처벌법을 철회하라. 이 법안 심의를 주장하는 의원은 공산도당이다. 대통령은 신성하다. 절대 복종하라.'는 협박문이, 국회와 소장파 의원의 자택으로 보내오는 상황이라서, 제주도 사태를 지금 제기해서 싸울 여유는 없습니다. 반민족행위처벌법은 전 국민의 강한 여론을 등에 업고 있기 때문에, 국회에서 밀어붙일 수 있지만, 제주도 사태를 걸고 들어가는 것은 스스로 무덤을 파는 꼴이 되기 십상이지요. (중략) 따라서 무엇보다도 선결문제는 말이죠, 동향회의 멤버도 참가하는 조사단을 현지에 파견해서 객관적인 증거를 준비하고, 그것을 바탕으로 국민여론에 널리 호소해야 한다는 겁니다."[16]

다소 길게 인용했지만 윤봉의 논리를 요약하면 '① 반민족행위처벌법에 대한 공방이 전개되고 있다. ② 제주도 사태를 제기해 싸울 여유가 없다. ③ 반민족행위처벌법 통과를 위해 제주 문제를 거론하는 것은 적절치 않다. ④ 따라서 우선 조사단을 파견하자.'로 정리될 수 있다. 당시 정세를 객관적으로 판단하고 있는 것으로 보이는 이 대목에서 중요한 것은 민족의 문제와 지역의 문제가 분리되어 사고되고 있다는 점이다.

---

16 7권, 25쪽.

해방 이후 민주주의의 호명은 인민의 삶의 조건을 사회적으로 인식하기 시작했음을 보여준다.[17] 해방 이후 불거진 '친일청산'의 문제를 반민족행위처벌법이라는 제도적 장치를 통해 해결하고자 했던 것은 해방 정국의 민족적 과제를 민주주의를 통한 주권의 대리 행사를 통해 실현하고자 한 것이었다. 하지만 이 과정에서 지역의 문제는 금기시된다. 민족적 과제를 해결하기 위해 지역의 주권은 보류되고, 지역은 주권의 예외지대로 존재한다. 때문에 지역의 문제는 우선 과제가 아니며 지역민의 주권은 '국민/민족'의 범주에 포함되지 못한다. 『화산도』의 제주 4·3 인식에서 중요한 지점은 바로 여기에 있다. 해방기 국가 형성과정에서 필연적으로 발생할 수밖에 없었던 포섭과 배제의 문제를 '서울/제주'라는 구도 속에서 파악하면서 '일본/조선'의 식민지적 관계가 '서울 정권/지역 주권'의 문제로 재현되고 있음을 보여주는 것이다. 이 방근이 제주 4·3의 원인 중 하나였던 '서북'의 가혹행위를 "서울 정권의 지역 차별에 이용당하고 있"다고 말할 수 있었던 것도 바로 이 때문이다.

이는 해방기 국가 형성 과정이 지역의 내부식민화 과정을 통해 이뤄졌음을 보여준다. 제주 4·3이라는 지역 주체의 의지와 선택은 이 과정에서 섬멸의 대상이 될 수밖에 없었다.[18] 소설 속에서

---

17 이행선, 「해방기 문학과 주권인민의 정치성」, 국민대학교 박사학위논문, 2013.

18 제주 4·3이 지역의 내부식민화 과정에서 불거진 폭력적 진압이었다는 점은 당시 제주의 상황을 묘사했던 르포에서도 확인할 수 있다. 대표적인 것이 '토벌'이 마무리되어가던 1949년 6월에 제주를 찾은 서재권의 「평란(平亂)의 제주도 기행」

일관되게 반공을 앞세운 친일파의 문제를 거론하는 것도 이 때문이다. 4·28 평화협정을 무산시킨 오라리 방화사건(소설 속에서는 O리 부락 습격으로 서술된다)에 정세용이 관여했다는 의심을 품은 이방근의 독백을 잠시 살펴보자.

언젠가 정세용이 뭔가 그럴듯한 관념적인 말투로 언급한 적이 있었다. 자네는 그렇지 않겠지만, 그들의 사상, 그 빨갱이의 사상은 우리와 달라, 이것만은 어쩔 수 없어…… 이것만은, 이 차이만은 어쩔 수 없어……. 무겁게 울리는 말이었지만, 그에게 그럴 만한 사상이 있는지 없는지, 아니 그건 사상의 문제가 아니다. 권력인 것이다.[19]

경찰 출신인 정세용이 '빨갱이'들의 사상 문제를 거론할 때 이

___

이다. 여기에서는 제주 4·3의 발발 원인을 다음과 같이 파악하고 있다. "첫째 일제 40여 년간에 걸친 식민지 정책으로 인하여 민족성의 거세(去勢); 국민교육의 결함으로 말미암아서 순진 열렬한 조국애에 발원한 민족국가를 위선위주하는 중심교육보다는 사가사리(私家私利)에 급급해서 일신일가(一身一家)의 안도영달에 국한된 인생관 내지 도민성(島民性)으로 화성(化性)된 상태. 이를 다른 일등국민의 건전한 국민성에 대조할 때 실로 정신적 진공상태인데다 8·15 해방 이후 반민족적 공산계열의 음모와 그들 파괴조직을 선착침투시킴으로 인한 대중선동과 기만모략에 풍성학려(風聲鶴唳)로 맹종한 도내 일부 지도층이 건국준비위원회가 인민공화국으로 다시 민전-남로당으로 간판을 고치매 그에 또한 진로(進路)한 탓으로 민족정기에 입각한 애국적 지도를 받을 겨를이 없고 또 행혹(幸惑) 있어도 이를 가로막아서 바른 정신을 갖지 못하도록 한 탓이다." 이 글에서 볼 수 있듯이 제주는 일등국민의 국민성을 지니지 못한 지역으로 인식되며 대상화된다. 서재권의 글을 중심으로 해방 이후 지역의 내부식민화 과정은 이미 다른 글에서 다룬 바 있다. 김동현, 『제주 우리 안의 식민지』, 글누림, 2016, 94-96쪽.
19 5권, 349쪽.

방근은 그것을 권력의 문제라고 인식한다. 제주 4·3의 폭력적 진압은 이념이 아니라 권력의 배제 과정 즉 권력에 의한 주권의 배제와 차별에서 기인했다. 그것은 벤야민 식으로 말하자면 법 제정적 폭력과 법 보존적 폭력이라는 이중의 폭력이며 제헌적 권력이 제정된 권력을 유지하기 위한 폭력이었다.[20] 주권을 확립하는 과정에서 권력은 지역의 선택을 배제했고 이러한 배제는 폭력을 정당화했다. 이방근이 "미국이 지배하는 제주도"에서 친일반공 세력이 권력의 헤게모니를 잡게 된 것을 제주 4·3의 근본원인이라고 보는 것도 바로 이 때문이다.[21] 이러한 이방근의 인식은 해방 이후 국가 형성이 보여준 내부식민화 과정의 폭력성을 지적하는 것이라고 할 수 있다.

3. 차별을 넘어서려는 기억(주체)의 발견

『화산도』의 중심인물 대부분은 일본 체류 경험을 지니고 있다. 이방근, 남승지, 유달현, 양준오는 물론이고, 수용소장인 오균, 무장대 지도자인 김성달 등은 모두 식민지 시기 재일의 경험을 공유하고 있다. 이는 해방 이후 일본에서 제주로 돌아온 재일제

---

20 발터 벤야민, 「폭력비판을 위하여」, 『발터 벤야민 선집』 5, 도서출판 길, 2009, 97쪽.

21 취재차 제주를 방문한 나영호에게 이방근은 제주 4·3의 근본원인을 친일파가 지배했기 때문이라고 말한다. 7권, 318쪽.

주인은 6만 명 정도에 달했다는 역사적 사실을 바탕에 두고 있음을 보여준다.[22] 1923년 제주–오사카 직항 노선 개설 이후 늘어난 일본과의 경제 교류는 상시적인 이동을 가능케 하는 원인이 되었다. 출가 제주인들이 해방 이후 급속도로 제주로 돌아오면서 해방 이후 재일의 경험이 제주 사회 변화에 큰 영향을 끼쳤다.

식민지 시기 제주인의 이동에서 주목할 점은 이들이 대부분 일본에서 노동자로 일했다는 점이다. 전형적 농촌 사회에서 식민지 자본주의 임금 노동 체계에 편입되었던 이들의 귀환은 전통적인 제주 사회에 이질적인 존재로 등장하게 되었다. "농민도 전형적인 노동자도 아닌" 존재들의 귀환은 곧바로 제주 경제의 양상을 변화시켰다.[23] 『화산도』에서 주요 인물들이 재일의 경험을 지닌 자들로 묘사되는 것도 이러한 시대상황을 염두에 둔 것이다.

소설 속에서 귀환자들은 대부분 지식인 엘리트들로 그려지는데 귀향 이후 이들의 고향 감각은 다분히 추상적인 것으로 묘사된다. 남승지가 버스를 타고 성내로 진입하는 소설의 도입부에서는 해방 이후 귀환했던 자들이 대거 일본으로 탈출하는 상황을 그리고 있다. 유행처럼 번진 밀항 러시에 대해 남승지는 "왜 하필 일본이냐"고 자문하면서 자신이 고향에 머무는 이유는 무엇인지 되묻는다. 남승지와 양준오를 비롯한 귀환 지식인 엘리트들은 귀환의 이유를 끊임없이 묻는다.

---

22 제민일보 4·3취재반, 『4·3은 말한다』 1권, 44쪽.
23 위의 책, 47쪽.

소설 초반부에서 반복적으로 나타나는 이러한 질문의 표면적 이유는 시대 상황에 대한 실망 때문이다. 해방이 되었지만 '친일 청산'과 '독립국가 건설'이라는 민족적 과제는 성취되지 못했다. "섬을 떠날 생각은 하지 않았다"면서도 정주의 가능성은 끊임없는 회의의 대상이 된다. 양준오가 "추상적 의리"로 고향에 머물고 있다고 고백하는 것에서도 알 수 있듯이 이들의 정주는 관념에 의해 유지된다.

하지만 소설 후반부로 갈수록 관념적 정주의 가능성은 혁명의 당위성으로 대체되어 간다. 이방근이 양준오에게 30만 원의 자금을 지원하자 양준오는 다음과 같이 말한다.

> "이 형, 저는 특별히 이 형이 소파에 계속 앉아 있길 바라는 건 아닙니다. 하지만 그건 원래 이방근의 사상이잖아요. 이제 와서 그 몸을 다른 곳으로 옮긴다고 해도 어쩔 수 없다는 생각이 들어요. 어디에 가든 마찬가지고, 자신의 자유는 머릿속에 밖에 없다는 것을……. 옥중에 있는 인간의 자유도 그렇다고, 이 형이 말씀하셨잖아요. 나는 지금 죄수는 아니지만, 이 섬을 나갈 마음은 없다고요……. 특별히 이 섬에 매력이 있다든지, 향토애라든지, 가족이라든지, 그런 걸로 이 섬에 있는 게 아니라고 말이죠.(중략) 어디를 가더라도 마찬가지니까. 제주도에 머문다는 것은, 표현으로는 제주도를 부정하는 듯하면서도, 제주도를 사랑하고 있는 거라구요."[24]

---

24 7권, 442-443쪽.

유원과 함께 일본으로 떠나려고 했던 이방근은 결국 제주로 돌아온다. 그리고 30만 원의 자금을 양준오에게 건네면서 현실의 세계로 진입한다. 이러한 이방근의 변화에 대해 양준오는 "향토애"나 "가족" 때문에 제주에 남아있는 것이 아니라고 말한다. 그리고 그 이유를 "제주도를 사랑하고 있"기 때문이라고 말한다. 이방근이 4·28 평화협상 결렬에 관여한 정세용을 자신의 손으로 처단하겠다고 결심하는 이유를 상기할 때 이 같은 진술이 의미하는 바는 무엇인가. 그리고 반혁명적 행위라는 비판을 감수하면서 이방근이 남승지를 비롯한 무장대 가담자들의 탈출 계획을 수립하는 이유는 무엇인가.

무장대와 토벌대와의 평화적 협상의 실마리가 사라진 상황에서 이방근은 무장대 가담자들을 "적에게 넘길 순 없"다고 말한다.[25] 토벌대를 '적'이라고 규정하는 이 대목에서 서울과 제주는 확연하게 구분된다. "'멸치도 생선이냐, 제주도 것들도 인간이냐'라고 거드름을 피우는 본토 출신 경찰들이 속속 도착하고 있다."[26]는 표현에서도 알 수 있듯이 제주 4·3의 폭력적 진압의 원인은 '서울/제주'라는 지역적 위계가 빚어낸 '필연적' 결과이다. 그럼 점에서 이방근이 멸망할 것이냐 아니면 탈출한 것이냐를 고민하는 것은 외부의 폭력성에 직면한 지역 주체들의 실존적 고민을 보여준다. 이 과정에서 소설 초반부에서 관념적 사유로 정주

---

25 10권, 258쪽.
26 5권, 165쪽.

의 가능성을 타진하던 재일의 경험은 오히려 탈출의 가능성으로
등장한다. 이방근이 한성주와 이태수의 힘을 빌어 마지막 화평의
가능성을 모색하는 다음 대목을 보도록 하자.

> 아버지로서도 제주도에서의 사태 전개가, 게릴라나 공산당 운
> 운으로 끝나지 않고 모든 도민과 관련이 있다는 것, 앞으로 있게
> 될, 아마도 불가피한 고향 땅의 참상에 대해, 그 나름의 생각이
> 작용하고 있을 터였다. 이미 눈앞의 현실로 나타나 있는 것은 아
> 니었지만, 토벌전의 결과에 따라 초래될 일은 극락이 아니라, 화
> 평 외에 그 중간은 있을 수 없는 지옥이라는 것은 분명했다. 그것
> 이 어떤 모습의 지옥이 될지 지금으로서는 상상할 수 없다. 이 무
> 서운 결과를 예상하면서, 여전히 토벌전을 편드는 것은, 사정이야
> 어찌 되었건 제주도 사람으로서는 있을 수 없는 일이고, 이 섬의
> 멸망을 노리는 외부 침입자의 앞잡이에 불과했다.[27]

이방근은 내부와 외부를 구분하여 사유하면서 외부의 폭력에
의한 지역의 파멸을 고민한다. 민족적 과제가 성취되지 못한 고
향에 머물기 위해 '추상적 의리'라는 관념에 의지해야 했던 지식
인 엘리트들이 '생존을 위한 무장봉기'에 가담하고 그것의 당위성
을 승인하게 되는 주된 이유도 바로 여기에 있다. 이방근이 지역
의 파멸 앞에서 승산 없는 투쟁을 그만두고 탈출을 시도해야 한다
고 하는 것이나 양준오가 '외부의 적'에 맞서 항전을 계속해야 한

---

27 10권, 345쪽.

다고 주장하는 논리의 전제는 동일하다. 두 사람 모두 제주 4·3의 폭력성을 '서울'과 '제주'라는 지역 위계에 의한 차별 때문이라고 인식하고 있다. 국민국가의 내부식민지적 차별에 대응하기 위한 선택이 저항과 탈출로 나타나는 것만이 다를 뿐이다. 양준오는 "아무도 게릴라 투쟁이 좋아서 계속하는 것"이 아니라면서 "4·28 정전 협상을 파괴하고, 빨갱이 섬 소탕이란 명목으로 탄압을 계속하고 있는 것은 적"이라고 말한다. 그리고 이러한 지역적 위계는 '조선인'과 '제주인'이라는 인종적 위계에 대한 자각으로까지 이어진다.

> "(전략)게다가 이 또한 모두 외적, 태평양 너머에서 온 외적과, 제주해 너머에서 온 같은 조선인이라는 외적들. 아닙니까? 화평의 길이 막혀 있기 때문에, 그저 굴복할 것인지 철저히 항전해서 거기에서부터 최후의 살 곳을 찾을 것인지가 아닙니까! 이방근의 논리는 주객이 전도된 것입니다."[28]

미국은 "태평양 너머에서 온 외적"이며 '서북'과 '육지 경찰'은 "제주해 너머에서 온 같은 조선이라는 외적들"이다. "같은 조선인이라는 외적들"이라는 표현에서 '서울=제주', 혹은 '제주인=조선인'이라는 민족적 동질성은 균열한다. 조선인과 제주인은 같지만 다른 존재들이며 결코 같아질 수 없는 존재들이다. 이러한 균열은

---

28 10권, 257쪽.

역설적으로 지역 주체라는 내부의 동질성을 강화한다. 이러한 동질성은 희생을 막기 위한 수동적인 대응이 아니라 외부와 대결하기 위한 지역 주체의 저항적 대응으로 확장된다. 『화산도』에서 이방근이 결국 정세용을 자신의 손으로 처단할 수 있었던 이유도 정세용이 내부의 동질성을 파괴한 자이기 때문이다. 이런 점에서 본다면 화산도는 해방 후 일본에서 귀환한 지식인 엘리트들이 '서울 정권'으로 상징되는 국민국가의 배제와 차별이라는 차별에 맞서 '지역-주체'로서 자각되는 과정을 보여주고 있다고 할 수 있다.

『화산도』가 보여주는 '지역-주체'의 등장은 단순히 기억의 복원을 통해 진실을 드러내는 차원에 머물지 않는다. 오히려 해방기 국가 형성 과정에서 빚어졌던 '지역-주체'의 자발적 선택과 이러한 선택이 폭력적으로 좌절되는 과정을 통해 지역 주권의 실현 가능성을 타진한다. 제주 4·3특별법 제정 이후 지역에서 제주 4·3 논의가 '희생담론'의 함정에 빠져 있다는 점을 염두에 둔다면 이 같은 인식은 제주 4·3의 서사적 형상화에서 중요하게 다뤄질 필요가 있다.

해방 정국에서 국가 정체를 수립하는 과정에서 제주도민들의 자발적, 주체적 자각을 인식하는 것은 그동안 제주 4·3을 논의하는 과정에서 거세되었던 지역 주체의 문제를 새롭게 발견할 필요가 있음을 의미한다. 토벌대와 전투를 벌이는 게릴라들을 응원하는 도민들의 노래 소리를 듣는 대목은 이러한 지역의 주체성을 상징적으로 보여주는 대목이라고 할 수 있다.

그때 총성의 틈새를 비집고, 오름 너머에서 터져 나오는 함성이 들려왔다. 전투를 거의 구경하고 있었다고 해도 좋은 남승지와 천 동무가 놀라서 뒤를 돌아보았다. 많은 사람의 고함이 오름 너머에서 나고 있었다. 세차게 울리며 이어지는 군중의 박수가 머리서 울리는 천둥소리처럼 메아리를 동반했다.

"피난민이다."

"어, 맞다, 피난민이야.."

근처까지 와 있는 것이 아닌가. 창을 든 게릴라들도 오름 쪽을 돌아보았다. 총성은 계속되고 있었다.

노래가, 대합창이 들려왔다. '민중의 노래'였다. 전투 중인 게릴라에 대한 가족들과 피난민의 성원이었다. 마치 무슨 축구 시합을 응원하는 것 같았다. 어둠의 동굴에서 나온 피난민들이 흐린 하늘이지만 가슴 가득 대기를 실컷 들이마시면서 총성이 울리는 방향을 향해 대합창과 박수의 성원을 보내고 있었던 것이다.

조선의 대중들이여, 동포여 들어라/울려 퍼지는 해방의 날을/시위자가 울리는 발소리/미래를 알리는 시대의 소리//노동자, 농민은 힘을 합쳐서/놈들에게 빼앗긴 땅과 공장…

남승지는 가슴이 뜨거워지면서 훅, 훅하고 북받쳐 오르는 것을 느꼈다.[29]

피난민들의 대합창을 듣는 순간 남승지는 벅찬 감격에 사로잡힌

---

29 12권, 33쪽.

다. 토벌대와의 전투에서 승리하는 무장대의 모습과 그들에게 응원을 보내는 도민들의 대합창은 제주 4·3이 좌파 모험주의자들의 봉기와 이를 진압하는 과정에서 발생했던 무고한 양민의 희생이라는 진상조사보고서의 규정이 국가 승인을 전제로 한 제주 4·3의 진상규명이라는 한계를 지니고 있음을 보여준다. 이러한 기억이 가능한 것은 제주 4·3이 "서울 정권에 의한 차별"에 의해 기인한 것이며 이러한 차별에 맞서 내부의 동질성을 확인하는 일련의 과정으로 간주되기 때문이다. 이념의 문제가 아닌 권력 즉 지역을 차별하는 권력의 외부성을 확인함으로써 지역의 주권을 지키고자 했던 '항쟁'으로서 제주 4·3을 기억하고자 하는 것이다.

이러한 서사적 기억은 일면 지식인 엘리트, 혹은 남성에 국한되는 것처럼 보인다. 『화산도』에 등장하는 여성들, 즉 부엌이, 단선이, 선옥 등은 소설 속에서 다소 수동적인 입장에서 그려진다. 특히 이방근이 부엌이를 후각적 감각으로 인식하거나 사팔뜨기인 단선과 통정을 하는 장면 등은 여성을 일종의 하위 주체로 인식하고 있다는 인상을 주기도 한다. 하지만 『화산도』에서는 가부장제에 대한 비판이 자주 등장한다. 이유원이 남승지와 대면하는 장면에서 "조선 남자들은 봉건적인 절대권 같은 것으로 여자를 억눌러 왔"다고 말하거나 이방근과 함께 무장대 해방구에 동행하고 서울에서 선전물을 나눠주다 체포되는 장면 등은 여성을 주체적 의지로 지닌 인물로 형상화하고 있음을 보여준다.[30]

---

30 『화산도』에 나타난 여성관에 대해서는 나카무라 후쿠지의 『김석범 『화산도』 읽

이방근을 중심으로 한 소설의 서사 속에서 여성은 오히려 외부 권력의 폭력성을 드러내는 상징적 존재로 작용한다. 이를테면 '서북' 하사관과 강제 결혼한 여동생의 소식을 듣고 제주행을 감행하는 오남주의 존재는 외부 권력에 대한 항쟁 의지를 추동하는 힘으로 작용한다. 물론 오남주가 목숨을 부지하기 위해 어쩔 수 없이 '서북' 하사관과 결혼할 수밖에 없었던 여동생을 부끄럽다고 여기면서 경야 의식까지 치르는 장면은 당시의 시대적 상황이 배태할 수밖에 없는 젠더적 한계를 드러낸다. 하지만 오남주가 '오욕의 땅'인 제주로 가겠다고 선언하면서 "우리 제주도 남자들은 제주도 여자를, 짐승의 악마의 손에서 지켜 내야 하는데, 나는 여동생을 희생양으로 바치고 말았"다고 토로하는 대목은 적극적인 항쟁 의지를 추동하는 힘으로서의 여성의 존재를 상정하고 있다고 해석할 필요가 있다.[31]

또한 토벌대와 전투를 벌이는 무장대를 응원하며 '해방의 노래'를 합창하는 피난민들 안에는 산으로 향하지 못했던 여성, 노약자들도 포함된다. 개별적 존재들은 '피난민'이라는 집합적 존재로 묘사되면서 항쟁의 응원자로서 여성과 남성의 구분이 없다는 사실을 보여준다. 소설의 전반부에서 수동적 존재로 자리매김했던 부엌이는 소설의 후반부에서 무장대의 성내 세포조직으로 그려진다. 이방근은 그러한 부엌이의 존재를 의식하면서 자신의 가

기-제주 4·3항쟁과 재일한국인문학」에서 언급된 바 있다. 삼인, 2001.
31 7권, 111쪽.

계가 위태로울 수도 있다고 인식한다. 물론 지역 내의 젠더적 위계 혹은 소설 속에서 보이는 여성의 문제는 보다 면밀하게 검토될 필요가 있다. 이를 감안한다고 하더라도『화산도』의 지역과 주체에 대한 자각은 지역 내의 차이를 저항의 감각으로 돌파하는 윤리적 태도를 보여준다고 할 수 있다. 이를 통해『화산도』에 보여준 제주의 장소성과 지역 주체의 발견은 서사적 기억으로 확장된다고 할 수 있다.

4. 결론을 대신해서

제주라는 원풍경의 관념성에 뿌리를 두고 있는『화산도』는 지역의 장소성을 서사적으로 구현하고 있다.『화산도』에 등장하는 제주의 생태문화적 지형도는 그 자체로 제주문학의 외연을 확장시키고 있다. 음식, 설화, 민속 등 제주의 인문지리가 소설 속에서 재현되고 있는 양상은 별도의 논의가 필요할 정도로 풍부하다. 하지만 이 글에서 살펴본 것처럼『화산도』에서 보다 중요하게 다뤄지고 있는 것은 폭력의 문제를 '서울/제주'라는 내부식민지적 위계에서 바라보고 있다는 점일 것이다.

이는 국가의 형성이 지역의 타자화를 통해 진행될 수밖에 없다는 국가 폭력의 근원에 대한 김석범 나름의 질문이다. 제주를 타자화할 수 있었기에 절멸 수준의 진압이 가능해졌고 이러한 진압의 경험이 결국 반공국가 형성기의 수많은 국가폭력의 재현을 가능하게 했다는 점을 상기한다면 김석범의 문제의식은 매우 예리하다고 할 수 있다.

『화산도』에서 김석범은 진정한 해방의 의미를 친일잔재 청산과 독립국가 건설로 이어지는 민족적 과제의 달성이라고 파악하고 있다. 진정한 의미의 해방이란 결국 식민적 상황이 종료되는 지점에서 배태되는 것이다. 하지만 해방 이후 벌어졌던 역사적 사실들은 이러한 기대를 배반하는 방향으로 진행되었다. 김석범이 보기에 해방은 제주에 있어서 또 다른 식민의 시작이었다. 제주에서 계속된 식민지적 상황은 일본에 의한 지배에서, 미국에 의한 지배로, 미국의 후원을 입은 '서울 정권'의 지배로 이어지는 이중의 식민이었다.

이념이 아닌 권력의 문제로서 국가폭력의 문제를 바라보는 이러한 인식은 결국 제주 4·3에 대한 이념적 접근을 뛰어넘는 서사적 가능성을 보여준다. 권력은 필연적으로 폭력을 내재할 수밖에 없으며 이러한 폭력의 발현이 국민국가의 내부식민화 과정을 수반한다는 인식은 『화산도』가 보여주는 또 하나의 미덕이다.

『화산도』의 문제인식이 간단치 않은 이유가 여기에 있다. 『화산도』는 그동안 제주 4·3 문학이 견지하고 있었던 진실 드러내기와 비극의 증언이라는 구도를 넘어서 제주라는 지역에 각인된, 지역의 신체성을 주체적 시각에서 그려내고 있다. 이러한 『화산도』의 문제인식은 '희생담론'에 정체되어 있는 제주 4·3 인식의 전환, 그리고 4·3문학의 논의의 장을 확장시킬 수 있는 가능성을 보여준다고 하겠다.

이 같은 장소에 대한 의미 부여는 주체의 의지와 기억을 생산한다. 『화산도』가 기존의 제주 4·3문학, 혹은 해방정국을 다룬 작품들과 차별성을 지니는 이유도 이 때문이다. 이를테면 제주 4·3을 정면으로 다루면서도 김석범은 제주 4·3의 연구 성과, 혹은 지역에서의 제주 4·3담론과 다른 기억의 양상을 보여준다. 오랫동안 침묵을 강요받았던 제주 4·3의 기억이 제주 4·3특별법 제정과 대통령의 사과, 그리고 국가추념일 지정으로 이어질 수 있었던 것은 '국가폭력'에 의한 '희생담론'이라는 시각이었다. 이 과정에서 중요하게 다뤄졌던 것은 기존 우익의 주장이었던 남로당의 지령에 의한 무장봉기설의 부정이었다. 제민일보 4·3취재반의 〈4·3은 말한다〉 연재 과정에는 이 문제가 중요하게 다뤄졌다. 취재반은 4·3 무장봉기가 남로당 중앙 지령에 의해 감행됐다는 기존의 견해를 따지기 위해 한국현대사 연구가와 당시 진압 장교, 남로당 관련자들을 인터뷰한다. 이를 통해 취재반은 '남로당 중앙 지령설'은 관변자료를 검증 없이 맹목적으로 인용하면서 생긴 왜곡이라고 결론내리고 있다.[32] 이 같은 견해는 이후 '제주 4·3진상보고서'에서도 그대로 이어진다. '남로당 중앙지령설'의 오류를 바로잡으면서 '국가폭력'에 의한 무고한 희생이라는 '희생담론'이 가능하게 되었다.[33]

---

32 제민일보 4·3취재반, 『4·3은 말한다』 2권, 전예원, 1994, 44-57쪽.

33 이를 배경으로 제정된 것이 제주 4·3특별법이다. 이 법의 목적은 다음과 같다. "제주 4·3 사건의 진상을 규명하고 이 사건과 관련된 희생자와 그 유족들의 명예를 회복시켜 줌으로써 인권신장과 민주발전 및 국민화합에 이바지함을 목적으로

『화산도』에서는 진상조사보고서의 규정과 미묘한 차이를 보이는 대목이 자주 등장한다. 무장봉기 과정에서 제주를 찾은 '황동성(박갑삼)'의 존재, 무장봉기 자금을 준비하기 위해 일본으로 밀항한 강몽구와 남승지의 활동은 진상규명보고서에서 언급되지 않는 부분들이다.

『화산도』에 드러난 제주 4·3 인식과 진상조사보고서 채택 이후 지역에서 논의되고 있는 제주 4·3 담론과의 차이에 대해서는 별도의 논의가 필요하다. 다만 여기에서는 해방기 국민국가가 만들어지는 과정에서 필연적으로 발생할 수밖에 없었던 폭력의 문제를 김석범은 어떻게 바라보고 있는지를 '제주'라는 심상적 지리의 형상화 문제와 결부하여 살펴보았다.

이를테면 남승지가 양준오를 조직원으로 끌어들이기 위해 논쟁을 벌이는 다음 대목은 장소의 탄생과 지역(주체)의 발견이라는 점에서 『화산도』를 읽어낼 필요가 있음을 보여준다.

> 남승지는 제주도 봉기가 도화선이 되어 마침내 남한 전역에서 빨치산 투쟁이 일어날 것이며, 거기에 군대가 가담하여 반란을 일으키면 단번에 제주도를 장악할 것이고, 그것이 본토에 결정적인 영향을 줄 수 있을 것이다……라는 식의 반론을 폈다. 반론이라고 해봤자, 그것은 당의 방침을 되풀이한 것에 불과했다. (중략)
> 남승지는 자신의 말을 믿고 있었다. 단순하다면 그뿐이지만, 조

한다."

직을 신뢰하고 그 방침에 충실하려고 노력하고 있었다. 그리고 그러한 조직의 방침은 충분한 승산이 있는 것처럼 여겨졌다. 무엇보다도 제주도 도민들의 조직에 대한 절대적 지지가 있었다. 사람들은 뭔가를 하지 않으면 안 된다고 생각하고 있었다. 도민 스스로가 게릴라가 되어 '서북' 따위를 앞잡이로 내세운 지배 권력과 투쟁할 필요가 있었던 것이다.[34]

무장봉기를 일으키면 군대가 동조하고 제주를 하나의 거점으로 삼아 본토에 결정적인 영향을 미칠 수 있다는 남승지의 인식은 당의 방침으로 표현된다. 이때의 당은 남로당 제주도당인가, 아니면 남로당 중앙당을 지칭하는 것인가. 또 조직의 방침을 충분히 승산이 있는 것으로 인식하면서 제주도민의 절대적 지지가 있고, 도민 스스로 지배 권력과 투쟁할 필요가 있다는 발언의 배경은 무엇인가. 기존 제주 4·3 연구에서 무장봉기는 남로당 제주도당 봉기파들의 안이한 현실 인식에서 비롯됐다고 파악한다.[35] 진상조사보고서에서도 제주도민들의 투쟁성은 언급되지 않는다. 정세 판단에 미숙한 모험주의자들의 봉기가 결국 가혹한 탄압으로 이어졌고 이 때문에 도민들이 희생되었다고 판단한다. 남승지

---

34 2권, 165쪽.

35 이 같은 인식은 지금까지 제주 4·3 연구에서 대부분 견해가 일치한다. 제주 4·3진상조사보고서가 작성된 이후 보고서의 한계를 지적한 글에서도 당시 무장 봉기가 "매우 위험한 시기에 별다른 준비 없이 시작된 것"이라고 평가한다. 허상수, 「제주 4·3사건의 진상과 정부고서의 성과와 한계」, 『동향과 전망』, 2004.7.

의 이 같은 발언을 모험주의자들의 안이한 정세 인식으로만 읽을 수 있을까. 실체적 진실로 규정되었다고 하더라도 이를 서사적으로 재현하는 의도를 읽어내야 하는 것은 아닐까. 『화산도』의 문제적 성격은 이를 규명하는 데서부터 출발할 것이다.

공간 / 로컬리티,
서사적 재현의 양상과 가능성

『화산도』와『지상에 숟가락 하나』를 중심으로

1. 공간의 상상과 로컬리티

이 글의 목적은 제주 공간인식의 로컬리티의 특성을 살펴보고 이를 현재적 관점에서 재구성할 수 있는 방안을 살펴보는 것이다. 지역성은 공간을 어떻게 인식하고 있는가에서 출발한다. 서구 철학에서 공간에 대한 사유는 플라톤과 아리스토텔레스로부터 비롯되었다. 플라톤은 공간을, 생성을 수용할 수 있는 카테고리, 즉 정신적과 물질적인 것을 받아들이는 형상으로 인식하였다. 플라톤적 사유에서 중요한 것은 존재와 생성의 문제였다. 따라서 존재와 생성의 외부인 공간은 인식의 대상이 아니었다. 이러한 플라톤의 공간 개념은 아리스토텔레스에 이르러서는 어떤 것을 포괄하는 물체의 경계라는 의미로 변모된다. 즉 공간은 비어있는 것들의 경계이자 사물의 차지한 부피를 구획한 경계가 된다.[1]

서구 철학에서 시간(크로노스)과 공간(토포스)의 문제는 오랫동안 시간의 진보성과 공간의 정체성, 반동성이라는 이분법적 구도 속에서 이해되어 왔다. 마르쿠스 슈뢰르는 이를, 공간은 극복되어야 할 낡은 질서가 드러나 있는 곳으로 인식되어 왔으며 발전, 진보, 근대화의 걸림돌로 여겨져 왔다고 파악한다.[2] 시간은 진보하는 것이며 공간은 시간의 정체, 즉 진보와 발전의 정체가 낡은 질서로 재편된 것이라는 시각은 공간에 대한 부정적 인식을 확산시켜왔다는 것이다. 이러한 공간의식에 일정한 변화를 가져온 것은 역설적으로 세계화라는 지구적 균질성의 도래 때문이었다. 공간은 세계화라는 균질화에 저항할 수 있는 구체적 장소이자 상상의 공간으로 인식되기 시작하였다. 데이비드 하비는 그의 저서 『희망의 공간』에서 자본주의 축적의 역사가 포함하고 있는 공간적 조정과 지리적 불균등 발전이 지리적 변화를 가져오고 있다는 점을 분명히 하고 있다.[3] 데이비드 하비가 세계화를 지리적 불균등 발전이라고 명명하고 있는 것은 역설적으로 공간의 균질화에 공간적 사유로 저항하고 재편하려는 실천적 사유의 일환이다.

　　공간이 문제가 되는 것이 결국 균질화에 대한 욕망이라고 한다

1　오토 프르디리히 볼노, 이기숙 역, 『인간과 공간』, 에코리브르, 2014, 22–33쪽; 마르쿠스 슈뢰르, 정인모·배정희 역, 『공간, 장소, 경계』, 에코리브르, 2010, 31–36쪽 참조.

2　마르쿠스 슈뢰르, 위의 책, 21쪽.

3　데이비드 하비, 최병두 외 역, 『희망의 공간-세계화, 신체, 유토피아』, 한울, 2009(초판 2001), 45–48쪽 참조.

면, 이를 국가와 국가의 차원이 아니라 국가 내부의 문제로 옮겨서 생각할 수도 있을 것이다. 지역에서의 향토인식이 1960년대 이후, 정확히 말하자면 1964년 제주도종합개발계획 수립 이후 급속도로 확산되었다는 점을 염두에 둔다면 공간적 사유는 '서울'로 상징되는 도시화, 근대화가 지역을 재편하기 시작하면서 출발했다고 해도 과언이 아니다.[4] 지역이 근대로 재편되는 과정에서 망실되어가는 지역 고유성에 대한 인식이 확산되는 것은 일면 자연스러운 것처럼 보인다.

하지만 '서울=근대/지역=전근대'라는 이분법적 도식은 지역을 폭력적으로 재편한다. 그리고 이와 함께 등장한 향토인식은 근대에 대한 저항이라기보다는 투항의 성격을 지녔다. 1964년 제주도종합개발계획이 발표된 직후 제주신문에 연재된 부종휴의 '제주도개발과 자유화문제'라는 글을 살펴보자.

> 관광이니 개발이니 자유화이니 요사이와 같이 각광을 받아본 때는 아직 없다. 혁명정부 당시의 전 김영관 지사의 업적은 높이 평가되어야 한다. 씨는 뿌려놨으니 결실과 수확을 할 때는 바로 이때이다. 현 강우준 도지사 등의 역량에 기대되는 바 매우 크다. 박 대통령을 비롯한 행정, 입법부가 본도 개발에 큰 관심과 중점을 여기에 두고 있는 것은 사실이다. 잘 이용하여야만 5년 10년 후에는 살기 좋은 낙원을 마련할 수 있게 될 것이다. 망각의 섬이

---

4 김동현, 「지역을 상상하는 두 개의 방식—1960년대 제주를 중심으로」, 『한국지역 문학연구』 제5집, 2014 참조.

되는 것을 우리는 원해서는 안 된다. (중략) **우리가 개발만 한다면 제2의 하와이는 능히 만들 수 있을 것이다.**[5](강조 인용자)

"개발만 하면 제2의 하와이는 능히 만들 수 있을 것"이라는 부종휴의 발언은 그 자체로 지역의 근대적 재편에 대한 기대감을 노골적으로 드러낸다. 이 같은 기대감은 개인의 의견에 그치는 것이 아니었다. 민속학 연구자였던 진성기는 이보다 앞선 1962년 『제주도학』 제1집에서 제주도개발계획이 추진되고 있고 머지않아 제주도가 이상향이 될 수 있을 것이라고 이야기한다.

> 본도의 자연적 조건을 활용하는 특수산업으로서 초기재배, 밀감 등 아열대 과수의 재배와 축산업이 최근에 이르러 더욱 활기를 띄우고 있다.
> 그러나 아직도 **발견의 여지가 허다한 본도**에는 해마다 내외 탐승객이 모여들고 있으며 따라서 세계 공원이라는 찬사를 던져주고 있으므로 **당국의 적극적인 개발계획으로 머지않아 한국의 유토피아가 건설될 것이다.**[6](강조 인용자)

『제주도학』은 제주학이라는 이름이 정립되지 않았을 때에 제주의 민속을 정리하고, 이를 통한 교육의 필요성을 역설했다.[7] 향

---

5 부종휴, 「제주도개발과 자유화 문제」, 『제주신문』, 1964년 8월 30일.

6 진성기, 『제주도학』 제1집 개관편, 시인의 집 인간사, 1962, 20–21쪽.

7 진성기의『제주도학』에서는 제주도학의 개관을 "삼다가 빚어낸 도민의 생태, 삼무가 지녀온 도민의 생태, 삼보가 가져온 도민의 생태" 등 세 가지로 구분하여

토인식을 전면에 내세우고 있는 이 책에서조차 근대 편입에 대한
기대감을 확인할 수 있다. 1962년부터 제주도청이 펴낸 기관지인
『제주도』지에서는 유토피아적 인식이 더욱 노골적으로 드러난
다.[8] 당시 제주 지식인들은 관 주도의 개발을 근대적 개발에 편입
될 수 있는 기회로 인식하였다. 그리고 이와 함께 향토 인식이
대두되었다. 이를 공간적 사유라는 측면에서 바라보면 제주라는
공간적 특징이 '근대=서울'로 획일화되는 과정 속에서 오히려 제
주라는 공간에 대한 인식, 향토 인식이 발생한 것이다.

　공간에 대한 인식은 그것이 향토의 발견이든 공간의 역사성에
대한 인식이든 균질화되는 공간을 전제로 할 때 발생한다. 따라
서 공간 인식은 기원에 대한 인식이 아니라 시대적 욕망의 발현이
다. 즉 공간은 공간으로서 존재하거나 인식되는 대상이 아니라
사회적 관계를 생산하는 생산의 장이다. 이 때 문제가 되는 것은
존재로서의 공간이 아니라 관계로서의 공간이다. 공간은 정신적
인 것과 문화적인 것, 사회적인 것, 역사적인 것을 연결하는 동시
에 발견과 생산, 창조라는 진화의 과정 속에서 '생산'된다.[9] 앙리
르페브르가 공간을 생성의 산물이라고 하는 것은 생산의 장에서

　각각을 생활의 현상과 정신의 현상이라는 두 개의 항목으로 설명하고 있다.
8　국가주도의 제주도 개발계획이 수립되기 시작할 즈음『제주도』에는「관광제주개
　발」(제4호, 1962),「복지의 광장을 위해 매진하자」(제11호, 1963),「제주도는 낙
　원이 될 수 있다」(13호, 1964),「제주도는 낙원이 된다」(제18호, 1964) 등의 관변
　구호들이 권두언을 장식하게 된다.
9　앙리 르페브르, 양영란 역, 『공간의 생산』, 에코리브르, 2011, 29~125쪽.

이데올로기와 환상이라는 왜곡이 개입될 수 있다는 점을 의미한다. 즉 공간은 이데올로기적 산물이며, 환상의 소산일 수도 있다는 것이다. 이 같은 설명은 공간이 생성의 장이 될 수도 있음을 보여준다.

공간은 헤게모니의 산물이며 정치성의 발현물이다. 지역에서의 도시 재생이라는 이름으로 행해지는 (재)건축 작업들이 단순히 과거의 공간들을 기념하고 확인하는 차원에 머무는 것으로 인식하는 것은 그 자체로 순진한 발상이다. 공간은 헤게모니라는 미시 물리학이 작동하고 있는 정치적 장이며, 기억 투쟁의 장이다. 이런 점에서 본다면 제주 지역에서 행해지고 있는 원도심 활성화 중장기 종합 마스터플랜은 사업은 그 자체로 권력의 헤게모니, 권력의 의지가 구현되는 정치적 실천의 장소인 셈이다.

에드워드 랠프는 장소를 개인의 정체성, 문화적 정체성, 안정감의 근원이라고 이야기한다. 이 때 중요한 것은 장소 그 자체가 아니다. 장소에 대해 가지는 정체성이다. 장소가 장소로서 존재하는 것이 아니라 관계로서 존재한다는 것은 바로 이러한 의미에서다.[10] 개인이 특정 장소에 대해 느끼는 특별한 경험을 개인의 장소성이라고 말할 수 있다면, 한 사회가 특정한 장소에 대해 느끼는 집합적 지(知)는 사회적 장소성이다. 여기서 문제 삼는 것이 바로 이것이다. 장소에 대한 집합적 지(知)의 정체. 그것을 '공간 인식의 로컬리티'라고 명명할 수 있다면 그것의 구체적 양상은 과

---

10 에드워드 랠프, 김덕현 외 역, 『장소와 장소상실』, 논형, 2005, 104–110쪽.

연 어떻게 구현되고 있는가.

이를 위해 여기서는 김석범의『화산도』와 현기영의『지상에 숟가락 하나』를 중심에 두고 논의를 전개하고자 한다. 두 작품은 제주 4·3을 다루고 있으며 제주 원도심이라는 동일한 공간적 배경을 작품의 주요 무대로 하고 있다는 점에서 공간 인식의 재현 양상을 살펴볼 수 있는 텍스트라고 할 수 있다. 특히 소설이라는 서사적 구성물의 창작과 독서경험을 통해 지역에서의 공간 인식에 대한 집합적 지(知)의 공유와도 연관이 있다고 볼 수 있다. 또한 이 작품은 1960년대 이후 근대적 개발을 바라보는 지역 내부의 욕망과 이를 바탕으로 발견된 향토 인식과는 다른 공간 인식을 보여주고 있다는 점에서 논의의 대상으로 삼을 만하다.

논의에 앞서 제주 원도심이라는 장소성이 어떻게 형성되어 왔는가를 살펴보고자 한다. 흔히 제주 원도심을 이야기할 때 제주 문화의 중심지라는 표현을 하곤 한다. 그것은 과거 제주 원도심이 행정, 문화의 중심지였다는 역사적 사실에서 기인한다. 『제주시 50년사』의 첫 장은 이렇게 시작한다. "제주시는 과거 탐라국이 형성·발전하는 단계에서부터 21세기를 맞이한 오늘날에 이르기까지 정치와 경제는 물론이고 행정, 문화, 교육 등 거의 모든 분야에 있어서 제주도의 중심지 기능을 맡아왔다."[11] 탐라국 형성과 발전 단계에서부터 구심점 역할을 했던 것이 지금의 삼도동, 일도동을 근거로 한 제주 원도심이다. 정확히 말하면 일도1동, 용

---

11 제주시, 제주시50년사편찬위원회, 『제주시50년사』, 2005, 73쪽.

담1동, 이도1동, 삼도2동, 삼도1동 등 연동과 노형동 지구 개발 이전의 행정동들이 제주시의 핵심을 형성하였던 공간이었다.[12]

김동윤은 제주 원도심을 칠성로, 중앙로, 남문로, 등 옛 제주성과 그 주변 지역이라고 규정한다.[13] 이 같은 규정은 제주 원도심에 대한 일반적 인식이기도 하다. 박경훈은 한 걸음 더 나아가 3세기경에 편찬된 중국 사서 『삼국지』 위지동이전의 '주호'의 기록을 근거로 제주 원도심을 "2000년 동안 제주사람들의 문명의 중심지"였다고 말한다.[14] 이러한 표현에서도 알 수 있듯이 제주 원도심에 대한 관심은 각별하다. 이것을 제주 원도심의 장소성이라고 일컬을 수 있다면 이러한 의미 부여는 어디에서 기인한 것일까.

제주 원도심에 대한 관심은 정책적 관심에서 시작되었다. 2000년대 들어 '도시 재생'이라는 개념이 도입되기 시작하고 2005년 '도시 재정비 촉진을 위한 특별법'이 제정되면서 쇠락한 원도심(구시가) 정비가 정책 과제로 대두되었다. 또 2007년 국토교통부에 설치된

---

12 이들 행정동의 면적의 합은 3.43㎢로, 제주시 전체 면적의 1.34%에 불과하다. 위의 책, 77쪽.

13 김동윤, 「원도심 재생을 통한 제주형 인문도시의 모색」, 경기대학교 인문학연구소, 『시민인문학』 제28호, 2015, 15쪽.

14 박경훈, 『제주담론 2』, 도서출판 각, 2014, 287쪽. 여기에서 박경훈은 다음과 같이 말하고 있다. "3세기경 편찬된 중국 사서인 『삼국지』 위지동이전에 등장하는 '주호(洲胡)'의 기록이 제주도에 대한 최초의 문헌임을 인정한다면, 적어도 제주시는 최소한 3세기경(A.D. 280년대)에는 제주섬 최대의 취락지였을 것이며, 4세기 이후에는 탐라국의 국읍으로서 실제적인 존재감이 있었다는 말이 된다. 또한 역사학계의 다양한 이견들 속에서도 평균치인 기원전후 시기에 탐라가 세워졌을 것이라는 가설들을 종합하면, 제주시 원도심권은 현재까지 최소한 2000년 이상 제주사람들의 문명의 중심지였다."

도시재생사업단 설치와 2013년 4월 '도시재생 활성화 및 지원에 관한 특별법'이 통과되면서 도시 재생의 측면에서 원도심이 주목받기 시작하였다.[15]

도시재생에 대한 정책적 관심이 높아지면서 지역 내부에서도 원도심에 대한 관심이 고조되었다. 이러한 관심은 종종 장소 마케팅이라는 측면에서 거론되기도 하였다.[16] 제주 원도심은 도시 재생을 통한 공간 재배치, 그리고 공간의 가치를 염두에 두고 호명되기 시작했다.

이 글은 이러한 관점에서 서사적으로 재현된 제주 원도심의 공간 인식의 양상을 살펴보고자 한다. 신자유주의적 발전, 데이비드 하비가 이야기했듯이 지리적으로 불균등한 발전은 지역을 폭력적으로 재편성하고 있다. 과거 제주 지식인들이 근대에 대한 편입을 자명한 것으로 여기면서 상상한 향토는 그 자체로 근대가 규율하고 있는 지적 체계에의 편입이라는 명백한 한계를 지닐 수밖에 없었다. 이러한 한계 상황 속에서 사뭇 특이한 위치를 취하고 있는 것이 바로 김석범의 『화산도』와 현기영의 『지상에 숟가락 하나』이다.

---

15 제주발전연구원, 『제주원도심 도시재생 전략 연구』, 2013.

16 2011년 1월 1일자 한라일보는 신년 기획으로 '제주의 가치! 세계의 가치—원도심 되살린다'는 특집 기사를 게재한다. 이 기사는 이탈리아 베로나시, 스위스 바르트 이팅켄 카르투지오회 수도원 등 역사적 건물을 재생시켜 장소 마케팅에 성공한 해외 도시들을 소개하고 있다. 장소마케팅의 성공적인 해외 사례로 이 도시들을 들고 있는 것이다. '장소 마케팅'이라는 노골적인 용어에서도 알 수 있듯이 원도심에 대한 관심은 쇠락화된 원도심의 도시 재생적 측면이다.

2. 『화산도』의 길—배치의 역학과 서사 공간

김석범의 『화산도』는 4·3을 다루고 있는 방식, 이야기의 방대함 측면에서도 주목할 만하지만 그에 못지않게 배치의 역학을 통한 서사적 공간의 재현을 효과적으로 구사하고 있다. 또한 해방 3년이라는 공간 속에서 지역의 장소성을 보여주는 텍스트이다. 김석범이 제주 4·3의 진실을 소설로 형상화하기 시작한 것은 1957년 「까마귀의 죽음」, 「간수 박서방」 등의 작품을 발표하면서부터다. 「까마귀의 죽음」을 시작으로 한 제주 4·3에 대한 천착은 『화산도』로 이어졌다. 김석범은 그 스스로도 「까마귀의 죽음」이 『화산도』의 원형이 되었다고 고백한 바 있다.[17]

4·3 미체험자였던 그가 제주 4·3의 문제와 정면으로 마주하게 된 이유는 그것이 자신을 구원하는 행위였기 때문이다. 그것을 김석범은 "니힐리즘 극복의 한 방법"이라고 말했다.[18] 김석범은

---

17 김석범은 장편 『화산도』에 대해 다음과 같이 말한다. "「까마귀의 죽음」을 쓰고 나서 약 30년이 지난 오늘날 새삼스레 느끼는 것은, 이 처녀 작품이 이후의 창작 전체를 지배해 왔다는, 이른바 원점이 되고 있다는 사실이다. 이것은 당시의 나로서는 예상하지도 않았을 뿐 아니라 예상할 수도 없었다. 특히 장편 『화산도』를 다 쓴 다음부터 이런 생각은 더욱 강해졌고, 『화산도』의 원형이 140~150매의 단편 「까마귀의 죽음」 속에 울적한 형태로 거의 내재되어 있다는 사실에, 나는 발견에 가까운 놀라움과 일종의 인생의 감개무량함조차 느꼈던 것이었다." 김석범, 「『까마귀의 죽음』이 세상에 나오기까지」, 『부락해방』 1974년 3월호, 나카무라 후쿠지, 『김석범 『화산도』 읽기—제주 4·3항쟁과 재일한국인 문학』, 삼인, 2001, 35쪽에서 재인용.

18 김석범·김시종, 문경수 편, 이경원·오정은 역, 『왜 계속 써왔는가, 왜 침묵해 왔는가』, 제주대학교출판부, 2007, 79쪽.

허무를 넘어서기 위한 방법으로서 소설 쓰기를 선택했다. 「까마귀의 죽음」에서 정기준이 "이곳이야말로 내가 의무를 완수하고 생명을 묻기에 가장 어울리는 땅"[19]이라고 했던 것처럼 김석범에게 제주 4·3은 그 자신에게 삶의 존재를 증명하기 위한 하나의 수단이었다.[20] 이런 점에서 본다면 『화산도』는 제주에 대한 작가의 공간 인식이 구현된 작품이라고 할 수 있다. 공간이 생성의 산물이라는 점을 감안할 때 『화산도』는 김석범의 공간 인식이 기억 투쟁이라는 형식으로 재구성되고 있는 작품이다. 『화산도』의 공간은 물리적 공간으로서 존재하는 것이 아니라 관념적 개입에 의해 재현되고 있다. 공간 인식의 로컬리티를 살펴볼 때 『화산도』에 주목하는 이유도 바로 이 때문이다.

그렇다면 『화산도』에서 재현되는 공간의 모습은 어떠한가. 먼저 소설의 도입부를 살펴보자. 소설은 무장 게릴라 조직원인 남승지가 해방구인 조천면 Y리에서 버스를 타고 제주 성내로 진입하는 장면으로 시작한다. 조천면에서 출발한 버스는 사라봉을 지나 제주 성내로 진입한다. 버스를 탄 남승지의 눈에 비친 성내 풍경은 "갑충처럼 땅에 착 달라붙"은 "초가지붕들"과 신작로 한 편으로 이어진 돌담으로 묘사된다.

---

19 김석범, 김석희 역, 『까마귀의 죽음』, 도서출판 각, 2015, 165쪽. 『까마귀의 죽음』이 한국에 번역 출간된 것은 1988년이었다. 오랫동안 절판되었던 이 작품은 2015년 도서출판 각에서 재출간되었다.

20 김석범은 이에 대해 다음과 같이 고백하고 있다. "그러니까 제주도 땅을 『까마귀의 죽음』의 무대로 함으로써 내가 살아가는 데에도, 내가 니힐리즘을 극복하기 위해서도 제주도가 아주 중요한 무대가 된 거지." 김석범·김시종, 위의 책, 172쪽.

버스는 언덕을 깎아낸 완만한 비탈길을 달렸다. 전방으로 성내의 낮은 시가지가 보이기 시작한다. 기와지붕들 사이에 띄엄띄엄 있는 초가지붕이 유독 눈에 띄었다. 성내 입구 주변에는 강풍에 날아가지 않도록 굵은 밧줄로 바둑판처럼 동여맨 초가지붕들이 땅에 달라붙은 갑충 모양으로 밀집해 있었다. 신작로 오른쪽 관목이 드문드문 서 있는 절개도로 끝머리까지 갓 돋아나기 시작한 부드러운 잔디가 사라봉 기슭을 뒤덮고 있었다. 반대편은 여전히 길과 밭 사이로 용암 조각을 쌓아 올린 돌담이었다. 바람이 일자 절개도로의 붉게 마른 흙이 화약 연기처럼 피어올라 날았다.[21]

소설의 도입부가 무장 게릴라 조직원인 남승지의 시선에 포착된 성내 경관으로 시작하는 것은 의미심장하다. 그것은 앞으로의 서사가 제주 성내를 중심으로 전개됨을 시사한다. 『화산도』의 등장인물 중 하나인 남승지는 주인공 이방근과 함께 소설 속에서 중요한 위치를 차지하는 인물이다. 남승지가 성내 동향을 파악하기 위해 성내로 진입하는 장면은 『화산도』의 주요 무대가 제주 성내를 중심으로 펼쳐지게 되는 것과 무관하지 않다.

지붕이며 엔진 덮개, 유리창까지 온통 먼지를 뒤집어쓴 버스는 낮게 늘어선 집들 사이를 천천히 나아갔다. 길 가던 사람들이 차를 피해 한쪽으로 비켜섰다. 이윽고 오른쪽으로 늘어선 집들이 길모

---

21 김석범, 『화산도』 1권, 보고사, 2015, 27쪽. 앞으로 인용은 권수와 쪽수만을 표기한다.

퉁이의 이발소에서 끊기자 갑자기 넓은 광장이 펼쳐졌다. 하지만 신작로는 왼쪽으로 늘어선 집들을 따라 서쪽을 향해 일직선으로 뻗어 있었다. 오른쪽 길모퉁이에 있는 이발소 근처에 신작로와 직각으로 교차되는 길이 나 있었고, 왼쪽으로 나 있는 완만한 오르막길이 남문길이었다. 오른쪽으로 난 길은 바다로 통했다. 그 길과 신작로 사이에 방금 건너온 하천 쪽으로 통하는 C길이 있다. 모퉁이에 자리한 삼각형 모양의 이발소는 신작로와 광장, 그리고 상점이 밀집해 있는 C길과 면해 있어서 눈에 잘 띄었다. 시장에 가려면 버스를 내려 신작로를 거슬러 올라가는 것이 지름길이지만, C길을 통해서도 갈 수 있었다. 광장 뒤편 소나무 숲을 배경으로 공자사당풍의 붉은 단청이 벗겨져 거무스름해진 관덕정(觀德亭) 건물이 부드럽게 휘어진 커다란 추녀를 흐린 하늘에 펼친 채 서 있었다. 신작로 오른쪽에 펼쳐진 광장의 모습이 남승지의 시야에 한눈에 들어왔다. 관덕정을 사이에 두고 신작로와 평행한 길이 또 하나 뻗어 있었다. 그 길과 광장에 인접하여 여러 관청과 경찰서가 늘어서 있었는데, 모두 1, 2층짜리 건물들로, 수백 년의 역사를 지닌 관덕정 건물이 아직껏 주변을 압도하며 당당하게 서 있었다.[22]

버스를 타고 성내로 진입하는 남승지를 초점 화자로 한 소설의 도입부는 식민지 시절의 회상, 그리고 해방 후의 정세에 이르기까지의 회상과 성내의 현재의 모습이 교차되며 나타난다. 앞의 두 장면은 도입부에서 초점 화자 남승지의 시선에 포착된 해방

---

22 1권, 28-29쪽.

후-소설 속의 시간으로 따진다면 1948년 2월 26일 제주 성내-의 모습이다. '남문통'과 '칠성통' 그리고 이발소까지 소설 속에서 묘사되는 성내의 광경은 지금의 관덕정 광장을 중심에 두고 묘사되고 있다.[23] 이는 소설 속 인물들의 공간 배치와도 무관하지 않다.

소설 속 주인공 이방근의 집은 북국민학교 뒤편 넓은 마당이 있는 집으로 묘사되는데 그의 서재는 소설 속 주요 인물들이 만나는 장소이기도 하다. 『화산도』는 이방근과 남승지라는 두 인물을 중심으로 제주 4·3의 전사와 그 이후의 이야기를 폭넓은 시각으로 다루고 있다. 그런데 이 소설의 주인공은 이방근과 남승지, 그리고 유달현과 김동진 등 제주 4·3의 와중에서 고뇌하는 인물만이 아니다. 이 소설의 또 다른 주인공은 바로 거리들이다. 버스로 타고 제주 성내로 들어온 남승지는 "신작로를 따라 곧장 올라가 남문통과의 교차로를 건너"고 "우체국 앞 광장을 가로질러 남문통으로 들어서" "완만한 비탈길을" 오른다. 남승지의 이동 경로가 상세하게 묘사되고 있는 이 대목은 단순히 일회적인 묘사에 그치지 않는다. 소설 주요 인물인 이방근, 남승지, 유달현, 박산봉, 김동진, 양준오 등은 끊임없이 거리를 이동한다. 그것은 주요 인물들의 공간 배치가 관덕정을 중심으로 놓여 있기 때문이다.

서사적 배치 과정에서 가장 중심에 자리 잡은 것은 이방근의

---

23 제주 성내에 대한 묘사는 대체로 사실에 기반하고 있다. 관덕정 광장 맞은편의 식산은행과 모퉁이의 이발소 등의 묘사는 당시 식산은행 자리와 중앙이발소 등의 실제 장소들의 위치와 매우 흡사하다.

집이다. 북국민학교 뒤편 북신작로에 자리 잡은 이방근의 집을 중심으로 남쪽으로는 유달현이, 동쪽에는 양준오가, 서쪽인 병문천 안에는 박산봉이, 병문천 밖은 김동진이 배치되어 있다.

버스를 타고 제주 성내로 잠입한 남승지가 유달현의 집으로 향하는 다음 대목을 보자.

> 남승지는 우체국 앞의 광장을 가로질러 남문길로 들어선 뒤 완만한 언덕을 오르기 시작했다. 바람은 많이 약해져 있었다. 유달현의 집(실은 사촌형의 집에 기숙하고 있다)은 언덕길을 다 올라가서 오른쪽 골목으로 돌기만 하면 되었다. 왼쪽으로 돌면 유달현이 근무하는 중학교가 나온다.[24]

> 유달현의 집은 골목길을 조금 가다가 다시 왼쪽으로 구부러진 상당히 구불구불하고 좁은 길에 있었다. 돌담 너머로 마른 가지를 뻗은 채 바람에 흔들리고 있는 낯익은 감나무가 눈에 들어오자 그곳이 바로 유달현의 집이라는 걸 알았다.[25]

성내로 잠입한 남승지는 유달현의 집에서 한라신문 기자인 김동진과 남해자동차 화물부 직원인 박산봉을 만난다. 유달현의 주선으로 혁명에 뜻을 같이하는 동지들과 회합을 가진 것이다. 유달현의 집은 혁명 전야의 동지들이 "조국통일 혁명"이라는 과제를 추진

---

24 1권, 95쪽.
25 1권, 105쪽.

하기 위한 혁명 대의의 의지를 확인하는 공간이다. 관덕정이라는 공간을 중심으로 남쪽으로 혁명의 공간이, 그리고 관덕정 북쪽인 북국민학교 인근 북신작로에는 이방근의 공간이 자리하고 있다.

유달현에게서 무장봉기의 계획을 전해 들은 후 이방근은 오랜 고민 끝에 집에서 나와 유달현의 집으로 향한다. 유달현의 집에서 아버지 회사에서 근무하는 박산봉을 발견한 이방근은 그의 뒤를 밟는다. 이때 이방근의 동선은 북신작로—관덕정—남문길—관덕정—서문교 밖으로 이어진다. 관덕정과 북신작로 인근 이방근의 집을 중심에 두고 소설 속 인물의 동선은 동서 방향과 남쪽 방향으로 이어진다. 서울에서 나영호, 문난설 일행과 제주로 돌아온 이방근이 조직 지원자금 30만 원을 전달하기 위해 양준오의 집으로 가는 대목을 보자.

> 이방근은 곧장 다리를 건너서는 왼쪽으로 가려 했던 길을 동문길 쪽으로 돌렸다. 기상대 계단 입구에서 조금 하류 쪽, 음용수가 솟아나는 용천의 암반지대 옆길을 언덕 쪽으로 올라가면 지름길이었다. (중략) 이방근은 지름길을 포기하고 동문교를 달리는 일주도로—동문길로 나왔다. (중략)
> 잠시 동문길의 완만한 오르막길을 가다가 다시 왼쪽으로 꺾어, 멀리 돌아가는 길로 언덕을 향했다. 진창의, 날씨가 좋을 때는 미세한 흙먼지가 바람에 날리는 길이었다. 오르막길을 올라 마침내 평지 골목 안쪽에 있는 양준오의 하숙집에 도착했다.[26]

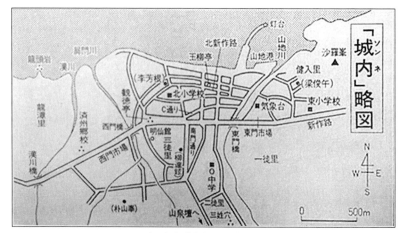

〈그림 1〉『화산도』 성내 약도

　소설은 줄곧 칠성로와 관덕정을 중심으로 한 성내의 거리를 배
경으로 진행된다. 남문로를 거슬러 올라가 자리 잡은 유달현의
집이나, 서문교 건너 박산봉의 집, 북국민학교 뒤편의 이방근의
집, 동문다리를 건너 측후소를 조금 지나 자리 잡은 양준오의 집
등 소설 속 인물들 공간은 모두 성내를 중심으로 포진하고 있으며
인물들은 이 거리를 오고 간다. 그리고 이 거리의 풍경들은 매우
구체적으로 그려지고 있다. 이러한 공간의 구체성을 확인해 주는
것이 일본어판 『화산도』에 수록된 성내 약도이다.

　비록 상상적으로 구현된 거리이기는 하나 거리의 묘사는 대단
히 사실적이다. 작품 속에서 이렇게 재현된 거리를 중심에 두고

26　7권, 417-418쪽.

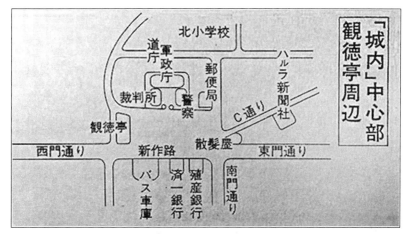

<그림 2> 『화산도』 성내 중심부 관덕정 주변

소설 속 인물들이 움직인다. 이방근이 서청 패거리들과 싸움을 하게 되는 칠성로 신세기 카바레나, 이방근이 『해방 일년사』라는 책을 우연히 읽게 되는 곳인 요정 명월관 등 인물들의 동선은 제주 성내를 중심으로 배치된다. 거리에 대한 핍진한 묘사는 인물의 배치에도 눈에 띈다. 이방근과 최상화 등 성내 유력자들의 집들은 모두 북국민학교 주변을 중심으로 모여 있는 반면에 양준오, 박산봉의 집들은 모두 제주성 외곽에 자리잡고 있다. 남해자동차 화물부 직원으로 일하면서 남로당 비밀당원으로 활약하는 박산봉의 집은 서문교 건너편이다. 제주신보 기자로 나중에 입산을 감행하는 김동진의 집은 관덕정 서쪽 한두기 인근 해안가 마을이다. 『화산도』는 인물들을 적당한 거리에 나눠 배치하고 길을 따라 인물들이 움직이게 한다. 인물 배치를 통해 자연스럽게 서

사적 공간을 나누고 있는 것이다.

그런데 이 중에서 중요한 공간은 바로 이방근의 집이다. 소설의
도입부가 제주 성내로 진입하는 남승지로부터 시작하였듯이『화
산도』의 서사는 이방근의 집으로부터 시작되고 확산된다. 그런
점에서 본다면 소설의 진정한 주인공이 이방근이라는 해석은 일
면 타당해 보인다. 나카무라 후쿠지는『화산도』를 이방근과 남승
지 두 사람이 어우러진 드라마라기보다는 이방근을 주인공으로
하고 있다고 말한다.[27] 이방근이 주인공이 될 수밖에 없는 것은
바로 소설 속 공간 배치, 인물들의 역학 관계에서 기인한 것이다.

이러한 인물의 배치는 자신의 집 소파에 앉아서 정국을 관망하
던 이방근이 현실 참여의 길로 나서게 되는 소설 전개 양상과도
무관하지 않다. 이방근이 관망의 태도를 버리고 현실 세계로 뛰
어들게 된 이유는 저택의 소파로 상징되는 '동굴'을 나오는 일인
동시에 현실세계와 이어주는 길로 나아가기 위함이다.[28] 작품 속
에서 무수히 등장하는 거리들은 결국 관념의 동굴에서 빠져나와
현실 세계로 뛰어들게 하는 참여의 길이다. 유달현의 변절을 알
게 되는 것도, 정세용 처단을 두고 이방근이 실존적 고민을 하는
현장도 모두 거리를 배경으로 펼쳐진다.

『화산도』에서 보이는 인물 배치, 그리고 이를 통한 서사의 전
개는 마치 레일을 깔아 놓고 그 위에서 특정한 행동을 할 수밖에

---

27 나카무라 후쿠지,『김석범『화산도』읽기』, 삼인, 2001, 64쪽.
28『화산도』9권, 240쪽.

없도록 만들어놓은 일종의 정교한 장치처럼 읽힌다. 『화산도』는 지역의 장소성을 전면에 부각시킴으로써 서사적 구성을 완성시키고 있다.

해방 후 3년은 우리 역사에서 중요한 위치를 차지하고 있다. 오늘날 한국 사회를 이해하기 위해서는 해방 이후 남한 단독 정부 수립 형성까지가 중요하다는[29] 지적을 상기해보자. 또한 해방기를 다룬 수많은 연구 성과들은 해방 후 3년이라는 시공간의 중요성을 보여준다. 이 3년이라는 시공간 속에서 '제주'는 남다른 위치를 지니고 있다. 5·10 단선에 저항하며 봉기했던 제주 4·3은 그 자체로 해방기 남한 사회에서 차지하는 비중이 크다. 제주 4·3을 소설로 형상화하면서 김석범이 선택한 전략은 공간의 구체성을 극대화하는 전략이었다. 이러한 방식에서 중요한 것은 물리적 공간이 아니라 공간의 의미이다. 김석범이 만들어낸 공간은 존재하는 공간이 아니라 '혁명'의 순간을 살아야 했던 인물들이 구체성을 확보하는 공간으로 재현된다.

3. 관덕정 광장과 『지상에 숟가락 하나』

1999년 발간된 현기영의 『지상에 숟가락 하나』는 "4·3의 현재

---

29 정호기, 「국가의 형성과 광장의 정치—미군정기의 대중동원과 집합행동」, 『사회와 역사』 제77집, 2008, 156쪽.

성을 끊임없이 되물어온 현기영 문학의 총괄편"[30]으로 평가받는 작품이다. 성장소설의 형식을 띠고 있는 이 작품은 4·3이라는 역사적 비극의 현장을 관통하여 왔던 유년 시절의 기억과 구체적 지역의 모습을 서정적인 필체로 묘사하고 있다. 그동안 이 작품에 대한 평가는 제주 4·3의 수난사적 성찰의 극복[31]과 다양한 민중적 군상들의 예술적 형상화라는 측면에서 다뤄져 왔다. 이 작품은 고향 상실과 고향으로의 귀환이라는 큰 축을 바탕으로 소년의 성장과 역사적 비극 속에서 감내해야 했던 민중들의 구체적 일상을 예리한 시선으로 포착하고 있다.

이 작품에서 작가의 고향이자 4·3의 피해지였던 함박이굴은 하나의 '시원'으로서 그려지고 있다. '아버지'부터 '귀향연습'까지 134개 소제목으로 구성되어 있는 이 작품의 마지막이 '귀향연습'이라는 데에서도 알 수 있듯이 『지상에 숟가락 하나』는 '제주'라는 공간을 소환하면서 상실된 고향을 상상적으로 복원한다. 여기서 논의할 것은 작품 속에 담겨져 있는 구체적 장소들에 대한 인식, 에드워드 랠프의 표현을 빌리자면 장소에 대한 정체성이다. 작품 속의 장소들은 단순한 배경이 아니라 장소감, 나아가 작가의 정체성을 규정하는 역할을 담당하기 때문이다.

특히 고향인 함박이굴에서 제주 성내로 이주한 주인공 '나'의 시선에 포착된 해방과 제주 4·3, 그리고 한국전쟁기의 제주 사회

---

30 하정일, 「눈물 없는 비관주의를 넘어서」, 『창작과비평』 제27권 2호, 1999, 255쪽.
31 하정일, 위의 글.

상이 잘 드러나 있다. 김석범의 『화산도』가 재일(在日)의 자리에서 제주를 상상적으로 구현하고 있다면 『지상에 숟가락 하나』에서는 작가의 유년 시절 체험을 바탕으로 한 제주의 공간 인식이 드러난다.

4·3과 한국전쟁을 거치면서 제주는 '절멸의 땅'에서 '반공의 최후 보루'로 변모한다. 전쟁 이전인 1949년 12월 28일에는 진주에서 주둔하였던 해병대가 '공비 토벌'의 임무를 띠고 제주로 이동한다.[32] 한국전쟁 이후 1951년 1월에는 모슬포에 육군 제1훈련소가 창설된다. 군인들뿐만 아니라 피난민도 대거 제주로 유입됐다. 피난민은 한때 15만 명을 넘을 정도였다. 이러한 전시체제의 일상화는 결국 "전시 체제의 질서"[33]로 재편되어가는 과정을 의미했다. 전시 체제의 일상은 새로운 문명, 근대와의 만남이기도 하였다. 그것은 전깃불과 휘발유·알코올 냄새, 표준어로 상징되는 근대의 유입이었다.

> 전력 사용량이 늘어난 것도 또 하나의 변화였다. 관덕정 동쪽 번화가는 밤에도 불야성을 이룬 듯 불빛이 환했다. 계속된 식량난에도 돈 벌리는 사람은 따로 있어, 전깃불 사용하는 집들이 차츰 늘어났다. 특선과 일반선으로 차등을 두어 전기가 공급되었는데, 일반 가정에서 사용하는 전기는 이틀에 한 번밖에 안 들어오고,

---

32 해병대사령부, 『해병전투사』, 1962, 26쪽.
33 현기영, 『지상에 숟가락 하나』, 실천문학사, 2011(초판 1999), 179쪽.

들어왔다가도 툭하면 나가기 일쑤였지만, 그래도 전깃불은 개명과 호사의 상징이었다.[34]

전깃불은 '개명의 상징'이었고 휘발유 냄새와 알코올은 "문명의 냄새", "힘과 비약의 상징"으로 묘사된다. 이러한 근대와의 만남이 의미하는 것은 무엇일까. 그것은 전 세대와의 폭력적 단절, 즉 강요된 단절을 통해서만 생존할 수 있다는 본능적 자각이었다. 제주 4·3 항쟁의 상징이었던 이덕구가 체포되고 그의 시신이 관덕정 광장에 전시되었던 순간을 묘사한 다음의 대목을 살펴보자.

관덕정 광장에 읍민이 운집한 가운데 전시된 그의 주검은 카키색 허름한 일본군 차림의 초라한 모습이었다. 그런데 집행인의 실수였는지 장난이었는지 그 시신이 예수 수난의 상징인 십자가에 높이 올려져 있었다. 그 순교의 상징 때문에 더욱 그랬던지 구경하는 어른들의 표정은 만감이 교차하는 듯 심란해 보였다. 두 팔을 벌린 채 옆으로 기울어진 얼굴. 한쪽 입귀에서 흘러내리다 만 핏물 줄기가 엉겨 있었지만 표정은 잠자는 듯 평온했다. 그리고 집행인이 앞가슴 주머니에 일부러 꽂아놓은 숟가락 하나, 그 숟가락이 시신을 조롱하고 있었으나 그것을 보고 웃는 사람은 없었다.

그리하여 그날의 십자가와 함께 순교의 마지막 잔영만을 남긴 채 신화는 끝이 났다. 민중 속에서 장두가 태어나고 장두를 앞세워 관권의 불의에 저항하던 섬 공동체의 오랜 전통, 그 신화의 세

---

34 현기영, 위의 책, 180쪽.

계는 그날로 영영 막을 내리고 있었다.[35]

저항의 상징적 존재는 처참한 모습으로 '전시'되었다. 죽음을 '전시'하는 의도는 분명하다. 공포는 대중의 뇌리에 심어질 것이다. 반란의 대가가 죽음이라는, 이 무참한 공포 앞에서 작가는 제주 공동체 신화의 몰락을 목도한다. 이는 관덕정 광장에 대한 장소성의 자각이 있었기에 가능하다. 현기영에게 있어 관덕정 광장은 섬 공동체가 지니고 있었던 저항 정신의 생산지이다. 장두 이재수에서부터 시작하여 산군 대장 이덕구에 이르기까지 제주의 장두정신은 관덕정 광장이라는 구체적 공간을 무대로 하여 현재와 마주하고 있다.[36]

"민중 속에서 장두가 태어나고 장두를 앞세워 관권의 불의에 저항하던 섬 공동체의 오랜 전통"이야말로 "신화의 세계"이다. 이 대목은 『지상에 숟가락 하나』의 장소성이 지향하고 있는 바를 정확히 보여준다. 관덕정 광장을 통해 섬의 공동체, 제주 4·3으로 초토화된 섬 공동체 정신의 복원을 서사적으로 재현해내고 있는 것이다.

소설 속에서 관덕정 광장은 숟가락 하나를 꽂은 채 죽은 이덕구의 시신이 폭력적으로 전시된 공간이기도 하지만, 제주의 청년

---

35 현기영, 위의 책, 83-84쪽.
36 김동현, 「제주 원도심을 해석하는 문화지리학적 상상력」, 『제주작가』 제49호, 2015, 25쪽.

들이 자원 입대를 하며 행진하던 공간으로 묘사된다. 불의에 저항하던 신화가 사라진 자리에 해병대 자원 입대를 위한 "출정의 행렬들"이 들어서게 된다.

한국전쟁 직후 제주에서는 학도병 지원이 계속된다. 당시 신문에는 학도병 지원을 미담으로 전하는 기사들이 실리기도 한다. 대표적인 것인 한림중학교 학생 125명의 출전 지원을 전하는 제주신보 기사 내용이다. '폭발한 우국의 지성(至誠), 붓을 총으로 바꿔잡자'라는 제목의 기사에서는 "멸공진충의 정이 혈서 출전으로 나타났다"면서 남학생뿐만 아니라 여학생들도 지원을 원한다고 전하고 있다.[37] 당시 구체적 학도병 지원 규모는 확인하기 힘들다. 군의 자료에는 3천 여 명이 해병대 3, 4기로 지원했다고 하고 있지만 이 역시 추정치일 뿐이다.[38] 해병 3기의 입대일은 1950년 8월 5일, 4기의 입대일은 8월 30일이었다. 해병 3, 4기 중에는 여성도 있었다. 여자 의용군은 126명으로 이들의 입대식은 1950년 8월 30일 북초등학교 교정에서 열렸다. 육군 여군이 창설된 것이 1950년 9월 5일이니 이보다 먼저 여자 해병대원이 제주에서 탄생한 것이다.[39]

이렇게 자진 입대한 해병대원들은 1950년 9월 1일 제주항을 출

---

37 《제주신보》, 1950.8.1. '붓을 총으로'라는 제목과 혈서 출전이라는 내용은 1950년 8월 9일자 '붓을 총으로 총궐기, 오중 4백여 학도 지원'이라는 기사에서도 확인할 수 있다.

38 제주방어사령부, 『제주와 해병대』, 1997.

39 제주방어사령부, 위의 책, 59쪽.

발해 부산항으로 향했다. 해병 5연대와 합류한 병력은 바로 인천 상륙작전에 투입되었다. 제주 출신이 주축이 된 해병 3, 4기 생들이 바로 인천상륙작전의 주력 부대원이었다.[40] 그렇다면 이렇게 자진 입대 행렬이 이어졌던 것은 무슨 이유일까. 먼저 해병 3, 4기 생 참전자들의 회고를 살펴보자.[41] 참전자들의 회고에서 일관적으로 작용하는 애국심이다. 18살에 해병 4기로 참전했던 부창옥은 "낙동강을 최후의 방어선으로 한 국가의 운명은 누란의 위기에 처하게 되어 당시 겨우 18세의 어린 나이지만 학업을 중단하고 출정해야만 했다"(100쪽)고 말한다. 같은 해병 4기 출신인 오동욱은 "제주 지역에서는 애국심에 불타는 젊은 청년들이" 참전을 했다고 회고한다. 학생들뿐만 아니라 교사 신분이었던 이들도 지원 입대를 애국심의 표출이었다고 증언한다. 당시 초등학교 교사 출신으로 해병 4기생이 되었던 문재호는 참전 동기를 이렇게 설명한다.

내가 해병대에 입대했던 그 당시, 나는 성산포시 서 초등학교에서 6학년을 담임하고 어린이들과 정을 붙이고 학교 생활에 여념이 없었다. 하지만 수도 서울이 북한 공산군에 점령당하고 날로 전세

---

40 제주방어사령부, 위의 책, 77-77쪽.

41 해병 3, 4기생의 회고는 제주방어사령부가 펴낸 『제주와 해병대』에 실렸다. 군에서 펴낸 자료라는 점에서 회고의 내용을 그대로 받아들일 수만은 없을 것이다. 이들 회고에는 해병 참전 경험의 무용담이 주를 이루고 있어 사후 기억이 작용하고 있다는 혐의가 짙다. 하지만 당시 해병 3, 4기 생의 직접적 증언이라는 점에서 살펴볼 필요가 있다. 인용은 모두 위의 책에서 했고 쪽수만 별도로 표기한다.

가 불리해져 낙동강 교두보만을 남긴 채 한반도 거의가 적 치하에 들어간 상황에서 후방에서 어린이들을 교육하는 것만이 국가를 위하는 일만은 아니라는 생각이 들었다. (113쪽)

이들은 모두 자신의 참전 행위를 애국심의 발로라고 표현한다. 그런데 여교사 출신으로 해병 대원이 되었던 강길화의 증언에는 이들의 참전이 자발성을 띤 것이라기보다는 강요된 선택에 가까 웠음을 보여주는 대목이 등장한다.

1950년 8월 24일 경 여름방학이 끝날 무렵 전 교직원 야외놀이 가 강정천변에 있었는데 사환이 찾아와서 급하게 전하는 말이 여 교사들은 내일 학무과 소집명령이 내려졌다는 전갈이었다. 영문 도 모르는 우리 학교 여선생 3명은 학무과에 나아가 담당 장학사 의 안내를 받아 설명을 들었다. 지금 김일성 괴뢰는 남한을 대부 분 점령하고 대구와 부산 사이 약간의 땅만 지키고 있는 위기에 처해있는 상황을 알려주며 여교사들도 나라를 구하는 데 보좌하 기 위하여 입대하여야 한다는 것이었다. (중략)

그 어떤 것도 감수하며 이겨내리라 야무진 다짐을 하였다. 또한 쓰라렸던 4·3사건을 겪은 우리들에게는 더욱 더 투철한 국가관과 애국심의 발로였으리라. (119쪽)

전시 상황에 대한 정보가 없었던 상황에서 갑작스러운 소집 명 령에 응해야 했던 강길화에게 입대는 불가피한 선택이었다. 그가 이야기하는 "투철한 국가관과 애국심의 발로"는 이러한 불가피성을 윤색하는 사후적 성격이 짙다. 『지상에 숟가락 하나』는 이러한 참전의 불가피성을 예리하게 포착한다. '국민의 일원'으로 인정받지 않으면 목숨조차 부지할 수 없었던 엄혹한 시절, 해병대 자원 입대는 '국민'이고자 했던 제주인들의 선택, 바로 "폭도의 누명을 벗는 길"이었다.

> 타고 남은 섬 땅의 죽고 남은 사람들, 그중에서도 청년들의 희생이 막심하여 태반이 죽었는데, 이번에 그 나머지 청년들에게 출정 명령이 떨어졌다.
> 맨 먼저 출정한 것은 도내 중학생들로 구성된 해병 3기였다. 단시일에 치러진 벼락치기 징집이었는데, 대부분이 15세 이상 십대 후반의 앳된 청소년들이었다. (중략)
> 그리하여 그 출정은, 단독정부 수립을 반대했다가 폭도, 역도의 이름으로 학살당한 그들의 선배들과의 영원한 결별을 뜻했다. 그 모순을 수락할 수밖에 없었다. 가슴마다 태극기를 말아 두른, 비장한 모습의 출정 행렬들, 그들이 섬을 떠나던 날, 읍내를 온통 흔들어놓았던 그 우렁찬 함성과 합창 소리를 나는 잊지 못한다. 죽음의 공포에 짓눌려온 섬사람들의 집단 피해의식을 뚫고 솟구쳐 오른 큰 외침, 그랬다. 두려움으로 얼어붙은 입을 뗄 수 있는 길이라곤 오직 목숨을 건 출정밖에 없었다.[42]

해병대 출정은 자발적 선택이 아니었다. 그것은 세대와의 단절

---

42 현기영, 앞의 책, 157쪽.

이었고 공포를 이겨내기 위한 모순의 선택이었다. 앳된 제주의 청소년들이 "가슴마다 태극기를 말아 두"르고 "출정"에 나서야 했던 것은 "폭도", "역도"와의 폭력적 결별을 의미했다. 이덕구로 상징되는 장두 정신의 붕괴, "신화"가 몰락한 이후 제주인들의 선택지는 끊임없이 '폭도'가 아니라는 자기증명의 길뿐이었다. 그리고 이러한 자기증명을 통해 반공국가의 일원이 되어갔다.

『지상에 숟가락 하나』는 전시 체제기 급속도로 반공 국가의 일원으로 재편되어갔던 제주의 일상을 전깃불, 휘발유, 알코올 냄새와 해병대 출정 행렬로 그려낸다. 그것은 공간의 로컬리티가 폭력적으로 재편되어가는 과정이었다. 그러한 재편이 가능했던 것은 바로 섬 공동체의 신화가 몰락했기 때문이다.

때문에 『지상에 숟가락 하나』에서 관덕정 광장에 전시된 이덕구의 시신에 대한 묘사는 근대와 반공이라는 이름을 강요받았던 공간 배치를 거부하는 선언이다. 『지상에 숟가락 하나』는 "섬 공동체 신화"의 몰락이 반공국가의 국민으로 포섭되어야만 생존할 수 있었던 제주인의 숙명을 관덕정 광장이라는 장소를 통해 보여준다. 『지상의 숟가락 하나』는 한 소년을 통해 지역이 근대와 폭력적으로 마주하는 장면을 구체적이며 서정적으로 묘파하고 있는 동시에 공간의 힘으로 지역의 장소성을 탐구하는 공간과 장소의 미학을 드러낸다.

4. '지금-여기' 장소성의 재현 가능성

김석범의 『화산도』와 현기영의 『지상에 숟가락 하나』를 중심으로 공간인식의 양상과 서사적 재현의 양상을 살펴보았다. 외부인들에게 종종 제주라는 지리적 심상은 균질적이고 단일한 것으로 인식된다. 1937년 제주를 찾았던 이은상이 한라산을 민족의 신성성이 부여된 공간으로 인식하면서 한라산을 제외한 제주라는 공간의 구체성을 외면한 것은 이러한 일반적 인식을 보여주는 하나의 예라고 하겠다.[43]

김석범의 『화산도』는 제주 4·3을 형상화면서 제주, 제주 성내의 구체적 장소성을 인물 배치를 통해 구현하고 있다. 소설 속 등장인물들은 공간과 공간을 이동하며 서사의 역동성을 획득하고 있다. 이러한 역동성은 회의주의자였던 이방근의 변화로 이어지며 서사적 역동성을 획득한다. 4·3을 쓰지 않으면 생존할 수 없었다고 하는 절박함, 니힐리즘을 극복하기 위한 수단으로서 소설 쓰기는 구체적 공간을 그려내고 구체적 장소성을 부여하면서 공간을 재구성한다. 이렇게 재구성된 공간은 바로 항쟁의 역동성, 역사의 현장을 살아야 했던 당대의 기억을 소환하려는 시도였다.

『지상에 숟가락 하나』는 관덕정 광장을 제주 섬 공동체의 신화

---

43 김동현, 「로컬리티의 발견과 내부식민지로서의 '제주'」, 국민대학교 박사학위 논문, 2013.

의 몰락과 반공국가로의 폭력적 편입이 이뤄지는 구체적 장소로 지목하고 있다. 관덕정 광장에 전시된 이덕구의 시신은 '관권의 불의에 저항한 섬 공동체의 신화의 몰락'으로 인식되었다. 이는 결국 제주 4·3이 해방기라는 시공간에서만 발생한 우연한 사건이 아니라는 것을 보여준다. 그것은 현기영이 이미 소설화 하였던 신축항쟁 등 제주의 역사에 나타난 이른바 '장두 정신'의 흐름 속에서 제주 4·3을 인식하는 것이다. 작가 현기영의 이력 속에서 신축항쟁을 다룬 『변방에 우짖는 새』와 해녀항일운동을 다룬 『바람 타는 섬』이 놓여 있는 것은 우연이 아닐 것이다.

『화산도』가 재일(在日)의 자리에서 제주라는 공간을 상상적으로 구현하고 있다면 『지상에 숟가락 하나』는 이보다 한 걸음 더 나아간다. 이덕구의 시신이 전시된 관덕정 광장에서 관권의 불의에 저항했던 섬 공동체의 신화가 몰락하는 장면은 역설적으로 공동체의 신화가 다시 구성되어야 함을 보여준다. 즉 근대와 반공이라는 강요된 선택을 거부하고 주체적 공간 인식과 생성의 가능성을 관덕정 광장을 통해 보여주고 있는 것이다.

현기영이 유년의 기억으로부터 출발하는 이유는 과거의 복원을 지향하기 위함이 아니다. 상실된 과거를 적극적으로 해석하고 읽어내려는 실천적 전략이다. 그렇다면 상실된 과거란 과연 무엇인가. 그것은 중앙의 질서에 편입되기 이전 제주가 지켜왔던 공동체적 가치이다. 즉 신화가 몰락하기 이전을 상상함으로써 상실되어 버린 신화의 복원을 주창하는 것이다. 앞서도 살펴보았듯이 현기영에게 제주 섬의 신화는 '관권의 불의에 항거하던 섬 공동체의 정신'을 의미한다. 관덕정 광장에 내걸린 이덕구의 시신은 섬 공동체 신화의 몰락을 상징한다. 이렇게 몰락한 섬 공동체는 빠르게 중앙으로 편입되고 갔고, 현기영은 그것을 "과거와의 단절"이라고 부른다.

애띤 청소년들이 해병대 3기로 입대하면서 '폭도', '역도'로 불렸던 '선배세대'와의 단절을 폭력적으로 경험했던 것처럼 제주 섬 공동체는 4·3 이후 중앙의 질서 속에 편입되어 가면서 과거와 단절되어 간다.

> 이렇듯 전쟁이 우리의 어린 영혼에 끼친 영향은 매우 큰 것이었다. 전쟁이 모든 것을 결정하고 모든 것을 획일적으로 통합했다. 일찍이 그 전쟁만큼 그 섬 땅에 큰 영향을 끼친 경우는 없었다. 중앙의 질서 속에서 들어간다는 것은 과거와의 단절을 의미하기도 했다.[44]

중앙의 질서 속으로 편입된다는 것은 전쟁을 통해 제주가 강제적으로 반공국가의 일원이 되어 갔음을 의미한다. 제주 4·3이라는 '절멸의 시대'를 겪으면서 생존해야 했던 제주인들에게 과거와의 폭력적 단절은 생존을 위한 불가피한 선택이었다. 이를 현재적 관점에서 재단하는 것은 결과론적인 비판일 것이다. 중요한 것은 상실된 신화가 무엇인가를 반성적으로 성찰하고 이를 통해

---

44 『지상에 숟가락 하나』, 184쪽.

제주, 지역의 장소성을 다시 기입하는 일일 것이다. 지구성과 지역성의 대결에서 중요한 것이 다시 지역으로 회귀하는 것[45]이라는 지적을 상기해보자. 지역으로 회귀한다는 것은 단순히 지역의 과거를 기억하는 것에 그치는 것이다. 그것은 지구성이라는 폭력적 획일화에 맞서는 진지로서 지역을 상상하고 지역을 재구성하는 일이다. 물론 이러한 공동체의 복원이 단순히 과거의 회귀, 혹은 과거 지향이 되어서는 곤란하다. 레이먼드 윌리엄스가 말하고 있듯이 '시골'을 '유기적 공동체'로 이상화하는 태도가 아니라 도시와 시골의 권력 관계와 그러한 권력에 능동적으로 저항하며 스스로의 공동체를 만들어갔던 공동체 생성의 원동력에 더욱 주목해야 한다.[46]

이러한 점에 주목해서 장소성의 재현 가능성을 한번 타진해 보도록 하자. 김석범의 『화산도』와 현기영의 『지상에 숟가락 하나』는 장소성의 서사를 구현해고 있는데 여기에서 그려지고 있는 장소들을 소설을 토대로 재현하면 다음과 같이 나타낼 수 있다.

앞서 살펴본 『화산도』의 공간 배치를 염두에 둔다면 (가)는 이방근의 집 (나)는 양준오의 하숙집 (다)는 유달현의 하숙집 (라)박산봉의 집이다. 물론 소설 속에서 재현된 공간이기 때문에 지리적으로 정확한 지번을 확인할 수는 없다. 하지만 위 지도에서 확인할 수 있듯이 『화산도』의 인물 배치는 제주 성내 동서남북으로 산재

---

45 앙리 르페브르, 양영란 역, 『공간의 생산』, 에코리브르, 2011 참조.
46 레이먼드 윌리엄스, 이현석 역, 『시골과 도시』, 나남, 2013 참조.

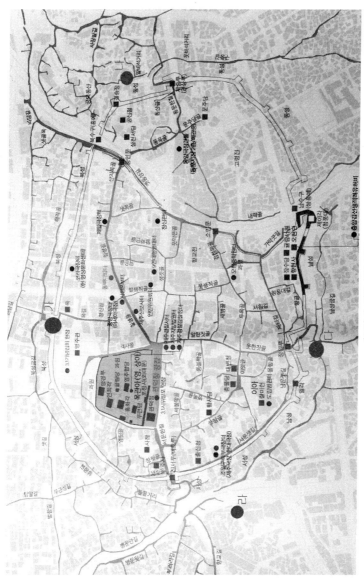

〈그림 4〉 제주 성내 지도

이 지도는 제주포럼C가 2015년 12월 제작한 〈제주원도심 문화유산 지도〉의 일부분이다.

되어 있다. 이러한 인물 배치는 결국 제주 성의 주요 거리들을 인물들의 주요 동선으로 삼으면서 서사적 역동성을 획득하는 장치로 작용하고 있다. 소설의 초입부에서 남승지가 동문로에서 관덕정 앞 버스정류장까지 이동하는 것은 이 소설이 제주의 성안을 주요 무대로 이야기를 전개하고 있음을 보여준다. 이러한 서사 배치의 의미에서는 앞서도 말한 바와 같다.

이를 바탕으로 일종의 스토리텔링의 가능성을 타진할 수 있는데, 그것은 각 인물들의 공간 배치와 지도에서 나와 있는 것과 같이 제주의 옛 거리들을 선으로 이을 수 있는 문학 공간의 답사가 가능할 것이다. 또한 지도에서 목관아지로 표시되고 있는 부분은 제주시 관덕정인데 여기에는 현기영의 『지상에 숟가락 하나』에 나타난 공간 인식을 상징하는 현재적 장소성을 보여줄 수 있다. 이를 토대로 소설 속에서 등장하는 각 인물들의 동선과 제주의 옛길을 잇는 길들을 상정할 수 있는데, 동에서 서로 이어지는 남승지의 길, 남북 방향으로 이어지는 이방근과 유달현의 길, 그리고 제주 성안에서 병문천 밖으로 이어지는 박산봉의 길 등을 새롭게 명명할 수 있을 것이다. 이처럼 김석범과 현기영은 제주의 장소성을 소설에서 적극적으로 활용하면서 제주의 광장, 제주의 거리를 또 다른 주인공으로 내세우고 있다고 할 수 있다.

빛나는 전범典範, 관점의 무게

김석범 소설집 『까마귀의 죽음』

1. 낯설음과 끌림의 기억

김석범의 4·3소설은 1957년부터 발표되었지만, 그것이 한국어로 번역되어 국내에서 처음 출판된 시점은 1988년이었다. 4·3 제40주년이던 당시는 1987년 6월항쟁 이후 이어진 민주화운동고양기여서 4·3 진상 규명 열기가 서서히 달아오르기 시작하던 때였다. 현기영의 「순이 삼촌」이 발표된 지 10년이 되어 4·3의 여러 얼굴 중 '민중수난사로서의 4·3'의 모습에 어느 정도 익숙해 갈 무렵이기도 했다. 무고한 양민의 억울한 죽음에 대한 고발과 해원(解冤)이 지배적인 담론으로 부상하던 시기였던 것이다.

그런 시기에 김석희의 번역으로 나온 『까마귀의 죽음』(소나무)과 이호철·김석희 공역으로 나온 『화산도』(제1부, 실천문학사)는 한국 독자들에게 다소 이질적인 존재였다. 현기영·오성찬·현길언 등 한국작가들의 4·3소설과는 확실히 다른 면이 있었다. 우선, 자연스럽게 읽히지가 않아 당혹스럽기도 했는데, 그것은 번역소설임에서 기인하는 일반적인 생경함 혹은 낯설음과는 다른 차원이었다. 그다지 절절하거나 역동적인 서사가 아니면서도 묘한 끌림이 있었다.

이제 근 30년 만에 『까마귀의 죽음』이 새로운 판본(각, 2015)으로 옷을 갈아입고 우리를 찾아왔다. 오랜만에 다시 읽으면서도 첫 만남에서의 느낌은 여전하다. 거기에 세기를 뛰어넘는 묵직한 메시지가 또 다른 맛깔로 감지된다.

이 책에 실린 「간수 박 서방(看守朴書房)」(1957.8)·「까마귀의 죽음(鴉の死)」(1957.12)·「관덕정(觀德亭)」(1962.5)은 매우 긴밀히 얽혀 있는 연작이다. 이들 세 작품에서는 1948년 여름부터 1년 남짓한 기간 동안의 4·3 광풍 속 제주섬이 그려진다. 「까마귀의 죽음」과 「관덕정」에서는 아예 동일 인물의 이야기가 이어지기도 한다. 「똥과 자유(糞と自由と)」(1960.4)와 「허몽담(虛夢譚)」(1969.8)[1]은 4·3을 다루진 않았지만 작가가 왜 4·3에 천착해야 했는지, 그의 관점이 어떠한지를 보여준다는 면에서 함께 읽을 필요가 있다.

2. 민중: 처절한 순수와 진실

여기에 수록된 세 편의 4·3연작에서 우선 주목되는 바는 개성

---

1 1988년 번역본에서는 「虛夢譚」이 「허망한 꿈」이었으나, 이번 판본에서는 「허몽담」으로 수정되었다.

적인 인물들이다. 국내 작가의 4·3소설에서 만나는 인물들과는
퍽 유다른 면이 있다. 그 인물들은 너무나 강렬하여 오래도록 독
자들의 뇌리에 기억된다.

특히 인상적인 인물로는 박 서방과 허물 영감[2]을 꼽게 된다. 그
들은 배우지 못한 미천한 신분으로서 4·3의 한복판에 놓여진다.
그들은 매우 희화화(戲畵化)되어 나타난다.

박 서방의 이름은 박백선(朴百善)이다. '백선이'로만 불리다가
주인마님 성을 따라 경주박씨가 되었다. 황해도에서 살던 그는
해방 후 상경한다. 그러나 서울에서 터 잡고 살기는 쉽지 않았다.
여인숙에서 자다가 보따리를 잃어버리는 바람에 거지 노릇까지
한다. 지게꾼 생활로 연명하던 중 제주에 입도한다. 제주에서도
지게꾼으로 일하던 그는 한 달 전에 경찰(간수)이 되었다.

박 서방의 제주행은 여다(女多)의 섬에 대한 기대 때문이었다.
등이 구부정하며 마흔 살 가까운 노총각인 그의 최대 콤플렉스는
곰보라는 것이다. 죄수들에게는 하귤(夏橘)의 일본어 발음인 '나
쓰미깡'으로도 불리며, 옛 동료에게 '엿장수 곰보자식'이라는 소
리도 듣는다. 고향에서 혼담이 있었으나 여자가 곰보여서 가차
없이 거절했다고 한다. 간수로 일하면서 그는 여자 수감자를 만
지고 싶어 안달한다. 막대기로 송명순의 치마를 들춰보다가 들켜
서 한바탕 소동이 벌어지기도 한다.

---

2 1988년 번역본에서 '부스럼 영감'으로 되었던 것이 이번 판본에는 '허물 영감'으
로 수정되었다.

박 서방은 경찰로서의 자부심이 대단했다. '간수님 박 선생'으로 불러야 한다고 으스댄다. 그러면서도 권력에는 비굴한 모습을 보인다. 고문의 조수 역할도 하고, 토벌도 나가면서 나름대로 열심히 일하지만 "간수로서 제구실을 하지 못하고 있어"(30쪽)라고 상관에게 핀잔을 듣기도 한다. 하지만 그는 마음에 두는 여죄수인 명순으로 인해 자신의 일에 회의를 느끼기 시작한다. 명순이 고문당하고 성적으로 유린당하는 상황에서도 그는 아무것도 할수 없었기 때문이다. 그는 집단학살의 현장에서 "처녀를 달래주고 싶은 마음에 사로잡"(54쪽)힌 데 이어, 도망치다 총 맞은 한 소년의 시체와 마주친다. 한 노인이 지게에 소년을 싣고서 걸어가고 있었다.

> 그때 꽃잎 같은 노란 나비 한 마리가 소년의 시체 위에 앉았다. 백선은 문득 나비를 잡고 싶어졌다. 방랑하던 소년시절이 생각났다. (…) 지게끈을 움켜쥔 노인의 손이 피로 더럽혀져 있었다. 백선은 노인과 시선이 마주친 듯한 기분이 들었다. 진무른 눈꺼풀 밑에서 눈물방울이 번쩍 빛났다. 백선은 황급히 고개를 돌렸다.(70~71쪽)

지게에 실린 소년은 박 서방에게 쫓기다가 소대 주임의 총에 맞아 죽은 아이였다. 소년의 시체를 통해 어린 시절의 자신을 생각하고 노인의 눈물을 예사롭지 않게 마주했음은 소년의 죽음을 애도하면서 섬사람들의 처지에 공감하고 있음을 의미한다. 그는 이제 자신의 일에 자부심을 가질 수 없었다. 게다가 명순의 처형이 임박하면서 그는 좌불안석이다.

> 백선은 간수실에 들어가자, 더 이상 견딜 수가 없어서 벽을 두 손으로 힘껏 때려보았다. 꿈쩍도 하지 않는다. 가슴이 쑤시고, 배 가 꾸르륵 하며 울었다. 당장에라도 뛰쳐나가, 연거푸 두세 잔 벌 컥벌컥 마시고 싶었다. / "제기랄, 이놈의 세상은 좀처럼 뜻대로 안 되는구나." 도대체 왜, 그렇게 얌전한 명순이가 죽지 않으면 안 된단 말인가. 그의 가슴은 명순을 중심으로 번뇌하면서, 그녀 를 체포하고, 그녀를 투옥하고, 그녀를 범한, 그리고 그녀를 죽이 려는 그 무언가를 저주했다.(77쪽)

명순 일행을 태운 트럭이 학살 현장으로 이동하기 시작하였다. 박 서방은 그 트럭을 미친 듯이 쫓아가면서 "용서해줘. 기다려줘"를 외쳤다. 그 바람에 그는 경찰 자격을 박탈당했을 뿐만 아니라 처형 되는 상황을 맞고 말았다. 그가 마지막으로 남긴 말은 "나는 말입니 다, 아무래도 대한민국이 마음에 들지를 않아요."(79쪽)였다.

이처럼 박 서방은 이북 출신의 민중으로서 4·3의 본질적 모순 을 들여다봤다는 점에서 중요한 인물이다. 4·3을 제주민의 희생 으로만 국한시키지 않으면서 역사의 진실을 제시하는 역할을 수 행한다. 이러한 전형(典型)의 창조는 4·3소설사에서 의미가 매우 크다.

허물 영감은 「까마귀의 죽음」과 「관덕정」에 연이어 나오는 인 물이다. 60이 넘어 보이는 그는 절뚝거리는 데다가 맨발로 다닌다. 눈곱이 덕지덕지 낀 채로, 피고름자국이 번진 더러운 흰옷을 입은 행색이다. 고름을 빨아 '허물'(부스럼의 제주어)을 치료하며 살아가던 그는 4·3이 한창이던 1948년 여름부터 '관청일'을 하고 있다. 관덕정 주변에서 처형된 빨치산의 모가지를 대바구니에 갖고 다니면서 그 신원을 알아내는 일에 동원된 것이다.

> 사람의 목을 대바구니에 넣고 거리를 돌아다니는 것은 애당초 밀고를 전제로 한 것이었다. (…) 전사한 신원불명의 빨치산이다. 포로가 되었지만 고문에도 입을 열지 않은 빨치산의 배후관계와 가족관계를 조사하기 위해서는 이 목의 정체를 알아낼 필요가 있다. 그 결과, 가족이나 친척에게까지 화가 미친다. 당국은 그들의 뿌리째 검거할 뿐 아니라, 그 부락에 불을 질러 몽땅 태워버리기도 했다."(92~93쪽)

그런데 허물 영감은 관청일을 우직하고 충실히 수행하면서도 순수한 면모를 보여준다. 대바구니에 빨치산 모가지와 함께 동백꽃을 넣고 다니는 데서 그것이 감지된다. 미군정청 통역관인 정기준이 짐작했듯이, "그 동백꽃은 분명 바구니 속의 젊은이를 위해 바쳐진 것이었다."(114쪽) 죽음을 애도한다는 의미임을 짐작할 수 있다.

「관덕정」에서는 관청일에서 해고된 허물 영감이 나온다. "모가지를 갖고 다니는 영감이 모가지를 당한"(181쪽) 셈이다. 한라산의 빨치산들이 전멸 직전인 상황에서 이승만 정부의 토벌작전 양상이 귀순을 유도하는 쪽으로 바뀌었기 때문이다. 영감도 "지금 내가 모가지를 당한 것도 그 대통령 탓인 모양"(183쪽)으로 생각한다. 그는 "그만두길 잘했다고 생각"한다면서도 "팔팔한 젊은 놈들의 얼굴을 이 손으로 쓰다듬어주지 못하는 게 좀 섭섭하"(200쪽)다는 심경도 드러낸다.

이런 점들을 보면, 허물 영감의 내면을 포착할 수 있다. 그에게도 관청일은 역시 마뜩하지 않은 일이었다. 바구니 속 젊은이를 위해 동백꽃을 바치고, 그들의 얼굴을 어루만지는 행위는 모두 애도의 의미임이 짐작된다. 이는 그 어떤 목숨도 소중하다는 지극히 당연한 메시지라고 하겠다. 그런데 그러한 당연한 메시지마저 전혀 고려되지 않던 죽음들이 4·3 때는 일상이 되어 있었다. 그런 일상이었기에 영감의 헌화(獻花)와 어루만짐은 숭고한 행위가 된다.

허물 영감은 관청일에서 해고된 뒤 선거에 이용된다. 원래 정씨였던 그는 1949년 국회의원 보궐선거를 앞두고 '등록공작'에 의해 '이백통'으로 등록된다. 전주이씨 집안의 유력자인 '서방님'이 호적 없는 사람들을 등록하여 선거권을 갖게 하고, 그 표를 부재자 투표 등에 마음대로 이용하려는 술책에 이용된 것이다. 영감은 등록공작에 직접 나서기도 한다. 일정한 자금을 받고, 성적이 좋으면 배당금까지 받을 수 있었다. 그러나 포섭할 수 있는 부랑자를 찾기는 그에게 매우 어려운 일이었다. 그러던 중 인근 마을에서 집단폭행당하는 문둥이를 데려다 등록하려고 시도했다가 쫓겨나는 신세가 된다.

서방님 집에서 쫓겨난 영감은 성 안쪽으로 걸어가던 도중에 까

마귀 떼를 만난다. 무서운 기세로 이동하는 까마귀 떼의 행선지
도 그와 같은 성안의 관덕정이었다. 관덕정에는 군중들이 모여
있었다. 수십 명의 빨치산 패잔병들이 어깨에 모가지를 꿴 죽창
을 메고 광장을 돌고 있었는데, 그걸 보는 주민들은 소위 '강제구
경'에 동원된 상황이었다. 패잔병들의 가슴에는 '신성한 대한민
국의 국시(國是)를 위반한 반도(叛徒)'라는 포고문이 붙어 있었다.
그 장면을 보면서 영감은 자신의 과거 관청일이 어떤 모습으로
비춰졌을지 알게 된다. "모가지의 행렬 앞에서, 모가지를 갖고 돌
아다니던 자신의 모습이 얼마나 추악한 것이었는지를 처음으로
깨달았"(228쪽)던 것이다.

　그때 강제구경하는 군중 속에서 서푼이[3]가 뛰어나왔다. 영감에
게 오빠 목을 찾아달라고 돈을 주었던 처녀였다. 바로 그 빨치산
오빠의 목을 발견하고 달려들었던 것이다. 하지만 그녀는 미처
오빠 목에 다가가기도 전에 경관의 총에 맞아 쓰러진다. 그날 밤
영감은 슬픔에 빠져 밤길을 거닐다가 관덕정 앞 경찰서로 갔다.
영감은 경찰에게 서푼이의 시체를 사는가 하면, 그녀 오빠 모가
지 대신에 어떤 젊은이의 모가지를 함께 받아갔다. 그것들을 관
덕정 돌계단 밑으로 가져간 그는 결국 젊은 남녀의 시신과 모가지
옆에서 죽어갔다. 애도를 넘어 죽음을 함께하기에 이른 셈이다.

　이렇듯 박 서방과 허물 영감은 권력에 이용당하는 민중으로서
의 면모를 보여준다. 박 서방과 허물 영감은 지극히 순수하기 때

---

3 '서푼이'는 1988년 번역본에서는 '소푼이'였다.

문에 그 진실을 가장 투명하게 발언할 수 있는 인물들이다. 둘은 모두 4·3의 와중에 관청에 이용된다는 데 공통점이 있다. 희화화 된 탓도 있겠지만, 그 둘에 대한 독자들의 인식은 퍽 부정적인 데서 출발한다. 그러나 그들은 결국 긍정적인 인물로 탈바꿈한 다. 긍정적 인물로 완전히 탈바꿈했을 때의 그들은 불행히도 이 세상 사람이 아니었다. 4·3은 그래서 더욱 처절한 것이다.

이밖에 「간수 박 서방」의 용담리 조 과부는 제주민중의 목소리를 여과 없이 들려준다. "정말 터무니없는 세상이 되어버렸어"(18쪽)라 며 경찰을 도둑놈으로 규정하고 이승만 대통령을 욕하는 조 과부가 수용소에 갇힌 죄수라는 점은 4·3의 진실을 말해준다. 「간수 박 서방」의 송명순, 「까마귀의 죽음」의 장양순, 「관덕정」의 서푼이는 유사성이 매우 큰 인물들이다. 셋 모두 빨치산 오빠를 둔 젊은 여성이다. 모두 국가권력에 의해 희생된 누이들이다. 송명순은 박 서방이, 서푼이는 허물 영감이 각각 마음에 두는 여인이며, 장양순 은 정기준의 애인으로 나온다. 이들은 작품에서 그다지 두드러진 역할을 수행하는 것은 아니지만, 모두 주요 인물의 인식 변화나 행동에 강한 영향을 끼치는 여성들이다. 4·3에서 여성수난사를 대변하는 인물들이기도 하다.

3. 지식인: 투쟁 앞의 고뇌와 번민과 갈등

4·3의 와중에서 전개된 제주 지식인들의 활동상은 「까마귀의

죽음」에만 나타난다. 혈기왕성한 20대 젊은이들인 정기준과 장용석 그리고 이상근은 각기 자신의 처지에서 섬의 운명과 관련하여 투쟁하고 고뇌하고 좌절하고 갈등한다.

정기준은 23살 청년이다. 미군정청 법무국에 소속된 통역으로서 주로 미군복 차림으로 다니지만, 비밀 당원이다. 미군정청에서 확인되는 정보들을 입산한 친구인 장용석을 통해 당에 전하는 것이 그의 주요 임무다. 광주 전임(轉任) 통고를 받고서 떠날 것인가, 수를 써서 남아 있을 것인가, 아니면 아예 입산 투쟁을 전개할 것인가 고민에 빠진다. 그가 자신의 역할에 대해 크게 갈등하는 데에는 그럴만한 까닭이 있다.

주변 사람들이 그를 배신자로 알기 때문이다. 입산하여 가족과 연락도 여의치 않은 장용석 정도만 그의 상황을 알고 있을 따름이다. 사랑하는 여인(장용석의 동생 양순)마저도 그가 스파이 당원임을 전혀 모른다. 어느 날 고향 마을에 갔다가 양순의 환영을 보고 당황하는 장면은 그의 심적 고통이 극심함을 입증한다. 기준은 수용소에서 용석의 부모를 만나고도 외면할 수밖에 없었다. 용석 아버지에게 "썩은 놈"이란 욕설을 들으면서도 끝내 자신이 비밀 당원임을 밝히지 못한다.

당을 위해, 조국을 위해! 이것이 이 순간의 그를 더한층 불행하게 만들어, 자신을 던져버리지 못했던 것이다. 무서운 양심의 평안을 위하여, 그는 인간성을 죽이고 양순의 양심을 죽였다.(140쪽)

기준은 수감 중이던 양순이가 부모와 함께 처형되는 장면도 멀리서 지켜볼 뿐이다. 밭 구덩이에 묻힌 시신도 수습하지 못한다. 그는 자기가 양순을 죽인 것 같은 착각에 사로잡힌 채로 술을 마신다. 이튿날 경찰서에서 열린 회의에 참석하여 미증유의 제주도 빨치산 섬멸작전이 전개될 것임을 알게 된다. 땀에 흠뻑 젖어 회의장을 나와 비가 세차게 내리는 밖으로 나온 그는 죽은 지 얼마 되지 않은 소녀의 시체와 시끄럽게 울어대는 까마귀를 만난다.

> 까마귀는 분명히 소녀에게로 날아오려고 했다. 기준은 자기도 모르게 발을 멈추고 까마귀를 쳐다보았다. 까마귀는 그를 내려다보고 있었다. 까마귀는 마른 나뭇가지를 침착하게 콕콕 쪼아대다가, 다시 울기 시작했다. 집요하게 계속 울어대며 침입자에 대한 적개심을 노골적으로 드러냈다. 갑자기 기준은 그 무인부락(無人部落)의 길가에 굴러 있던 죽은 까마귀를 생각해냈다. 마른 나뭇가지를 콕콕 쪼는 부리소리가 그 맑은 구둣발소리를 되살렸다. 양순의 하얀 그림자가 나부꼈다.(162쪽)

기준은 권총을 꺼내 까마귀를 쏜다. 그리고 그때 나타나 총 솜씨를 칭찬하는 경비부장을 쏘고 싶다는 충동이 일자 다시 방아쇠를 당긴다. 탄환은 부장이 아닌 소녀 시체에 박힌다. 그는 "이곳이야말로 내가 의무를 완수하고 내 생명을 묻기에 가장 어울리는 땅이라고 생각"하면서 "이를 악물었다."(165쪽)

기준이 소녀의 시신에서 양순을 떠올렸음은 곧 까마귀를 미국과 이승만 세력의 하수인인 경찰과 군인으로 인식했음을 뜻한다.

제주 민중을 괴롭히는 무리들에 대한 처단인 것이다. 쏴 죽이고 싶은 대상인 경비부장이 서북 출신이라는 점도 의도적인 설정임은 물론이다. 결국 기준의 총질은 자기 처지의 답답함에 대한 우회적 분출, 엄청난 폭압적 상황에 대한 상징적 저항 등의 의미로 읽힌다.

장용석은 양순의 오빠이자 정기준의 친구다. 입산 활동을 하는 가운데 기준에게 미군정청에서 나오는 정보를 전달받는 역할 등을 수행한다. 그는 누이가 기준을 배반자로 보더라도 어쩔 수 없다는 입장을 보인다. "너희들이 아무리 친했다 해도 난 해서는 안 될 말은 절대로 할 수 없어"라면서 "그 녀석이 너를 배반자로 보고 단념한다면, 너는 진짜 배반자의 자격이 있는 셈이야. 하나의 공덕이지"(108쪽)라고 말하는, 매우 냉정한 인물이다. 오로지 투쟁만을 위해 헌신하는 이상적 인물로서, 평면적으로 그려졌다. 흥미로운 사실은 장용석이 실존인물과 동일한 이름이라는 것이다. 김석범이 해방 전후에 귀국했을 때 조국의 운명을 함께 논의하던 인물이 바로 장용석(張龍錫)이었던 것이다. 여기서도 우리는 소설 속 지식인 인물들이 작가와 거리가 가까움을 알 수 있다.

이상근은 부르주아 집안의 아들이다. 아버지가 식산은행 중역이며 전라도에도 땅을 많이 갖고 있는 지주다. 서울에서 학업을 포기하고 제주에 돌아와 방탕에 가까운 나날을 보내고 있다. 현실에서의 그는 그저 술꾼일 뿐이다. 하지만 그는 아무런 생각이 없는 탕아가 결코 아니다. 정기준이 스파이라는 사실도 눈치 채고 있는 것으로 보인다.

상근은 허물 영감이 갖고 다니는 빨치산 목을 낚아채고는 그게 자신의 친척이라고 하면서 "그러니까 나도, 내 가족도 모두 죄인이야"라고 소리친다. 그 소동 때문에 그는 공무집행방해 혐의로 경찰서에서 하룻밤 지내야 했다. 이는 빨치산 투쟁에 대한 심정적 동조 행위로 읽힌다. 그러기에 상근으로서는 눈앞에 전개되는 현실이 도무지 못마땅하고 용납되지 않았던 것이다. "이 야만적인 원색(原色)의 사회에서 내 영혼이 괴로워서 발버둥 치다가 둘로 쪼개져 있"(124~125쪽)다고 생각한다. 그는 기준과 많은 대화를 나누고 싶어 한다. 경찰서에서 하룻밤 신세를 진 후 기준과 술을 마시면서 넌지시 자기 심정을 드러내기도 한다.

> "경철은 공무집행방해…… 하하하, 그게 공무랍니다. 나아가서는 우리 대한민국에 대한 반역으로 간주하고 있습니다. 사람들은 혁명을 모독한 비열한 반역자, 인민에 대한 배반자로 보고 있습니다. 그리고 또한 나를 권력에 대한 저항자로 볼 수도 있지요 ……"(154쪽)

상근은 자신이 '혁명과 인민의 반역자·배반자'이자 '권력에 대한 저항자'라는 양면성을 지녔다고 말하고 있다. 여기서 보듯이 그는 이러지도 못하고 저러지도 못하는 자신의 처지에 대해 매우 괴로워하고 있다. 개인적 상황과 현실의 모순 사이에서 갈등하고 방황하는 지식인의 모습이다.

그런데 그는 계속 방관자적 위치에 있을 것 같지는 않다. 작품

마지막에서 그는 까마귀와 소녀 시체에 총을 쏜 후 신작로를 걸어 가는 정기준의 뒷모습을 뚫어지게 바라본다. 기준의 뒷모습이 사 라질 때까지 상근이 세찬 빗줄기를 맞으며 가만히 지켜보는 장면 으로 끝냈음은 의미심장하다. 머잖아 그에게 어떤 변화가 올 수 있음을 암시하고 있는 것으로 해석된다. 그가 택할 길은 권력에 대한 저항자로서의 길로 짐작된다. 그것이 적극적인 투쟁 방식으 로 나타나지 않을 수는 있어도 나름대로의 역할을 수행하게 될 가능성이 크다는 것이다.

이상 세 명의 제주 청년 지식인은 당시 존재했을 법한 세 유형 을 대표함은 물론이요, 작가의 분신들이라고 할 만하다. 방관자 적 위치에서 배반자와 저항자의 양면성을 지닌 이상근은 4·3 당 시 일본에 있으면서 아무런 역할도 못하던 김석범의 외적 상황을 보여주고 있고, 정기준을 통해서는 4·3에 대한 김석범의 관점이 주로 표출되고 있으며, 장용석의 경우는 김석범의 이상(理想)을 제시했다고 할 수 있다. 해방 직후 이들 청년 지식인들에게 주어 진 '새 조국 건설'이라는 절체절명의 과제가 아름답게 꽃피어 튼 실한 열매로 맺어지지 못했음은 참으로 안타까운 일이다.

4. 관점: 반제국주의 통일투쟁의 길

김석범의 4·3 연작은 구체적인 역사의 사실(팩트) 자체보다는 역사에 대한 관점이 중요한 작품들이다. 김석범은 4·3을 결코 지역의 특수 상황이나 국내의 혼란한 정국에서 발생한 문제로만 묶어두지 않는다. 만약에 지역 문제나 국내 문제로만 4·3을 인식했다면 김석범이 굳이 일본에서 그걸 지속적으로 다루어야 할 이유가 없다.

그렇다면 김석범이 이 작품집에서 보여주는 관점은 무엇인가. 제국주의적 패권에 대한 저항, 통일 정부 수립을 위한 열망이 바로 그것이다. 작가는 4·3이 반(反)제국주의 통일투쟁이라는 입장을 뚜렷하게 견지한다.

특히 신제국주의 전략과 관련된 미국에 관한 인식은 매우 주목되는 부분이다. 김석범은 4·3과 미국과의 관계에 대해서 말하되, 주저하지 않고 그 발발 원인으로 미국을 꼽는다. 남한을 점령한 미군이 일본에 이어 식민지정책을 시행한 것이 가장 근본적인 원인이라는 지적이다. 단선반대와 통일정부 수립이 봉기의 명분이었음도 분명히 한다.

> 그런 어처구니없는 일도 모두, 8·15 해방이 아다시피 미군의 남조선 점령으로 대치된 것에서 비롯된다. 일본 대신 식민지정책을 시행하여, '적색위협(赤色威脅)'이라는 간판을 내걸고, 말을 듣지 않는 '놈'은 모조리 감옥에 처넣었다. 그리고 전근대적인 초전제국가(超專制國家)가 아니고는 불가능한 공포정치를 시작했기 때문에, 문자 그대로 암흑지대가 되었다. 자기 나라를 또다시 빼앗기고 인민이 잠자코 있을 리가 없다. 그래서 일어섰다. (…) 48년 4월에는 남조선만의 '단독선거'—즉 '대한민국' 수립에 반대

하고 조선의 통일을 요구하며 제주도에서 일제히 무장봉기가 일어났다. 제주도민이 손으로 만든 무기 따위를 손에 들고, 섬 한가운데에 우뚝 솟아 있는 한라산에 모여, 남조선에서 최초인 빨치산 투쟁의 봉화를 올렸던 것이다. 깜짝 놀란 미국과 이승만도 역시 이 투쟁의 철저한 탄압과 말살을 위해 일어섰다. 제주도민은 모두 '빨갱이'가 되어버리고, 감옥은 확장되었다. (47~48쪽)

인용문은 「간수 박 서방」에서 3인칭 화자(narrator)에 의한 서술이다. 작가 김석범의 목소리라고 해도 무방하다. 일본 제국주의가 물러간 자리에 미국이 점령하여 식민지정책을 시행하였다는 것, 미군정은 반공의 명분 아래 민중들의 요구에 반하는 공포정치를 실시하였다는 것, 결국 남한만의 단독선거를 반대하면서 통일정부 수립을 요구하는 봉기가 발생하였다는 것, 급기야 제주도민들은 미국과 이승만 세력에 의해 모두 빨갱이로 지목되어 탄압과 말살에 희생되었다는 것, 이것이 바로 4·3을 보는 작가의 눈이다. 「까마귀의 죽음」에서 서술된 미군에 대한 입장도 마찬가지다.

일본이 망하고, 미군이 인천상륙보다 약 1주일 늦은 9월 중순경 이 섬에 상륙했을 때, 일시적이나마 확실히 해방군다운 감격을 청년들에게 주었었다. 섬사람들은 의아한 눈초리로 일본군 대신 섬을 점령한 이 이상야릇한 외국 군대를 쳐다보았다. (…) 미군 정책과 조선인민과의 이해가 일치하지 않는다는 사실이 곧 분명해지고, 그것은 또한 도민과 제주 미군정청이 대립하는 형태로 눈앞에 뚜렷이 드러났던 것이다. (133쪽)

제주사람들에게 일시적으로 해방군다운 감격을 주었던 미군은 곧 점령군으로서의 본색을 드러냈다는 말이다. 하지만 미군(미국)은 교묘했다. 대리 세력들을 내세워 의도를 관철시키려 하였다. 작가는 "미군은 항상 배후에 숨고, 그 대변자들, 예를 들면 경찰 권력이나 우익정당의 돌격대인 '서북청년회'나 '대동청년단' 또는 '한라단(漢拏團)' 같은 지방테러단체를 앞에 내세웠다"(133~134쪽)고 분명히 말한다. 4·3은, 피상적으로만 본다면, 제주도민 혹은 국내 좌우 세력 간의 충돌이다. 하지만 그건 외피일 뿐이며, 실은 미국이라는 배후가 있음을 김석범은 분명히 하고 있다. 바로 이 점이 1980년대까지 국내 작가들이 썼던 4·3소설과 확실히 구별되는 부분이다.

김석범의 반제국주의적 관점은 일본에 대해서도 표출된다. 「까마귀의 죽음」에서 보면, 벚나무를 일제와 연결시키고 있다. 이는 왕벚나무 자생지가 제주도임이 강조되지 않은 시점에서의 관점으로, '사꾸라'로서의 벚나무에 의미부여한 것임은 물론이다.

옛날 '황민화(皇民化)' 정책의 일환으로 심어진 묘목은 이제는 옹기투성이인 고목(古木)의 모습까지 보이며 찬 공기 속에 마른 나뭇가지를 쭉 뻗치고 있었다. 아침에는 감방에서 끌려나와 내팽개쳐진 수많은 시체가 벚나무 밑 잔디밭에 그대로 굴러 있곤 했지만, 오늘은 벌써 다 치웠는지 거적때기도 보이지 않았다. (…) 봄이면 구내를 온통 구름처럼 뒤덮는 벚꽃을 그는 순수한 눈으로 바라볼 수가 없었다. (…) 옛날 조국을 잃은 어두운 나날들의 흔적이 아직도 그의 의식 굽이굽이에 밀착되어 있었다. 벚나무가 오로지 벚나무가 아니라 총칼의 동반자가 되어 있었던 그 나날 속에 그의 아픔은 연결되어 있었다.(83~84쪽)

경찰서 구내의 벚나무를 보면서 느끼는 정기준의 반일(反日)감정이 드러나 있다. 작가의 생각이 그대로 반영된 것으로 보인다. 나중에 정기준은 바로 그 벚나무 부근에서 총을 쏜다. "까마귀가 머리 위에서 시끄럽게 울"어서 "쳐다보니, 커다란 놈 하나가 벚나무의 높은 가지 위에 앉아 있었"(161쪽)고, 소녀의 시체를 노리는 그 까마귀를 향해 권총 방아쇠를 당겼던 것이다. 이는 일본 제국주의와 친일세력에 대한 응징이면서, 미국 제국주의와 친미세력에 대한 저격이기도 하다. 그것들은 사실상 차이가 거의 없는 것이었기 때문이다.

「똥과 자유」와 「허몽담」은 일제 강점 문제가 직접 드러난 작품이다. 4·3을 다룬 소설은 아니면서도, 작가가 왜 그토록 시종여일 4·3을 붙들고 있을 수밖에 없었는지, 4·3에 대한 그의 관점이 어떠한지를 확인할 수 있는 텍스트들이라고 하겠다.

「똥과 자유」는 김석범이 1959년 오사카 쓰루하시 역 근처에서 포장마차를 운영할 때 들은 이야기를 기반으로 창작한 소설이라고 한다. 일제 말기 홋카이도 광산을 무대로 조선인 징용 노동자들이 겪는 참혹한 실상이 그려진 작품이다. 나리야마 다이이치(成山太一)라는 창씨명을 가진 19살 성태일이 주인공이다. 일본에서 고학하며 중학을 다니다가 조선역사책을 소지했다는 이유로 퇴

학당해 귀향한 후 모친상을 치르던 중 강제 징용된 인물이다. 창씨명이 리모토 메이쇼쿠(李元命植)인 이명식은 탈출했다가 체포되어 매 맞아 죽고, 오야마 류하쿠(大山龍白)라는 창씨명의 용백은 동료 집단 폭행을 거부했다는 이유로 폭행당한 후 백치가 된 채로 계속 일을 한다. 지옥 같은 생활에 견디지 못한 성태일은 치밀한 계획을 실천한 끝에 화장실을 통해 탈출을 감행하면서 똥물 속에서 자유를 느낀다. 일제의 만행과 민족주의적 관점이 잘 드러난 작품으로, 작가가 4·3소설에서 견지하는 관점과 맥락이 닿음을 알 수 있다.

「허몽담」은 작가의 실제 체험과 관련되는 작품이다. 1945년 8월 15일 오후 도쿄의 기차 안에서 젊은 일본 여자가 눈물 흘리는 장면은 김석범이 직접 본 것이라고 한다. 1960년대 후반이 소설적 현재인 이 작품에서는 '나(R)'가 1946년 3월경 서울에 있던 시절에 소라게들에게 창자를 먹히는 꿈을 꾸는가 하면, 외국인등록증명서 등 재일조선인의 현실적 문제를 제기한다. 특히 식민지조선에 정착한 일본인의 아들로 태어나 소학교 시절을 조선에서 보낸 저널리스트 'F'가 조선 문화에 친근감을 느낀다는 얘기를 들으면서, '나'는 일본에서 태어나 일본에서 살고 있지만 일본 문화에 그러한 감정을 가질 수 없음을 토로한다. 결국 식민의 입장과 피식민의 입장은 전혀 다를 수밖에 없다는 것인바, 일본에 사는 조선인 디아스포라의 위상과 정체성의 문제를 고민하는 작품임이 확인된다. 이러한 민족 문제에 대한 천착 역시 작가의 4·3 인식과 깊이 관련되는 부면임은 두말할 필요가 없다.

여기서 한 가지 일러둘 말이 있다. 한국의 독자들은 이 작품집에 나오는 4·3에 관한 구체적인 정보에는 너무 기대지 않는 편이 좋다는 것이다.

예컨대 「관덕정」에서는 시간적 배경이 혼란스럽게 설정된다. 등록공작이 전개되는 상황 즉, 보궐선거 직전으로 설정되었음에도 "가을도 깊어가던 어느 날"(214쪽)과 같은 표현이 나온다. 이는 실제 역사와는 맞지 않다. 1948년 5·10선거에서 제주도의 2개 선거구가 무효로 된 이후 첫 보궐선거는 1개월 후인 1948년 6월 10일에 시도되었으나 실패하였고, 결국 1년 후인 1949년 5월 10일의 보궐선거로 모두 마무리되었기 때문이다.

나카무라 후쿠지(中村福治)도 「까마귀의 죽음」에서 정기준이 미군정청 통역으로 일하는 상황 설정에 대해 문제를 제기한다. "이미 존재하지 않은 미 군정청에서 일하는 정기준을 주인공으로 세운 것은 아무리 픽션이라 하더라도 분명한 실수"[4]라고 지적했다. 1948년 8월 15일 대한민국 정부가 수립되면서 정치적으로 미군정은 종료되었는데, 「까마귀의 죽음」의 시간적 배경은 1948년 말에서 1949년 초의 겨울이기 때문이다.

하지만 이런 문제들에 주목하는 것은 이 책의 올바른 독법이 아니다. 직접 체험하지 않았을 뿐만 아니라 타국에서 쓴 작품이기 때문에 디테일에서 미흡한 부분이 드러날 가능성이 있는 것이다. 게다가 작품 집필 당시는 4·3에 대한 연구가 거의 이루어지

---

4 나카무라 후쿠지, 『김석범 『화산도』 읽기』, 삼인, 2001, 43쪽.

지 않은 시점이었음을 고려해야 한다.

5. 지금-여기에서도 빛나는 까닭

　김석범은 첫 작품집인 『까마귀의 죽음』이 자신의 창작 전체를 지배하는 원점이 되었다고 여러 차례 강조한 바 있다. 그가 「보이지 않는 힘이 써 가는 집대성으로서의 장편」(1989)에서 "『화산도』의 주인공이나 주요 등장인물, 그리고 테마 그 자체도 『까마귀의 죽음』에서 원형을 구할 수 있을 것이고 (…) 『까마귀의 죽음』이라는 모태 없이 『화산도』는 태어날 수 없었을 것"[5]이라고 말했듯이, 『까마귀의 죽음』은 대하장편 『화산도』와 긴밀히 연결된다. 『까마귀의 죽음』과 『화산도』를 모두 읽은 이들은 특히 인물의 유사성을 어렵지 않게 파악할 수 있다. 정기준과 양준오, 이상근과 이방근은 거의 동일한 인물이며, 장용석과 남승지도 퍽 유사하게 설정되어 있다. 지식인 청년들의 고뇌, 지식인 청년의 여동생과 얽힌 사랑, 스파이 당원 활동 등 전자의 주요 모티프들이 후자에서 반복되고 있다. 따라서 『까마귀의 죽음』은 김석범 문학을 제대로 이해하기 위한 필독서일 뿐만 아니라, 4·3소설의 한 전범(典範)으로 자리매김 되어야 마땅하다.
　2015년 4월, 김석범은 4·3의 진상규명운동과 평화·인권운동

---

5 위의 책, 36쪽에서 재인용.

을 펼쳐온 상징적인 인물로 평가되어 '제주4·3평화상'의 첫 번째 수상자가 되었다. 수상 소감에서 김석범은 "저는 한국 국적도, 북한 국적도 가지지 않은, 한마디로 무국적자입니다. 90평생 서울과 제주를 합쳐 3, 4년밖에 조국에서 살아보지 못한 디아스포라입니다. 이 사람이 오늘 여기 고향땅 위에 발을 디디고 서 있습니다. 남과 북으로 두 동강난 반쪽이 아닌, 통일 조국의 국적을 원하는 나에게는 '국적'으로 뒷받침된 조국이 없는 거나 마찬가지입니다."라고 자신의 정체성과 통일조국에 대한 염원을 밝혔다. 그리고 "남한만의 단독정부, 반공이 국시인 대한민국, 그 정부의 정통성을 세계에 과시하기 위해 제주도를 소련의 앞잡이 빨갱이섬으로 몰았습니다. 해방 전에는 민족을 팔아먹은 친일파, 해방 후에는 반공세력으로, 친미세력으로 변신한 그 민족 반역자들이 틀어잡은 정권이 제주도를 젖먹이 갓난아기까지 빨갱이로 몰아붙인 것입니다. 이승만 정부는 대한민국 임시정부의 법통을 계승했다고 표방했지만 과연 친일파, 민족반역자 세력을 바탕으로 구성한 이승만정부가 임시정부의 법통을 계승할 수 있었겠습니까. 여기서부터 역사의 왜곡, 거짓이 정면에 드러났으며 이에 맞선 것이 단선·단정수립에 대한 전국적인 치열한 반대투쟁이 일어났고 그 동일선상에서 일어난 것이 4·3사건이었습니다."라고 4·3의 성격 규정도 분명히 하였다. 사실 이는 『까마귀의 죽음』에서 견지한 관점을 다시 강조한 것에 불과하다. 그런데 이런 수상연설 내용을 접한 일부 국회의원, 언론, 보수단체 들은 '대한민국을 민족반역자가 세운 나라라고 망발한 김석범의 평화상을 박탈하라'

며 들고 일어섰다. 이런 협소하고 치졸한 시각이 엄존하는 것이 바로 4·3의 현실이다.

4·3에서 추모와 해원의 의미만 추구하다 보면, 종국에는 지역과 국가의 문제로 한정되면서 수구세력의 '종북프레임'에 걸려들고 말 것이다. 지역과 국가를 넘어서는 거시적 시야를 분명히 확보하지 않으면 안 된다. 지구적 차원에서 평화와 인권에 기여하는 것, 그것이 우리가 4·3을 기억하고 기념해야 하는 진정한 이유일진대, 김석범이야말로 이미 수십 년 전에 그러한 거시적 시야를 제시하였던 것이다. 그러기에 『까마귀의 죽음』은 지금-여기에서도 빛날 수밖에 없다.

김석범 연보[*]

1925년   10월 2일 일본 오사카 출생

1927년   부친 사망. 향년 36세.

1938년   오사카 시립 쓰루하시(鶴橋) 제2심상소학교 졸업 후 칫솔공장에
         서 일함.

1941년   오사카 지교(自彊) 학원 중학 3년에 편입. 1년간 재학.

1943년   제주도 숙모의 집과 원당봉 원당사와 한라산 관음사에서 기숙.
         1944년 여름까지 제주 체재.

1945년   4월 임시정부가 있는 중국 중경 망명 계획을 품고 제주에서 징병검
         사를 받는다는 구실로 서울행. 서울 선학원에서 머물다 제주에서
         징병검사 받음. 선학원에서 이석구 선생을 만남. 6월말 경 도일.

1945년   11월 서울로 돌아와서 12월 제주 행

1946년   여름 일본 오사카로 밀항. 이쿠노나카가와(生野中川) 조선소학교
         교원이 됨.

1948년   간사이 대학 전문부 경제과 졸업, 교토대학 문학부 미학과 입학.
         재일조선인학생동맹 간사이 본부 일에 관여.

1949년   제주에서 밀항해 온 먼 친척 숙모를 만나러 쓰시마 행. 제주 4·3
         당시 고문을 당한 '유방 없는 여인'을 만남.

---

[*] 김석범 연보는 김학동, 『재일조선인 문학과 민족−김사량·김달수·김석범의 작
품세계』와 정대성, 「작가 김석범의 인생역정, 작품세계, 사상과 행동」, 『한일민
족문제연구』, 2005의 내용을 참고로 하여 작성하였다.

1951년   교토대학 문학부 미학과 졸업. 졸업논문은 「예술과 이데올로기」.
          오사카 조선인 문화협회 설립에 관여. 김종명 등과 『조선평론』
          창간. 박통(朴桶)이라는 필명으로 「1949년 무렵의 일지에서-「죽
          음의 산」의 일절에서」를 게재.

1952년   일본공산당 탈당. 『조선평론』 3호까지 편집을 끝내고 비밀리에
          센다이(仙台)로 감. 극도의 신경쇠약으로 3-4개월만에 다시 도쿄
          행. 이 때의 경험은 「까마귀의 죽음」의 계기가 됨.

1953년   「요나키소바(夜なきそば)」를 『문학계』에 게재.

1957년   구리 사다코(久利定子)와 결혼, 「간수 박서방」을 『문예수도』 8월
          호, 「까마귀의 죽음」을 12월호에 발표.

1958년   모친 병으로 사망. 향년 72세.

1959년   오사카 쓰루바시역 주변에서 꼬치구이 포장마차를 시작. 가게 이
          름은 '구렁텅이'.

1960년   「똥과 자유」를 『문예수도』 4월호에 발표.

1961년   일간으로 바뀐 『조선신보』 편집국으로 옮김. 도쿄 이사.

1962년   「관덕정」을 『문화평론』 5월호에 발표.

1964년   재일조선문학예술가동맹으로 옮겨 기관지 『문학예술』(한글판) 편
          집. 한글 장편 『화산도』를 『문학예술』에 연재 시작.

1967년   『까마귀의 죽음』을 신흥서방(新興書房)에서 간행.

1968년   조총련 탈퇴.

1969년   「허몽담(虛夢譚)」을 『세계』 8월호에 발표.

1970년   이즈미 세이치(泉靖一)와의 대담 「고향 제주도」를 『세계』 4월호
          에 게재. 「만덕유령기담(万德幽靈奇譚)」을 『인간으로서』 제4호에
          발표. 이 작품으로 제65회 아쿠타가와상 후보가 됨.

1971년   『까마귀의 죽음』 개정판 간행. 『만덕유령기담』 간행.

1972년 「김사량에 대하여-언어의 측면에서」를 『문학』 2월호에 게재. 「김
        지하와 재일조선인문학자」를 『전망』 6월호에 게재. 7월 남북공동
        성명 발표. 평론집 『언어의 주박』 간행.

1973년 「나에게 있어서 언어」를 『와세다문학』 3월호에, 「재일조선인문필
        가에 대해서」를 『전망』 3월호에 발표. 「이훈장」을 『문학계』 6월호
        에, 「출발」을 『문학전망』 제2호에 발표.

1974년 「『까마귀의 죽음』이 세상에 나오기까지」를 『부락해방』 2월호에
        발표. 장편 『1945년 여름』 간행.

1975년 계간 『삼천리』 창간. 창간 특집으로 김지하를 특집으로 다룸. 「제
        주 4·3봉기에 대하여」를 『삼천리』 3호에 발표.

1977년 『남겨진 기억』 간행.

1978년 『만득이 이야기』 간행. 「결혼식 날」 『삼천리』 제16호에 발표.

1979년 「재일이란 무엇인가」를 『삼천리』 제18호에 발표. 『왕생이문(往生
        異聞)』 간행. 「민족허무주의의 소산에 대해서」 『삼천리』 제20호
        발표.

1980년 광주항쟁 발발. 「광주학살을 생각한다」를 『삼천리』 제23호에 발표.

1981년 계간 『삼천리』 편집위원인 김달수, 강재언, 이진희 등이 한국을
        방문하자 이에 반발 편집위원 그만 둠. 「유방이 없는 여자」 『문학
        적 입장』 5월호에 발표. 『사제 없는 제사』 간행.

1982년 「도령마루의 까마귀」 『문예』 12월호에 발표.

1983년 『문학계』에 연재했던 「해소(海嘯)」에 제10장에서 제12장까지 4
        백자 원고지로 약 1000매를 추가 『화산도』로 제목을 수정하여
        제1부 전 3권 문예춘추사에서 간행

1984년 현기영 「순이삼촌」, 「해룡 이야기」 2편 일본어로 번역. 해설 「현
        기영에 대해서」를 추가해 『해(海)』 4월호에 발표. 오사라기 지로
        상 수상.

1985년   지문날인 거부 운동 참여.

1986년   『화산도』 제2부를 『문학계』 6월호부터 연재 시작.

1988년   한국의 출판사 소나무에서 『까마귀의 죽음』 간행. 실천문학사에서
『화산도』 전 5권 간행. 제주 4·3사건 40주년 기념집회 도쿄와
서울에서 열림. 6월 문공부 『까마귀의 죽음』, 『화산도』 불법좌익서
적으로 검찰에 고발. 11월 42년 만에 한국 방문.

1989년   「42년만의 한국, 나는 울었다」를 『문예춘추』 5월호에 발표.

1990년   평론집 『고국행』을 이와나미 서점에서 간행.

1991년   연재 중인 『화산도』 취재를 목적으로 한국에 입국신청을 했지만
거부당함. 「고국 재방문, 이루지 못하다」를 『문학계』 12월호에
발표.

1993년   평론집 『전향과 친일파』 간행.

1995년   『화산도』 제2부 연재 종료.

1996년   『화산도』 제4권, 제5권 문예춘추에서 간행. 서울에서 열린 '한민
족문학인대회'에 초청 두 번째 한국 방문.

1997년   『화산도』 제6권, 제7권 간행. 1976년 『문학계』에 연재한 지 21년
만에 완결.

1998년   『화산도』(전 7권)로 마이니치 예술상 수상. 제주 4·3 사건 50주
년 추념 심포지엄 참가 위해 입국신청을 했지만 거부 당함. 대회
참가자 300여명이 항의하자 입국 허가.

1999년   제주 4·3사건 진상규명 및 명예회복에 관한 특별법 국회 통과.

2000년   『까마귀의 죽음』 프랑스어 판 출간.

2001년   「만월(滿月)」 『군상』 4월호 발표. 오사카 성광회(聖光會)가 마련
한 '4·3사건의 현장을 돌아보는 투어'로 제주와 서울 방문. 현기
영과의 대담 「제주 4·3사건을 왜 계속 쓰는가」를 『세계』 8월호

에 발표. 김시종과의 대담집『왜 계속 써 왔는가 왜 침묵해 왔는가』간행.

2003년 제주 MBC 특별 기획「4·3과 화산도」출연을 계기로 한국행. 노무현 대통령 제주 4·3에 대해 국가 원수자격으로는 처음으로 사과.

2005년 제주 4·3사건 50주년 추념 행사 참석차 한국행.

2006년 『땅 속의 태양』간행.

2015년 제1회 4·3평화상 수상. 도서출판 보고사에서『화산도』(전 12권) 완역 출간. 도서출판 각에서『까마귀의 죽음』재 간행.

참고문헌

고명철, 「해방공간의 혼돈과 섬의 혁명에 대한 문학적 고투: 김석범의 『화산도』
　　　연구(1)」, 제주대학교 재일제주인센터·탐라문화연구원, 『재일제주인문학에
　　　서 세계문학으로 학술심포지엄 자료집』, 2016.6.

권성우, 「망명, 혹은 밀항(密航)의 상상력」, 『자음과 모음』 2016년 봄호.

김동윤, 「북한소설의 4·3 인식 양상: 양의선의 『한나의 메아리』론」, 『4·3의 진실
　　　과 문학』, 각, 2003.

_____, 「빛나는 전범(典範), 관점의 무게」, 김석범, 김석희 옮김, 『까마귀의 죽음』,
　　　각, 2015.

김석범(김환기·김학동 옮김), 『화산도』 1~12, 보고사, 2015.

_____, 『火山島』 I ~Ⅶ, 文藝春秋, 1997.

_____(이호철·김석희 옮김), 『화산도』 1~5, 실천문학사, 1988.

김석범·김시종(문경수 편), 이경원·오정은 옮김, 『왜 계속 써 왔는가, 왜 침묵해
　　　왔는가』, 제주대학교출판부, 2007.

김재용, 「폭력과 권력, 그리고 민중: 4·3문학, 그 안팎의 저항적 목소리」, 역사문
　　　제연구소, 『제주4·3연구』, 역사비평사, 1999.

김학동, 「『火山島』 완역의 의미」, 『제주작가』 2005년 겨울호.

김환기, 「김석범·『화산도』·〈제주4·3〉: 『화산도』의 역사적/문화사적 의미」, 『일
　　　본학』 41, 동국대학교 일본학연구소, 2015.11.

나카무라 후쿠지, 『김석범 『화산도』 읽기: 제주4·3항쟁과 재일한국인 문학』, 삼
　　　인, 2001.

오은영, 『재일조선인문학에 있어서 조선적인 것: 김석범 작품을 중심으로』, 선인,
　　　2015.

유임하, 「초대서평-김석범 소설 『화산도』」, 『아시아경제』 2016.5.2.

제주4·3사건진상규명및희생자명예회복위원회, 『제주4·3사건진상조사보고서』,
　　　2003.

권성우, 「망명, 혹은 밀항의 상상력」, 『자음과 모음』 2016년 봄호.

고명철, 「새로운 세계문학 구성을 위한 4·3문학의 과제」, 『반교어문연구』 40집, 2015.

김동현, 「공간인식의 로컬리티와 서사적 재현양상」, 『한국민족문화연구』 53집, 2016.

김석범, 김환기·김학동 역, 『화산도』 1권-12권, 보고사, 2015.

김석범·김시종, 문경수 편, 이경원,오정은 역, 『왜 계속 써왔는가, 왜 침묵해 왔는 가』, 제주대학교출판부, 2007.

김시종, 윤여일 역, 『조선과 일본에 살다』, 돌베게, 2016.

김영화, 「상상의 자유로움」, 『변방인의 세계』, 제주대출판부, 2000.

김재용, 「폭력과 권력, 그리고 민중」, 『제주 4·3연구』, 역사문제연구소 외 편, 역 사비평사, 1999.

김종욱, 「국가의 형성과 재일조선인 디아스포라」, 『한국 현대문학과 경계의 상상 력』, 역락, 2012.

나카무라 후쿠지, 『김석범 화산도 읽기』, 삼인, 2001.

박미선, 「『화산도』와 4·3 그 안팎의 목소리: 김석범론」, 경희대비교문화연구소, 『외대어문논총』 10호, 2001.

송혜원, 「재일조선인 문학을 위해: 1945년 이후의 재일조선인문학의 생성의 장」, 『작가』, 2003년 봄호.

서경석, 「개인적 윤리와 자의식의 극복문제」, 『실천문학』, 1988년 겨울호.

양정심, 「주도세력을 통해서 본 제주 4·3항쟁의 배경」, 『제주도 4·3연구』, 역사 문제연구소 외 편, 역사비평사, 1999.

오네 데이지로, 김환기 편, 「제주 4·3항쟁과 역사인식의 전개상」, 『재일 디아스포 라 문학』, 새미, 2006.

오은영, 『재일조선인문학에 있어서 조선적인 것』, 선인, 2015.

이재봉, 「재일 한인 문학의 존재 방식」, 『한국문학논총』 32집, 2002.

이주영, 『서북청년단』, 백년동안, 2014.

장백일, 『한국 현대문학 특수 소재 연구-빨치산 문학 특강』, 탐구당, 2001.

정대성, 「김석범 문학을 읽는 여러 가지 시각: 그 역사적 단계와 사회적 배경」, 『일본학보』 66집, 2006.

_____, 「작가 김석범의 인생역정, 작품세계, 사상과 행동」, 『한일민족문제연구』 9호, 2005.

제주4·3사건진상규명 및 명예회복위원회, 『제주 4·3사건 진상조사보고서』, 2003.

하성수 편, 『남로당사』, 세계사, 1986.

허상수, 『4·3과 미국』, 다락방, 2016.

허호준, 『냉전체제 형성기의 국가건설과 민간인 학살: 제주 4·3사건과 그리스내전의 비교를 중심으로』, 제주대학교박사학위 논문, 2010.

식민의 기억과 학병 체험의 재구성 ·······················100

김석범, 김환기·김학동 역, 『화산도』 1-12권, 보고사, 2015.

김성오, 「건국과 학병의 사명」, 학병1, 1946.

무라카미 나오코(村上尙子), 「4·3시기의 재일제주인-제주도민의 도일과 재일조선인 사회(1945~1950)」, 『在日 제주인의 삶과 제주도』, 제주도발전연구원 학술세미나 발표자료집, 2005.

마스다 이치지(桝田一二), 『濟州島의 地理學的 研究』, 우당도서관 편, 홍성목 역, 2005.

서재권, 「평란의 제주도 기행」, 『신천지』, 1949년 9월호.

아라리연구원 편, 『제주민중항쟁』 1, 소나무, 1988.

장창국, 『육사졸업생』, 중앙일보사, 1984

제민일보 4·3취재반, 『4·3은 말한다』 1-5권, 전예원, 1994.

조영일, 「학병서사 연구」, 서강대학교 박사학위논문, 2015.

진관훈, 「해방 전후의 제주도 경제와 '4·3'」, 탐라문화21, 제주대학교 탐라문화연구소, 2000.

히구치 유이치(桶口雄一), 戰時下 朝鮮의 民衆과 徵兵, 總和社, 2001.

HQ USAFIK, G-2 Weekly Summary, 1946.9.1.

김석범의 '조선적인 것'의 문학적 진실과 정치적 상상력 ·················133

김석범(김환기·김학동 옮김), 『화산도』 1권-12권, 보고사, 2015.

_____(김석희 옮김), 『까마귀의 죽음』, 각, 2015.

고광명, 『재일 제주인의 삶과 기업가 활동』, 제주대학교 탐라문화연구소, 2013.

고명철, 「해방공간의 혼돈과 섬의 혁명에 대한 김석범의 무학적 고토-김석범의 『화산도』 연구(1)」, 『영주어문』 34집, 영주어문학회, 2016.

_____, 「제주 리얼리즘: 구미중심주의를 넘어 '회통의 근대성'을 상상하는 제주문

학」, 자료집 『미래의 고존과 상생을 위한 제주 인문학 가치담론』(제주대학교
　　탐라문화연구원 주관, 2016년 10월 28일)

고명철, 「제주의 '출가해녀'를 통한 일제 말의 비협력적 글쓰기」, 『흔들리는 대지
　　의 서사』, 보고사, 2016.

김영돈, 『제주도민요 연구』(하권:이론편), 민속원, 2002.

김학동, 『재일조선인 문학과 민족』, 국학자료원, 2009.

문순덕, 『섬사람들의 음식연구』, 학고방, 2010.

박찬식, 『4·3과 제주역사』, 각, 2008.

신재경, 『재일제주인 그들은 누구인가』, 보고사, 2014.

오은영, 『재일조선인문학에 있어서 조선적인 것』, 선인, 2015.

윤건차, 박진우 외 역, 『자이니치의 정신사』, 한겨레출판, 2016.

제주대학교 재일제주인센터 편, 『재일한국인 연구의 동향과 과제』, 제주대학교 재
　　일제주인센터, 2014.

정대성, 「작가 김석범의 인생역정, 작품세계, 사상과 행동」, 『한일민족문제연구』
　　9호, 2005.

현용준, 『제주도 신화의 수수께끼』, 집문당, 2005.

김석범 문학과 제주 ···162

김동현, 『제주 우리 안의 식민지』, 글누림, 2016.

김석범(김환기·김학동 옮김), 『화산도』 1~12권, 보고사, 2015.

_____, 安達史人·兒玉幹夫 インタヴュー, 『金石範《火山島》小説世界を語る!』,
　　右文書院, 2010.

_____, 『民族·ことば·文學』, 創樹社, 1976.

김석범·김시종, 문경수 편, 이경원·오정은 역, 『왜 계속 써왔는가 왜 침묵해 왔는
　　가』, 제주대학교 출판부, 2007.

김윤식, 『한국근대문학사상연구』 2, 아세아문화사, 1994.

나카무라 후쿠지, 『김석범 『화산도』 읽기-제주 4·3항쟁과 재일한국인 문학』, 삼
　　인, 2001.

다케다 세이지, 재일조선인문화연구회 역, 『'재일'이라는 근거』, 소명출판, 2016.

마루타 하지메, 박화리·윤상현 역, 『'장소'론-웹상의 리얼리즘과 지역의 로맨티
　　시즘』, 심산, 2011.

발터 벤야민, 「폭력비판을 위하여」, 『발터 벤야민 선집』 5, 도서출판 길, 2009.

백선혜, 『장소성과 장소마케팅』, 한국학술정보, 2005.

이태준, 「해방전후」, 『문학』 제1호, 1946.

이행선, 『해방기 문학과 주권인민의 정치성』, 국민대학교 박사학위논문, 2013.

제민일보 4·3취재반, 『4·3은 말한다』 1~5권, 전예원, 1994.

한국정신문화연구원 편, 『내가 겪은 건국과 갈등』, 선인, 2004.

함석헌, 『성서로 입장에서 본 조선역사』, 성광문화사, 1950.

허상수, 「제주 4·3사건의 진상과 정부보고서의 성과와 한계」, 『동향과 전망』, 2004.

공간/로컬리티, 서사적 재현의 양상과 가능성 ······································· 192

《제주신문》

김석범(김환기·김학동 옮김), 『화산도』 1~12권, 보고사, 2015.

_____, 『까마귀의 죽음』, 도서출판 각, 2015.

김석범·김시종(이경원·오정은 옮김), 『왜 계속 써왔는가 왜 침묵해왔는가』, 제주 대학교출판부, 2007.

데이비드 하비, 『희망의 공간-세계화, 신체, 유토피아』, 최병두 외 역, 한울, 2009(초판 2001).

레이먼드 윌리엄스, 이현석 역, 『시골과 도시』, 나남, 2013.

마르쿠스 슈뢰르, 정인모·배정희 역, 『공간, 장소, 경계』, 에코리브르, 2010.

박경훈, 『제주담론 2』, 도서출판 각, 2014.

앙리 르페브르, 양영란 역, 『공간의 생산』, 에코리브르, 2011.

에드워드 랠프, 김덕현 외 역, 『장소와 장소상실』, 논형, 2005.

오토 프르디리히 볼노, 이기숙 역, 『인간과 공간』, 에코리브르, 2014.

제주도, 『제주시 원도심 활성화 중·장기 종합마스터플랜』, 2013. 5.

제주발전연구원, 『제주원도심 도시재생 전략 연구』, 2013.

제주방어사령부, 『제주와 해병대』, 1997.

제주시, 제주시50년사편찬위원회, 『제주시50년사』, 2005.

제주특별자치도, 『제주도』 1962~1980, 2012.

진성기, 『제주도학』 제1집 개관편, 시인의 집 인간사, 1962.

해병대사령부, 『해병전투사』, 1962.

현기영, 『지상에 숟가락 하나』, 실천문학사, 1999.

김석범(김석희 옮김), 『까마귀의 죽음』, 소나무, 1988.

_____, 『까마귀의 죽음』, 각, 2015.

김석범(이호철·김석희 옮김), 『화산도』 1~5, 실천문학사, 1988.

나카무라 후쿠지, 『김석범 『화산도』 읽기』, 삼인, 2001.

논문초출

김석범 『화산도』에 구현된 4·3의 양상과 그 의미 | 김동윤

『열린정신 인문학 연구』 17-2, 원광대학교 인문학연구소, 2016. (원제: 김석범 『화산도』에 나타난 4·3의 양상과 그 의미)

해방공간, 미완의 혁명, 그리고 김석범의 『화산도』 | 고명철

『영주어문』 34집, 영주어문학회, 2016. (원제: 해방공간의 혼돈과 섬의 혁명에 대한 김석범의 문학적 고투)

식민의 기억과 학병 체험의 재구성 | 김동현

『제주작가』 54호, 2016. (원제: 『화산도』를 읽는 몇 가지 방법)

김석범의 '조선적인 것'의 문학적 진실과 정치적 상상력 | 고명철

『한민족문화연구』 57집, 한민족문화학회, 2017.

김석범 문학과 제주 | 김동현

「영주어문」, 제35집, 2017.2.

공간/로컬리티, 서사적 재현의 양상과 가능성 | 김동현

『한국민족문화연구』 53집, 2016. (원제: 공간인식의 로컬리티와 서사적 재현양상)

빛나는 전범典範, 관점의 무게 | 김동윤

김석범(김석희 옮김), 『까마귀의 죽음』, 각, 2015.

▎저자 약력

고명철(高明徹)

광운대학교 국어국문학과 교수. 문학평론가. 주요 저서로는『흔들리는 대지의 서사』,『리얼리즘이 희망이다』,『뼈꽃이 피다』,『문학, 전위적 저항의 정치성』 등 다수. 아프리카·아시아·라틴아메리카 문학(문화)을 공부하는 '트리콘' 대표. 계간『실천문학』및『리토피아』편집위원과 반년간『비평과 전망』,『리얼리스트』, 『바리마』편집위원 역임.

김동윤(金東潤)

제주대학교 국어국문학과 교수. 문학평론가. 저서로는『작은 섬, 큰 문학』,『소통을 꿈꾸는 말들』,『제주문학론』,『기억의 현장과 재현의 언어』,『우리 소설의 통속성과 진지성』,『4·3의 진실과 문학』,『신문소설의 재조명』등이 있음. 계간 『제주작가』편집주간, 제주대학교 탐라문화연구원장 역임.

김동현(金東炫)

제주대학교 탐라문화연구원 특별연구원, 문학평론가.『내일을 여는 작가』편집위원. 저서로는『제주, 우리 안의 식민지』등이 있음.

트리콘 세계문학 총서 **2**

제주, 화산도를 말하다

2017년 7월 28일 초판 1쇄 펴냄

지은이 고명철·김동윤·김동현
펴낸이 김흥국
펴낸곳 보고사

책임편집 이경민
표지디자인 손정자

등록 1990년 12월 13일 제6-0429호
주소 경기도 파주시 회동길 337-15 보고사 2층
전화 031-955-9797(대표)
　　　02-922-5120~1(편집), 02-922-2246(영업)
팩스 02-922-6990
메일 kanapub3@naver.com / bogosabooks@naver.com
http://www.bogosabooks.co.kr

ISBN 979-11-5516-702-1 94800
　　　979-11-5516-700-7 (세트)
ⓒ 고명철·김동윤·김동현, 2017

정가 15,000원